그는 잠시 말이 없다가
심각하게 대답했다.
나는 지금 생각하는 일을 해.

도스토옙스키

희망은 꺾여 우는데
잔인한, 난폭한 고뇌가
내 숙인 두개골에
검은 깃발을 꽂는구나.

보들레르

치욕, 절망, 고독!
이런 것들이 그녀에게는 스승이었다.
비록 준엄하고 무모한
스승이었지만 말이다.   너새니얼 호손

하지만 그는 전혀 굴하지 않는
얼굴을 하고 있다.
어떤 타협도 하려 들지 않는다.

솔제니친

그래!
이건 그 누구도 부인할 수 없는,
그 누구도 바꿀 수 없는
엄연한 사실이다.

우쥐류

그러나 원주민들이 미사에 참석하는 이유가
그들의 성전이 은 제단 아래
계속 건재하기 때문이라는 것을
미처 깨닫지 못했다.

가브리엘 가르시아 마르케스

화가 치밀 땐
화분 하나 깨뜨리고
999개 연달아 깨고
죽었으면

이시카와 다쿠보쿠

어여쁘고 자그맣고 야무진 얼굴
그럼 안녕, 다녀 오세요.
안녕, 웃고 있어요.　　　센게 모토마로

자유를 염원하는 수천 명의 사람들이
막캉달의 변신 능력을 믿던 땅을
나는 밟고 있었다.

알레호 카르펜티에르

강우성·김용민·송승석
심원섭·우석균·이병훈 선생님의
문학 수업

한국근대문학관 기획

우리의 세계는 문학으로 넓어질 수 있다

더 넓 은

세 계 문 학

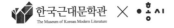

한국근대문학관 ✕ ●흥시
The Museum of Korean Modern Literature

차례

이
병
훈
 선
생
님
이
 말
하
는

아름다움이 세상을 구원할 것이다

도스토옙스키

표도르 미하일로비치 도스토옙스키를
만나봅시다. 아마도 어려운 작가,
혹은 어려워보이는 작가라는 생각을 하고
계실 겁니다. 그래서 오늘 강연은
그의 인생을 중심으로 얘기해보려 합니다.
삶 자체를 통해 그의 예술세계를
더 잘 이해할 수 있으리라 믿으면서요.
세상에 수많은 작가가 있지만, 작가들의 삶이란
그리 평탄치 않습니다. 그런 굴곡진 삶 속에서
건져낸 삶의 지혜가 작품 안에 오롯이
새겨져 있는 걸 볼 수 있죠. 우리가 이른바
명작이라고 평가하는 작품들일 겁니다.
고전 문학의 반열에 자신의 문학을 올려놓은
훌륭한 작가들은 대부분 파란만장한
삶을 살았지만, 그중에서도 도스토옙스키는
넘버원일 겁니다. 왜냐고요? 지금부터
연보를 따라 얘기해보겠습니다.

시련은 소년을
작가로 만든다

도스토옙스키는 1821년에 현재 러시아의 수도인
모스크바에서 태어났어요. 당시 러시아 제국의 수도는
페테르부르크였지만 모스크바는 여전히 가장 큰
도시이자 문화와 정치의 중심지였습니다. 이 모스크바
시내에서 멀지 않은 곳에 마린스키 빈민구제병원이
있었는데, 그 건물 사택에서 도스토옙스키가
태어났습니다. 아버지가 의사였기 때문이죠.

병원 명칭에서 드러나듯이 귀족을 위한 병원은
아니었어요. 헐벗고 굶주린 민중들, 병을 얻고도
치료받을 형편이 안 되는 이들을 구제하기 위한
곳이었죠. 그런 병원에서 도스토옙스키의 아버지가
의사로 일했습니다. 무척 엄격했고 자식 교육에
상당한 열의를 가지고 있었어요. 아이들한테 라틴어를
가르치는 등 가정교사의 역할도 자처했다고 합니다.
지금은 달라졌습니다만, 당시 러시아에서 의사의
사회적 지위란 크게 높지 않았습니다. 중고등학교
선생님 수준이었죠. 물론 수입도 그 정도였습니다.
그러니 살림 형편도 그리 넉넉지 않았지만, 자식들에게
좋은 교육을 시키기 위해서 많은 노력을 했습니다.

그런데 도스토옙스키는 16세 때 어머니를 여의게 됩니다. 아버지는 패닉상태에 빠져버려요. 큰 아들과 함께 둘째인 표도르 도스토옙스키를 당시 수도였던 페테르부르크의 군사학교에 보내기로 합니다. 본인은 그 두 형제를 뺀 나머지 자식들을 데리고 낙향을 해요. 의사 생활을 하면서 마련해놓은 작은 영지가 있었던 것이죠. 귀농이라고 해야 하나요? 첫째와 둘째 아들만을 페테르부르크로 이주시킨 뒤 귀농을 합니다.

첫째 아들의 이름은 미하일이에요. 미하일은 입학을 못합니다. 이듬해인 1838년에 표도르만이 페테르부르크 공병학교에 입학을 하게 됩니다. 이 공병학교라는 것은 사관, 장교들을 양성하는 전문군사교육기관이었어요. 아버지의 강권에 못 이겨서 입학을 하긴 하는데, 실은 불만이 많았어요. 어머니가 돌아가시고 굉장히 복잡한 심리적 갈등을 경험한 시기였고, 이래저래 가고 싶지 않았던 거예요. 그렇지만 아버지의 강경한 뜻을 거스를 수 없는 형편이었죠. 결국 입학을 하여 혹독한 군사훈련과 원치 않는 교육을 받으면서 장교로서 성장하게 됩니다.

그런데 학교를 다니던 중에 큰 일이 벌어집니다. 입학 다음 해인 1839년에 아버지가 농노들에게 맞아서 살해를 당합니다. 청소년이 겪기에 가혹한 일들이죠. 어머니는 병으로 돌아가시고 아버지조차도 여의니 고아 신세가 됐잖아요. 사실 그의 아버지는 성격이 굉장히 괴팍하고 지독한 사람이었다고 합니다. 귀농한 이후 조그만 영지를 관리하면서 농노들이나 마을 사람들에게 혹독하고 모질게 굴었던 모양이에요.
그래서 서너 명의 농노들이 길거리에서 그를 때려죽이는
끔찍한 사건이 벌어집니다.

　도스토옙스키는 아버지가 그렇게 죽었다는 것에 대해
굉장히 큰 충격을 받아요. 어머니가 병 때문에 돌아가신
건 인간의 힘으로 어쩔 수 없는 일이잖아요. 그런데
아버지는 타인에게 원한을 사 맞아죽었다는 거죠.
어린 도스토옙스키로서는 받아들이기 힘든 일이었을
겁니다. 그는 이때부터 본격적으로 비극적인 가족사를
경험하게 되는데요. 천애고아가 된 후 두 형제가
주고받은 편지에는 서로 의지하면서 나머지 동생들을
보살피자는 눈물겨운 내용이 적혀 있기도 합니다.

　도스토옙스키는 1842년에 육군소위로 졸업합니다.
아까도 말씀드렸지만 이 학교를 원해서 들어갔던 것이
아니기 때문에 다니는 동안에도 마음을 잡지 못하고
방황을 했습니다. 그는 어려서부터 문학에 상당히
관심이 많았던 사람이에요. 그러니까 공병학교의 숨
막히는 분위기 속에서 항상 문학작품을 놓지 않습니다.
책을 벗 삼아 그 어려운 시절을 극복한 것이죠. 위대한
작가들의 작품을 탐독하면서 도스토옙스키는 내심
작가의 꿈을 꾸게 됩니다. 생계를 위해 장교 생활을
했지만 원하던 바도 아니고 자신에게 맞지도 않았던
거죠. 그러다 1844년, 작가가 되기로 결심하고 제대를
합니다. 그리고 첫 작품에 혼신의 노력을 기울이는데
그게 1845년에 발표한 첫 단편「가난한 사람들」입니다.
대단한 작품이죠. 처음 발표됐을 때 러시아 문학계를

좌지우지했던 비평가들이 하나같이 칭송했습니다. 왜 이 작품의 등장이 도스토옙스키에게 의미가 있고, 왜 러시아 문학사에 충격적인 사건이었는지 그 의미를 소개해드리겠습니다.

떠오르는 신인
도스토옙스키

「가난한 사람들」은 제목에서 볼 수 있듯 가난한 민중의 이야기예요. 서간체 소설(편지글 형식의 소설)이지요. 나이 많은 하급관리와 앳된 처녀의 사랑이야기인데, 그들이 주고받은 편지를 통해 스토리를 구성하고 있습니다. 이 작품이 발표되기 전에도 작가들은 당대 러시아 사회의 문제에 대해 관심을 갖고 그걸 문학작품 속에서 적극적으로 다루려고 노력했어요. 그런 문학적 시도가 있었으니 민중들을 주인공으로 삼을 수밖에 없었겠죠? 그들이 사는 모습과 그 속에서 일어나는 문제를 다뤄야 했으니까요. 그러니 가난한 러시아 민중의 삶을 그린 작품이 도스토옙스키 이전에도 많았어요. 하지만 다른 작가들이 해내지 못한 문학적 성취를 이룬 부분이 있습니다. 가난하고 평범한 사람들의 정신세계, 그들의 심리를 거의 완벽하게 재현해냈다는 것입니다.

혹시 고골(Nikolai Gogol)이라는 작가에 대해 들어보셨나요? 고골도 러시아 사회를 풍자적이고 비판적으로 그린 작품을 많이 내놓은 작가입니다. 위대하다고 평가받는 고골의 작품 속에도 수많은 등장인물들이 있지만, 「가난한 사람들」의 인물들과 비교해 상대적인 평가를 내리자면 한마디로 내면이 없습니다. 물론 인물들에게 내면이 없지 않겠죠. 하지만 고골 문학에 있어서 그 내면의 세계는 핵심이 아니었어요. 러시아 사회의 부조리를 풍자적으로 폭로하는 것이 주된 과제였죠. 그 세계에서 사는 사람들의 정신적 삶, 영혼의 삶, 내면의 세계가 어떤 것인지에는 그다지 주목하지 않았어요. 그것을 본격적으로 형상화한 첫 번째 작가가 도스토옙스키고, 그 작품이 바로 「가난한 사람들」입니다.

문학사적인 의미만이 아니라 당대에도 열광적인 반응을 끌어낸 작품이었지요. 비평가들도 도대체 이토록 내밀한 인간의 영혼을 그려낼 수 있다니, 라며 도스토옙스키의 천재성을 극찬합니다. 예술가로서 천재적인 면모가 뭐냐면, 「가난한 사람들」을 쓸 때 본능적으로 알았다는 겁니다. 고골을 뛰어넘지 못하면 자신이 러시아 문학계의 새로운 별이 될 수 없다는 사실을요. 뭘 해야 하는지에 대해서도 이미 알고 있었어요. 그걸 어떤 예술적 형식으로 표현해야 하는지가 고민이었던 거죠. 결국 예술성이라는 것은 형식으로 완성되는 거니까요. 어떤 형식으로 자기의 문학적 과제를 풀어내야 가장 적합하고 효과적일 것인가에 대한 고민이 있었는데, 그게 바로 서간체입니다. 생각해봅시다. 인간의 내면을 드러내는 데 편지처럼 기막힌 수단이 어디 있겠어요? 나이 많은 남자가 젊은 여자한테 편지를 보내요. 아주 사소한 일상생활을 써 보내죠. 편지를 받은 여자는 다시 남자에게 답장을 보냅니다. 그러는 동안 당시 러시아 사회 속에서 살아가는 사람들의 순수한 내면, 가난하지만 끝까지 인간으로서 존엄과 가치를 포기할 수 없었던 건강하고 순박한 정신이 문장 속에 담깁니다. 서간체라고 하는 형식을 통해 아주 효과적으로 발현된 것이죠.

1845년, 도스토옙스키는 혜성처럼 나타나 러시아 문학을 대표하는 선두주자가 됐습니다. 그러다 갑자기 급격한 추락을 하게 됩니다. 계기는 1846년 봄에 있었던 만남입니다. 러시아의 공상적 사회주의자 중에 페트라솁스키라는 사람이 있었는데, 이 사람을 알게 돼요. 페트라솁스키는 봉건 정치가 판치는 러시아 현실에 대해 매우 비판적이었던 유토피아적 사회주의자였어요. 이 사람이 뭘 했냐면, 금요일마다 독서모임을 열었어요. 이 독서모임은 페테르부르크의 문학계, 예술계의 젊은 지성인들이 모여들어 그룹을 구성하고, 각자 감명 깊게 읽은 책들을 소개하고 토론하는 모임이었습니다. 여기에 도스토옙스키가 참여하게 되는데요. 이 독서모임이 아주 심각한 정치적 범죄 집단으로 탈바꿈되는 일이 벌어집니다.

**죽음의
문턱에서**

1849년. 데뷔작 「가난한 사람들」은 성공했지만 두 번째 작품 『분신』은 크게 평가받지 못해서 약간의 좌절을 맛본 뒤였습니다. 그럼에도 불구하고 굉장히 촉망받는

작가였는데 어느날 페트라셉스키 모임에서 일이
터집니다. 벨린스키가 쓴 「고골에게 보내는 편지」라는
유명한 글을 도스토옙스키가 낭독하게 되었는데
체제를 비판하는 내용이라서 당시 금서였어요. 그런데
독서모임 회원 중에 비밀경찰이 심어둔 정보원, 소위
프락치가 있었던 거죠. 그래서 페트라셉스키 모임의
회원들은 고발당하고, 지식인들이 모여 책에 대해
토론하는 모임을 마치 국가를 전복하려고 하는 반역
집단처럼 몰아갑니다. 그렇게 반역죄를 뒤집어쓰게
되고, 도스토옙스키도 모임의 주모자들과 함께 사형
선고를 받습니다.

　이 사형 선고는 사실 황제가 연출한 쇼였습니다.
사형 선고를 내려버려, 머리에 피도 안 마른 것들이 벌써
불온한 생각을 하고 말이야, 이 나라를 어떻게 해보려고
해? 버릇을 단단히 고쳐 놓겠어, 이랬던 거죠. 원래
사오 년 투옥하는 정도의 죄명이었지만 사형선고를
내립니다. 주모자들은 사정을 모르니 자기들이
다 사형되는 줄로 알았습니다. 사실 황제의 계획은
이런 거였어요. 사형선고를 내리고 집행을 합니다.
주모자들을 모아서 구덩이 앞에 일렬로 세워놓고,
하얀 두건을 씌운 뒤에 군인들이 총을 들고
철커덕거리는 상황을 연출해요. 그러고는 사형을
집행하려는 그 순간에, 극적으로 황제의 칙사가
말을 타고 사형장에 도착해요. 황제가 마음을 돌리셨다.
너희들은 은혜로운 황은을 입어서 저승으로 가지
않아도 된다. 그러니 정신 바짝 차리고 살아라. 이런

쇼였던 겁니다. 지금이야 그게 말이나 되는 소리인가
싶지만 실제로 그런 일이 벌어졌어요.

1849년 12월 22일, 추운 겨울의 일이었습니다. 삼열
종대로 주모자들을 세워놓았는데 도스토옙스키는 하필
첫 번째 열의 두 번째 사람이었습니다. 그래서 시체를
묻으려고 파놓은 구덩이 앞까지 간 거죠. 기둥에 두 팔이
다 묶이고, 두건이 얼굴을 가리고, 총을 겨누고 난리가
났습니다. 간이 작은 사람이었다면 이미 그 시점에
기절했을 겁니다. 사형장에서 죽음을 기다리던 순간
도스토옙스키가 받게 된 트라우마는 엄청났습니다.
죽을 때까지 씻을 수 없는 상처가 됐으니까요. 그가
평생 가지고 살았던 질병이 있는데요. 간질병입니다.
원래 전조가 있었지만, 이때의 체험 때문에 자신의
지병이 악화됐다고 그는 생각합니다. 그럴 수밖에
없겠죠. 거의 죽었다 살아났으니까요. 죽음을 코앞에
두었던 경험이 『백치』라는 작품에 아주 잘 나타나
있습니다. 잘 나가는 작가였는데 갑자기 정치범으로
몰려서 죽음을 코앞에 두었다가, 그 끝에서 겨우 살아난
경험 말이죠. 마지막 순간에 사형이 철회되어 실형을
살게 됩니다. 도스토옙스키는 그 추운 겨울, 시베리아로
유형을 가는 마차에 오르게 되죠.

여기서 사건이 또 하나 벌어집니다. 마차에 실려 한
달 정도를 가게 되었는데, 1월 중순쯤 토볼스크라는
조그만 도시에 도착하게 됩니다. 우랄산맥을 넘어서
유형지로 가는 길에 있는 마지막 기착지였던 것 같아요.
그런데 데카브리스트라는 것을 혹시 아세요? 1825년에

귀족 청년들이 자기들의 모든 기득권을 포기하고
러시아를 개혁하기 위해 반란을 일으켰는데 그 반란의
주모자들을 데카브리스트라고 합니다. 러시아의
영혼을 깨웠던 중요한 사건이라고 할 수 있습니다. 그
주동자들은 모두 사형을 당하거나 시베리아로 유배를
갔어요. 또한 그들의 아내, 가족들도 유배지로 따라
갔어요. 그 데카브리스트의 부인이 도스토옙스키를
만나게 되는데요. 유형지로 가기 직전에 책을 한 권
줍니다. 무슨 책이었을까요? 바로 성서였습니다.

　도스토옙스키가 성서를 만나는 순간은 그의 생애
전체를 완전히 뒤집어 놓는 혁명적인 사건입니다.
그는 1850년 옴스크 감옥에 수감되어 4년 뒤인
1854년에 출감합니다. 정치범이었기 때문에 그동안
책도 읽을 수 없었어요. 집필도 허용되지 않았고요.
이 천재적인 예술가가 독서와 글쓰기를 할 수 없었다는
건 사실상의 사형선고였는지도 모릅니다. 그보다 더한
고통은 없었겠죠. 그런데 오직 한 권. 성서만은 읽을 수
있었습니다. 그래서 감옥 생활을 하는 내내 성서를
절대 손에서 놓지 않고, 자기가 할 수 있는 모든 지적
행위를 그 책을 통해서 하게 됩니다. 도스토옙스키는
훗날 죽는 순간까지 토볼스크에서 받은 성서를 놓지
않았습니다. 임종 직전에 부인에게 아무 페이지나 펴서
한 구절 읽어달라고 부탁하곤 그걸 듣고 눈을 감지요.

도스토옙스키가 살았던 집을 보려고 옴스크에 다녀온
적이 있어요. 옴스크는 군사도시인데 도스토옙스키도

아주 살풍경한 곳으로 묘사를 해놓았습니다. 정말
그렇더라고요. 아무튼 4년간의 수감 생활을 마치고
나와 남은 형기는 시베리아의 국경에서 사병으로
근무하며 보내게 됩니다. 세미팔라틴스크라는 조그만
도시였는데요. 지금은 러시아가 아니고 카자흐스탄
영토입니다. 여기서 5년 정도 사병 근무를 하게 돼요.

　그리고 첫 번째 부인을 만납니다. 이사예바라는
여자였습니다. 이 첫째 부인과는 결국 사별을
하게 되는데, 두 사람이 만난 시점에 이사예바는
유부녀였어요. 남편이 있었는데도 도스토옙스키가
쫓아다니면서 구애를 하고 난리도 아니었어요. 둘이
맺어질 인연이었는지 이사예바의 남편이 병에 걸려서
죽었어요. 미망인이 된 이사예바는 청혼을 받아줍니다.
그래서 결혼 생활을 유형지에서 하게 됐는데, 어쩐
일인지 행복하지 않았어요. 오히려 불행한 시간을
보냅니다.

　결혼식을 올리고 신혼집으로 가는 중간에 하룻밤
묵게 된 날 도스토옙스키가 굉장히 심한 간질 발작을
일으켜요. 아내는 결혼을 하고 나서야 남편의 병에 대해
처음 알게 돼요. 그녀 입장에서는 너무 끔찍한 거죠.
온몸이 경직되고, 거품을 물고, 바닥에 구르고. 부인이
그 광경을 도저히 보지 못하고 방에서 나가버립니다.
첫 번째 결혼생활에 있어서 불행의 씨앗이 싹텄어요.
그래도 고생하는 시절에 만난 첫 번째 부인이었기
때문에 애틋한 마음을 가지고 있었다고 합니다.

　나중에 만난 두 번째 부인하고는 평생을 살아요.

안나 그레고리예브나라고 하는 스물다섯 살 연하의
여성이었습니다. 이 두 번째 부인하고 결혼한 직후에도
어김없이 발작이 있었다고 합니다. 그런데 안나는
게거품을 물고 바닥에서 온몸을 뒤트는 남편을 가슴에
안아요. 이 결혼 생활은 끝까지 갑니다. 도스토옙스키는
아마 두 번째 부인을 만나지 않았으면 오래 살지 못했을
거예요. 역시 짝을 잘 만나야 되나봅니다.

　다시 이야기를 돌립니다. 유형지에서 어느 정도
형기가 마쳐진 시점에 그는 페테르부르크에 있는
지인들 혹은 고관대작들에게 계속 편지를 씁니다.
자기를 다시 복권시켜달라고 청원운동을 한 것이죠.
그 편지들을 읽어보면 정말 비굴할 정도입니다.
도스토옙스키가 쓴 게 맞나 싶을 정도로, 작가로서
새로운 삶을 살겠다는 다짐을 절절히 써놓았어요.
결국에는 떠난 지 10년 만인 1859년 12월 24일에
페테르부르크에 돌아오게 됩니다. 여기까지가
도스토옙스키의 파란만장한 삶 전반기예요.

고통의 기록,
기록의 문학

복귀한 도스토옙스키는 1860년대부터 작가로서
왕성한 활동을 하게 됩니다. 이때 주목할 만한 것이
『죽음의 집의 기록』이라는 작품입니다. 이게
옴스크에서 감옥 생활을 했던 경험을 수기 형태로 쓴
책이거든요. 다큐멘터리라고 할까요? 발표되자마자
독자와 비평가들이 혀를 내두릅니다. 왜냐면 작가

자신이 직접 겪은, 목숨을 건 경험이기 때문에 다른
작가들의 작품에서는 도저히 만나 볼 수 없었던 거죠.
이 소설이 굉장한 센세이션을 일으키게 되고 60년대에
비로소 제2의 전성기를 맞이하게 됩니다. 유럽 여행도
가고요.

그러다 1864년에는 첫 번째 부인인 이사예바를 잃게
됩니다. 그해에『지하 생활자의 수기』라는 작품도
발표하고, 더욱더 문단의 주목을 받게 되죠. 64년에
여러 가지 사건들이 있었습니다. 먼저 첫 번째 부인이
죽고 절친하게 지내던 큰형 미하일도 세상을 떠납니다.
형과의 관계는 도스토옙스키의 생애를 이해하는
데 굉장히 중요합니다. 미하일은 자기 동생과 거의
동지적인 관계였습니다. 지적인 사람이었죠. 1863년에
『시대』라는 잡지를, 1864년에『세기』라는 잡지를
창간하는 데 주도적인 역할을 했어요. 이 잡지에
도스토옙스키의 작품들이 많이 실리게 되거든요.
동생인 도스토옙스키의 입장에서는 형에게 많이
의지할 수밖에 없었죠. 그러니 형이 죽고 나서 굉장히
큰 허탈감에 빠지게 됩니다. 이런 이유들 때문에
도박에도 손을 대고 광적인 중독 수준에 이르게 돼요.
유럽 여행을 네 번 갔는데 이게 다 도박 때문이었어요.
『노름꾼』이라는 장편소설이 있는데, 오죽 노름을
많이 했으면 소설로 다 쓰겠습니까? 그 작품을 보면
도스토옙스키가 얼마나 도박에 열중했는지 알게
됩니다. 아주 재밌는 대표작 중 하나지요.

작품을 써서 원고료를 받기는 하나 경제적인 사정은

좋지 않았어요. 형이 죽은 뒤, 잡지를 발간하던 형이
지고 있던 빚을 떠안고 형네 가족을 부양하는 것까지
모두 그의 몫이 됐어요. 이 당시에 작가로서의 명성은
거의 회복했지만 경제적으로는 파산상태에 이르러요.
그러다 1865년, 그 와중에 악덕 출판업자에 걸려 사기를
당합니다. 소위 노예계약을 하게 된 거예요. 그 다음해인
1866년 12월 1일까지 장편 소설을 하나 써야 하고,
그러지 못할 경우에는 이제까지 냈던 모든 작품에 대한
출판권을 넘기기로 계약서를 작성하게 됩니다. 그때 번
인세를 가지고 빚을 갚고 나니 도스토옙스키의 수중에
남은 돈은 한 달 생활비 정도였대요.

1866년, 드디어 우리가 아는 그 작품『죄와 벌』이 세상에
나옵니다. 굉장히 짧은 시간 안에 쓴 작품입니다. 물론
돈 때문만은 아니지만, 경제적 상황이 매우 어려웠기
때문에 생활고를 해소해볼 목적으로 그 불후의 명작을
쓰게 된 것이죠. 우스갯소리지만 도스토옙스키의
후기작이라고 할 수 있는 거의 모든 작품은 기존의 서양
소설 형식과 완전 딴판이에요. 구성이 아주 엉망이에요.
엉망이라는 표현이 말도 안 되기는 하지만, 여러분들이
쉽게 이해하실 수 있도록 조금 과장된 표현을 써보기로
합니다.
　도스토옙스키의 장편 소설은 구성과 형식이 다
엉망이에요. 읽어보신 분들은 알 겁니다.『악령』, 그거
아주 치명적인 수면제예요. 건강한 사람이면 십 분 안에
잠들어요. 불면증이 심할 땐 그걸 읽으세요.『백치』도

마찬가지고요. 이 사람 저 사람 나와서 사변을 막 늘어놓는데, 한 사람이 나와서 열 페이지 넘도록 한 얘기 또 하고 한 얘기 또 하고, 아주 어지러워요.

그런데 유일하게 『죄와 벌』은 달라요. 급하게 썼거든요. 완전히 집중해서 급하게 쓰니까 형식적으로 거의 완벽해요. 도스토옙스키는 평생 자기 작품에 퇴고를 하지 못할 만큼 경제적 여유가 없었는데 『죄와 벌』을 집필할 당시는 그중에서도 최악이었던 것이죠. 여기에 또 일화가 있습니다. 당시 형편도 좋지 않은 데다 노예계약서를 썼으니 시간은 한정되어 있는데, 창작이 얼마나 강도 높은 노동인가요? 그 결과 아주 심한 치질에 걸리게 돼요. 의자에 앉아서 글을 못 쓰는 거예요. 그래서 어떻게 작업했느냐. 『죄와 벌』의 마지막 장면은 아르바이트로 속기사를 채용해서 대신 쓰게 합니다. 도스토옙스키는 부엉이 스타일이거든요. 밤새도록 작업을 하고 새벽에 잠들었다가 점심쯤 일어나는 게 일상이었는데요. 전날 머릿속에 떠오른 것을 메모해놨다가 점심에 속기사가 오면 구술을 해요. 그럼 속기사가 받아썼어요. 그게 누구냐면 바로 두 번째 부인이에요. 안나 그레고리예브나라는 젊은 여성이었죠.

『죄와 벌』 작업을 마치고 나서요. 나이도 많고 건강도 좋지 않은 데다가 돈도 없는 주제에 젊은 여자한테 청혼을 해요. 뻔뻔하기 이를 데가 없죠. 근데 그 어린 처녀가 중년 남자의 청혼을 받아들여요. 이 러브 스토리가 미스터리예요. 도대체 이 남녀가

어떻게 맺어졌을까 궁금해서 제가 다년간 연구를
했다는 거 아닙니까. 제 결론은 이렇습니다. 존경하는
마음이 없었다면 사랑으로 발전할 수 없었다.
도스토옙스키라는 사람을 작가로서 너무나 존경한
거예요. 지금은 세계적 고전이 된 걸작을 자기가 직접
써봤잖아요. 필사라는 형식으로 말이죠. 그러면서
도스토옙스키라는 예술가의 정신세계에 흠뻑 매료되고,
존경하게 되고, 사랑으로 흘러간 거죠. 이렇게 두
번째 부인을 만나 결혼한 뒤 빚쟁이들한테 쫓겨서
도망치듯이 유럽으로 여행을 갑니다. 잠깐 다녀올
생각이었는데 무려 4년에 걸쳐서 체류하게 됩니다.

　　제일 오래 살았던 도시는 독일의 드레스덴이었어요.
유럽에서 지내면서도 끊임없이 러시아의 상황에 관심을
가지고 귀담아 듣습니다. 그리고 고국의 독자들에게
자신이 잊혀지지 않기를 바라며, 또 러시아 문학계에
기여하기 위해 혼신의 노력을 합니다. 그 결과 『백치』와
『악령』이라는 또 다른 걸작들을 발표하게 되죠.

1870년대가 시작됩니다. 70년대는 도스토옙스키가
페테르부르크로 돌아와서 여러 가지 활동을 한
시기예요. 우선 『작가의 일기』라는 저작이 있습니다.
단행본 형식인데 아주 독특한 형태의 출간물이에요.
일 년에 한 권씩 매년 냈으니 권수가 꽤 되죠. 무슨
사건이 있으면 일지처럼 쓰기도 했고, 비중 있는 작품이
들어가기도 했습니다. 에세이, 사회비평, 예술비평까지
다 들어있어요. 그것을 직접 발행합니다. 이 작가 일기가

말년의 중요한 성과 중 하나죠.

70년대 중반에는 그의 5대 장편 중 네 번째인
『미성년』이라는 소설을 씁니다. 그리고 70년대
후반에는 그의 마지막 장편소설,『카라마조프 씨네
형제들』을 씁니다. 그 대작을 세상에 내놓기 위해서
마지막 남은 생명의 불꽃을 태웠습니다. 자신의
남은 생을 감지했는지도 모르겠어요.
그 당시 도스토옙스키의 건강은 이미 회복 불가능할
지경이었어요. 특히 폐가 안 좋았는데요. 폐동맥이
파열되고 각혈을 하면서 1881년에 죽게 됩니다.

1월 28일 저녁 8시 38분. 자신의 집에서 파란만장한
삶을 마감합니다.

간단하게나마 도스토옙스키의 삶을
소개해드렸습니다. 어느 인생이나 그 자체가
우여곡절이지만, 도스토옙스키만큼 굴곡진 삶을
산 작가는 찾기 힘듭니다. 그래서 더 위대한지도
모르겠습니다. 도스토옙스키의 소설을 읽으실 때, 이
바람 잘 날 없는 삶이 바탕이 되었다는 것을 여러분이
이해하신다면 조금 도움이 되지 않을까 싶습니다.
그가 떠나던 해인 1881년까지 살던 집이 있어요.
페테르부르크에 위치해 있습니다. 국립박물관으로
지정되어 있어 수많은 관광객들이 도스토옙스키를
만나러 옵니다. 만약 여러분들이 페테르부르크에
가시게 된다면 도스토옙스키가 살았고 그가 세상을
떠난 곳이기도 한 집에 꼭 들러보세요. 침실에 놓인
탁상시계가 저녁 8시 38분을 가리키고 있을 겁니다.

그대로 멈춰있습니다. 그때 그 시간에.

도스토옙스키의 삶은 한 번도 경제적으로 넉넉했던
적이 없습니다. 저는 도스토옙스키에 대한 책
『아름다움이 세상을 구원할 것이다』를 쓰기 위해
페테르부르크에서 그가 살았던 모든 곳을 다
돌아다녔습니다. 스무 번을 이사했다는데 그럼 스무
군데 살았던 것 아닙니까. 근데 자기 집을 가져본 적이
단 한 번도 없어요. 다 월셋방이었어요. 혹시 자기 집을
구하지 못해 울적한 분들이 계시다면, 도스토옙스키의
삶을 생각하며 약간의 위안을 얻어 보세요.

굉장히 궁핍한 생활을 하다가 생을 마감한 탓에
모든 작품의 기저에 가난이라는 주제가 깔려 있습니다.
러시아의 또 다른 유명 작가인 톨스토이는 대단한
귀족의 자제였거든요. 18, 19세기에 톨스토이 백작
가문이 살았던 저택이 아직도 남아 있는데 아주
어마어마합니다. 반면에 도스토옙스키는 항상
페테르부르크의 뒷골목을 전전하며 살았죠. 그래서
두 문호의 작품세계가 상당히 대조적입니다.
톨스토이의 세계는 밝아요. 아주 다채롭고
자연의 풍성한 색으로 채색된 듯한 느낌이죠. 반면
도스토옙스키의 문학세계는 흑백 사진이에요.
회색이고, 찌들어 있고, 도시 뒷골목의 칙칙한 느낌⋯⋯.
러시아문학에 빛과 그림자가 있다면 빛은
톨스토이이고, 그림자는 도스토옙스키라고 할 수
있겠네요.

도스토옙스키가 죽기 전 마지막으로 찍은

사진입니다. 그의 사진 중 제가 가장 좋아하는
사진인데요. 생가에 가면 아주 크게 걸려 있습니다.

도스토옙스키

사진을 자세히 보면 세상의 비극을 모두 담은 듯
눈이 참 슬퍼보입니다.

도스토옙스키 문학은
러시아 민중의 그림자다

『죄와 벌』은 1866년에 잡지 『러시아 통보』에
연재됐다가 이듬해 단행본으로 출간된 소설입니다.
이 작품은 도스토옙스키에게 새로운 시작이자
완결이었다고 생각합니다. 완결이라는 것은 이 소설을
완성함으로써 그 이전에 단편적으로 탐구했던 자신의
문학적, 사상적, 사회적 주제들을 한 곳에 통합한
의미가 있기 때문입니다. 동시에 새로운 시작이라고
하는 것은 『죄와 벌』에 이어서 출간된 후기 대작들, 소위
5대 장편의 출발점이었기 때문입니다. 『백치』, 『악령』,
『미성년』, 『카라마조프 씨네 형제들』 같은 작품도
『죄와 벌』에서 종합된 여러 가지 문제들이 더 구체화된
형태라고 볼 수 있습니다.

　우리가 이 작품을 제대로 이해하기 위해선

1860년대가 러시아 역사 안에서 어떤 의미를 가지고 있는지 알아야겠죠. 가장 중요한 사건 중 하나가 1861년에 일어난 농노해방이었어요. 농노해방은 끔찍한 사건입니다. 1850년 후반까지만 해도 러시아는 여전히 봉건주의와 전제정치를 버리지 못한 유럽의 변방이었어요. 덩치는 큰데 가장 후진적인 곳이 바로 러시아였단 말이죠. 그러다 1861년에 갑자기 농노해방을 하게 돼요. 그런데 이것이 맨 아래 민중들의 자발적인 움직임으로 이루어진 개혁이 아니고 황제와 소수의 귀족들이 주도한 상황이었던 것이 가장 큰 비극이었죠. 이게 무슨 말인지 설명해 드리겠습니다.

1850년대 후반에 크림 전쟁이 일어났습니다. 러시아가 남쪽으로 세력을 넓히기 위해서 오스만투르크하고 전쟁을 하는데, 당시 유럽 열강의 입장에서는 러시아가 저걸 먹으면 큰일 나겠다 싶었던 거예요. 그래서 영국하고 프랑스가 오스만투르크 쪽에 붙었죠. 세 연합군에 의해 러시아가 전쟁에서 패배해요. 러시아는 패배의 이유를 곰곰이 생각해봤겠죠. 결론이 뭐냐면, 근대화되지 않았기 때문에 졌다는 거예요. 개혁을 하지 않았기 때문에 졌다는 거죠. 더 이상 개혁을 망설였다가는 유럽의 변방도 아니고 완전히 구석에 찌그러진 나라가 될 거라는 위기의식을 갖게 됩니다. 황실, 귀족, 군인과 같은 상류층들이 말이죠. 그래서 갑자기 황제가 농노를 해방한다고 발표해버린 거예요. 문제는 러시아 사회가 그런 개혁을 소화할 준비가 되어 있지 않았던 겁니다.

개혁은 일어났지만 위에서 하달된 억지 개혁이었고, 민중들의 삶은 더더욱 도탄에 빠집니다. 그러니 1860년대 러시아의 혼란은 어마어마했겠죠. 좀도둑, 중독자들, 강도, 살인범…… 사회의 병폐는 이루 말할 수 없었죠. 당시 수도였던 페테르부르크로 많은 인구가 몰려와 있었고요. 덕분에 러시아 사회의 모든 문제를 압축시킨 상징적 공간이 돼버린 것이죠. 『죄와 벌』의 무대가 바로 그러한 시기의 페테르부르크입니다.

알코올 중독, 강도, 매춘, 살인이 사회를 불안하게 했던 시절이었습니다. 『죄와 벌』에 나오는 모티프들이죠. 이 모든 사회적 문제를 도스토옙스키가 외면하지 않고 작품 속에서 다루는데 특히 알코올 중독은 러시아 사회의 고질적인 병폐입니다. 술을 너무 먹어요. 그 독한 술을. 먹기 시작하면 대책이 없어요. DNA가 다른 건지, 알코올을 분해하는 효소가 아주 뛰어난 것 같아요. 전직 러시아 대통령 옐친은 술에 취해서 국무회의를 했다는 거 아녜요. 러시아 사람들 하면 술에 얽힌 일화가 한두 가지가 아닙니다. 자. 근데 이 알코올 중독 문제가 작품에서 아주 중요한 모티프로 작용하고 있습니다.

등장인물 중 소냐라는 창녀가 있습니다. 마르멜라도프라는 사람의 딸입니다. 마르멜라도프는 알코올 중독자예요. 너무나 무기력하고 아무런 책임감도 없고 심지어 술을 마시기 위해서라면 딸이 몸을 팔아서 번 돈까지 갈취합니다. 나중에 마르멜라도프는 술에 취해 마차에 치어서 죽게 되는데,

당시 가장 큰 사회적 문제였던 알코올 중독을 심각하게 다루고 있다는 점을 알고 넘어가셔야 하겠습니다.

알코올 중독 문제가 외적이고 배경적인 모티프라면, 이 소설의 중심 플롯을 이끌어가는 내적 모티프는 살인사건입니다. 라스콜리니코프가 노파를 살해하거든요. 이것은 그 당시의 페테르부르크에 산재해 있던 혼란을 상징적으로 보여주는 장치라고 얘기할 수 있겠죠. 노파 살인이라는 에피소드는 자기가 착안한 것일 수도 있지만 신문지상에 보도됐던 사건 기사를 적극적으로 수용했기에 가능한 것이라 볼 수도 있습니다. 당시 모스크바에서 일어났던 사건이 있습니다. 27살의 젊은 남자가 어느 집 주인의 재산을 훔치기 위해 세탁부와 하녀, 두 노파를 도끼로 살해한 사건이었습니다. 그렇다고 해서 도스토옙스키가 단순히 당시의 사회적 문제들을 작품 속에 재현하는 데 관심이 있었던 건 아닙니다. 이런 범죄의 내면에 감춰진 인간의 도덕적 타락을 문제 삼고 있는 것이죠. 도스토옙스키가 『미성년』을 구상할 무렵 남긴 기록에서도 그런 문제의식을 찾아볼 수 있습니다. 이렇게 쓰여 있거든요. "개혁의 혁명기에 사회의 근본은 붕괴되었다. 대양(大洋)이 혼탁해졌다. 선과 악의 정의와 경계가 자취를 감추고 사라졌다." 이것은 『미성년』을 염두에 둔 문장이지만, 『죄와 벌』 또한 본질적으로 다른 얘기는 아닙니다. 이렇듯 소설은 1860년대를 다룬 사회소설의 면모를 갖고 있습니다.

생각이라는
일을 한다

도스토옙스키를 연구한 수많은 연구자들이 있는데
그중 대표적인 사람이 바흐친(Mikhail Bakhtin)입니다.
들어보신 분들도 계실 거예요. 바흐친은 도스토옙스키
소설의 주인공을 "의식하는 자일뿐만 아니라
이데올로기의 대표자"라고 규정한 바 있습니다. 중요한
얘기인데요. 후반기 장편 소설에 나오는 주인공들은
공통점이 있습니다. 그들의 육체는 현실세계에서
살지만, 그 삶의 중심은 '관념세계' 속에 있다는
점을 지적하는 아주 유명한 말입니다. 여러분들이
도스토옙스키의 소설 속 주인공들을 만나면 약간
당혹스럽고 이해가 잘 안 가는 이유 중 하나가 바로
여기 있습니다. 현실 세계에 한 발, 관념세계에 다른 한
발을 딛고 있기 때문입니다. 그들은 항상 현실과 관념의
경계 위에 서 있습니다.

　라스콜리니코프가 관념세계 속에 살고 있다는 것을
가장 잘 드러내는 대목이 있습니다. 하숙방에서 얘기를
나누는 장면입니다. 하녀가 차를 갖다 주면서 이런
말을 합니다. "전에는 아이들을 가르치러 다닌다고
하더니, 지금은 왜 아무 일도 하지 않는 거예요?" 그러자
라스콜리니코프가 "무슨 소리야. 난 일하고 있어."라고
말합니다. 하녀는 무슨 일을 하느냐고 되묻습니다. 맨날
방구석에서 천장만 쳐다보고 있으면서 개뿔 무슨 일을
해? 이렇게 생각했겠죠. 라스콜리니코프가 답합니다.

그는 잠시 말이 없다가 심각하게 대답했다.

나는 지금 생각하는 일을 해.

이게 아주 유명한 대사입니다. '생각하는 일.'

후기 장편의 특정한 주인공들은 현실 속에서 아무 일도 하지 않아요. 모두 생각하는 일을 합니다. 관념세계 속에서 살고 있다는 것을 상징적으로 보여주는 것이죠. 이것을 '의식의 과잉'이라 합니다. 도스토옙스키의 후기 작품의 주인공들은 의식이 과잉되어 있어요. 의식이 모든 걸 지배하는 존재들인 거예요. 현실 세계까지 지배하죠.

사실 현대인들 대다수가 의식의 과잉이라는 병을 앓고 있잖아요? 이시대의 삶 자체가 그렇잖아요. 자연과 괴리된 도시 생활을 하면서 우리가 하루를 어떻게 보내는지 되돌아보세요. 너무 쓸데없는 생각과 걱정이 많아요. 그렇죠? 저도 걱정이 태산 같습니다. 여기서 집까지 어떻게 돌아가야 되나, 이런 것부터 시작해서 말이죠. 불안하고, 걱정하고, 복수할 것도 많은 현대인들의 삶. 도스토옙스키가 살았던 시절부터 이미 현대인들의 삶의 뼈대가 만들어지고 있었던 겁니다. 그는 그것을 꿰뚫어 보고 있었던 것이고요. 자기 삶의 시나리오를 디자인해놓고 그대로 될 거라고 생각하는, 이런 의식과잉이 현대인의 삶에 있어 가장 커다란 질환입니다. 도스토옙스키의 주인공들은 19세기 무렵 우리 현대인의 선배로서 앞길을 닦고 있었습니다.

바흐친이 지적한 대로 그들은 자기가 가진 사상과
관념을 주변사람에게 계속 전염시키려고 해요. 목적을
실현하기 위해서 수단과 방법을 가리지 않습니다.
사람을 기만하고 이간질하고 죽이기까지 합니다. 이런
주인공들의 계보가 있습니다.

『지하생활자의 수기』,『죄와 벌』,『악령』,『카라마조프
씨네 형제들』의 주인공들이 공통적인 특징을 갖고 있죠.
특히『죄와 벌』의 라스콜리니코프는 이 반역자들의
족보에서도 가장 완벽한 수괴의 면모를 지니고 있는
인물입니다. 왜냐. 소설에서도 명백하게 밝히고 있지만,
라스콜리니코프는 사상가였습니다. 라스콜리니코프의
사상이라는 게 있는 거죠. 이게 작품을 모았다 풀었다
하는 매우 중요한 작동 원리가 돼요.

그래서 바흐친의 시각에서 보면『죄와 벌』은 사회
소설이기도 하지만 전형적인 이데올로기 소설이기도
한 거예요. 그럼 도대체 라스콜리니코프의 사상이
뭐냐, 이것이 작품의 주제와 메시지를 이해하는
결정적인 단서가 되겠지요. 라스콜리니코프는 이렇게
생각합니다. 역사상 위대한 인물들의 우월성을
신봉해요. 라스콜리니코프가 제일 존경하는
인물이 누굽니까. 맞아요. 나폴레옹입니다. 모든 걸
이룬 사람으로서 당시 유럽에서 가장 위대하다고
칭송받았으니까요. 나폴레옹이 보통사람들을
지배하며 그들을 올바른 길로 인도했다고 믿습니다.
올바른 진리의 길, 선의의 길로 인도했다고 말이지요.
그래서 라스콜리니코프는 이렇게 생각합니다. 위대한   40

인물들은, 필요하다면 사회의 도덕률을 파괴하고 폭력과 살인을 저지를 수 있는 권리와 의무를 지니고 있다. 사회적 대의나 진리 등을 실현하기 위해서. 보통 사람들로서는 불가능한 일이지만 위대한 인물들이야말로 그 임무를 지녔다고 믿었던 겁니다. 소위 '큰 뜻'을 실현하기 위해선 그 방법과 수단이 정당하지 않아도 문제가 되지 않는다는 생각이죠. 그게 바로 라스콜리니코프의 사상을 요약하는 핵심이라 할 수 있겠습니다.

　우리를 포함해서, 의식 과잉인 사회에 사는 현대인들은 어느 정도 라스콜리니코프적인 사고방식을 가지고 있습니다. 라스콜리니코프는 페테르부르크의 대학에서 법학과를 다니다가 중간에 휴학한 지식인입니다. 따라서 지식인의 소설로도 이해할 수 있지만 저는 좀 더 확장해서, 현대 사회의 모든 사람들이 그와 같은 사고방식을 갖고 있다고 생각해요. 내가 생각하는 게 선이고, 참이고, 정의인 거예요. 나와 다른 생각으로 행동하고 살아가는 사람은 다 틀렸다고 보는 거죠. 그러니 구원해줘야 하는 대상인 거예요. 내가 하는 게 선인데 그걸 안 좇다니, 불쌍한 사람들. 이런 시선인 거죠. 강하든 약하든, 저에게도 또 여러분들의 관념 속에도 라스콜리니코프라고 하는 바이러스가 있습니다. 모두가 나만을 인정해주길 바라며 다른 사람을 이해하지 않는다면 소통은 이뤄질까요? 절대 이뤄지지 않습니다. 우리 안에 있는 바이러스가 뭔지 알고, 그걸 극복하려고 노력하는 것. 이 소설이 한국 사회에 주는 가장 커다란 메시지 중 하나라 생각합니다.

이데올로기의
일생

『죄와 벌』은 라스콜리니코프의 사상이 태어나고
전개되다가 사고를 당해서 결국엔 스스로 몰락하게
되는 과정을 플롯으로 삼고 있습니다. 이런 관점에서
보면 소설의 주인공은 라스콜리니코프가 아닙니다.
바로 라스콜리니코프의 사상입니다. 사상이 태어나고
늙고 병들고 죽는 것이 핵심 줄거리인 것이죠. 아까도
이야기했지만 이데올로기 소설이라는 측면에서
볼 때, 라스콜리니코프와 그가 가진 사상이 굉장히
중요합니다. 『죄와 벌』은 라스콜리니코프의 이야기로
시작해서 또 다른 다양한 이야기들이 뭉쳤다가
퍼지기를 반복하는, 형식적으로 아주 완성도가 높은
작품입니다.

구성이 또 독특한데요. 라스콜리니코프의 이야기에
세 가지의 부차적인 이야기가 교차된 구성입니다.
라스콜리니코프의 이야기란 그가 죄를 짓고, 벌을 받고,
부활하는 내용이죠. 세 가지 부차적인 요소는 다음과
같습니다. 첫째는 창녀인 소냐의 가족 이야기. 알콜
중독, 매춘 등이죠. 둘째는 라스콜리니코프 가족의
이야기. 그의 어머니와 여동생 두냐에 얽힌 이야기죠.
셋째는 라스콜리니코프의 주변 사람들 이야기입니다.
살인, 강도, 검사와 경찰……
작품의 기본 골격은 1부의 4장이 끝나기도 전에

모두 드러납니다. 다시 말해 앞서 언급한 소설 속 주요 이야기들이 차례대로 등장합니다. 라스콜리니코프가 고리대금업을 하는 노파를 찾아가 살인을 생각하고, 제2장에서는 마르멜라도프를 만나 그의 불행한 가족사에 대해 알게 되고, 제3장에서는 어머니의 편지를 통해 두냐와 루쥔의 약혼 사실을 알게 되고,

4장에서는 마르멜라도프의 가족과 자신의 가족이 무척 닮았다는 걸 느끼죠. 소냐와 마찬가지로 제 동생 두냐도 가족을 위해 자신을 희생하고 있다는 점도 그랬고요. 초반부에 나오는 이 장면들은 모두 라스콜리니코프가 노파를 살해하는 데 기폭제가 되는 소설적 장치입니다.

사람들이 『죄와 벌』을 읽을 때 흔히 특이하다고 느끼는 점이 있습니다. 소설 속 시간과 공간이 현실세계의 시공간 개념하고 다르다는 점입니다. 도스토옙스키는 작품의 시공간을 매우 의도적으로, 자신의 소설에서 전달하려고 하는 메시지에 부합하게끔 인공적으로 만들어내요. 공간 중에 굉장히 특이한 게 소냐의 집입니다. 소냐의 집에 여러 사람이 모여서 뭔가를 하는 에피소드가 나오는데요. 작가는 소냐의 방을 아주 기괴하게 묘사합니다. 사실 매우 계산된 묘사입니다. 공간은 반드시 그 안에 살고 있는 인물들의 정신세계를 투영하니까요.

또 하나는 소설의 주요한 배경 중 하나인 그리보예도프 운하인데요. 페테르부르크에 존재하는 많은 운하들 중에서도 가장 복잡하며 귀족들이 살지

않는 지역입니다. 이곳을 소설의 주요한 배경으로
삼았던 것도 매우 의도적이죠. 그 시대를 살았던 러시아
사람들의 병적인 정신세계를 보여주기 위한 하나의
장치라고 할 수 있습니다.

그리보예도프 운하

K다리

　가장 길고, 좁고, 꼬불꼬불한 곳이에요. 당시에는
도시 빈민들이 사는 곳이었어요. 작품의 주요무대가
페테르부르크에서 가장 복잡한 운하인 게, 이 공간과
작품의 메시지 사이에 밀접한 관련이 있어서라고
학자들은 해석해요. 주인공 라스콜리니코프가 살았던
다락방도 여기에 있습니다. 작품의 첫 시작이에요. 어느
무더운 여름날, 먼지가 푸석푸석 날리는 이 골목길로,
하숙방 주인 눈에 안 띄게 거리로 나와서 K다리를 향해
가죠. K다리로 갔다, 이게 소설의 첫 번째 문장이거든요.

실제 소설의 무대가 됐던 곳입니다.

명작은 언제나
질문을 남긴다

마지막 에필로그에서 라스콜니코프가 꿈을 꿉니다.
『죄와 벌』에서는 꿈이 총 세 번 나옵니다. 이 꿈들 또한
적재적소에 쓰이며 작품의 주제를 잘 드러내줍니다.
그중 마지막 꿈이 바로 에필로그에 나오는데요.
내용인즉슨 라스콜니코프가 자신이 살인범임을
고백하고 재판을 받은 뒤 유형지에서 수감생활을
하다가 병을 앓게 되는데, 고열에 시달리면서 이상한
악몽을 꿉니다. 전 세계적으로 무시무시한 전염병이
창궐하는 내용입니다. 새로운 바이러스에 감염된
사람들은 자기 자신만이 진리이며 현명하다 여기고
자신의 판단, 자신의 결론, 자신의 도덕적인 확신과
신앙만이 올바르다고 주장합니다. 결국 세상은
아비규환이 됩니다. 그래서 사람들은 서로를 이해하지
못하고 선악을 구별하지도 못하고, 결국 무의미한
증오심 속에서 서로를 죽고 죽이는 지옥 같은 세상이
된 거죠. 라스콜니코프는 꿈속에서 그런 이들을
목도합니다.

　이 꿈의 내용이 지금 우리가 살고 있는 세상과 뭐가
다르죠? 무엇이 다르다고 우리는 말할 수 있을까요?
서로가 옳다고 주장하는 사람들로 가득한 세상에서,
선악의 구별을 명확하게 할 수 있나요?
전 잘 못하겠어요. 그런 세계에서 우리가 살고

있잖아요. 환각, 부조리한 세계, 상대방에 대한 무의미한 증오심…… 1866년에 쓴 소설에서 묘사된 세상입니다. 벌써부터 현대인들의 삶을 탁월하게 그리고 있다는 걸 느낄 수 있죠.

라스콜리니코프는 이 부조리한 환각, 꿈에서 깨어납니다. 독자들에게 말하는 것이죠. 꿈에서 깨어나라. 지금. 빨리 깨어나지 않으면 불소통의 사회가 향하는 최종목적지는 단 하나, 파멸밖에 없다는 얘기를 하고 있는 것입니다. 라스콜리니코프는 꿈에서 깨어나서 이렇게 얘기합니다. '이제 정말 모든 것이 변해야만 하는 것이 아닐까.' 소설은 여기서 끝나죠. 저는 라스콜리니코프의 독백이 바로 도스토옙스키가 우리에게 주는 궁극적인 메시지가 아닌가 합니다. 우리 모두가 변해야 한다는 것.

도스토옙스키가 위대한 작가로 칭송받는 이유는 바로 여기 있습니다. 백여 년 전의 러시아 사회를 살아가면서 썼던 사회소설이자, 이데올로기 소설이자, 심리소설이자, 아무튼 복잡한 이 작품이 이 시대를 사는 우리에게도 유효하다는 점입니다. 메시지는 명확하면서도 결코 간단치만은 않습니다. 인간이 꿈에서 깨어나지 못하면, 미래는 없다. 도스토옙스키가 우리에게 건네는 강력한 메시지입니다.

표도르 미하일로비치 도스토옙스키

Фёдор Миха́йлович Достое́вский

1821. 11. 11 ~ 1881. 2. 9

19세기 러시아를 대표하는 소설가이자 사상가. 모스크바에서 의사 집안의 둘째 아들로 태어났다. 어려서 어머니를 여의고, 아버지의 권유에 못 이겨 상트페테르부르크 공병학교에 진학하여 장교로 임관했다. 공병학교 시절 아버지마저 농노들에게 끔찍하게 살해당하고 만다. 그는 어려움 속에서도 문학에 대한 열망을 포기하지 않았으며 1846년 처녀작 「가난한 사람들」을 발표하여 일약 주목받는 작가가 된다. 하지만 1849년 공상적 사회주의자인 페트라솁스키 독서클럽에 출입했다는 죄목으로 사형선고를 받고, 극적으로 시베리아 유형으로 감형된다. 시베리아의 옴스크 등지에서 10년간의 유형생활을 마치고 돌아와『죽음의 집의 기록』,『지하생활자의 수기』등 문제작을 발표한다. 1866년 대표작『죄와 벌』을 발표하고, 이때 만난 안나 그리고리예브나와 두 번째 결혼을 한다. 아내와 함께 유럽여행을 떠나 독일, 이탈리아 등지에서 4년간 체류하면서『백치』,『악령』을 집필하였다. 러시아로 돌아와 1875년『미성년』을 발표하고, 1876년부터『작가의 일기』를 출간하였다. 1879년부터 마지막 장편소설『카라마조프 씨네 형제들』을 연재하기 시작하여 1880년에 완성하였다. 같은 해 모스크바에서 열린 푸시킨 동상제막식에 참석하여 푸시킨에 대한 연설을 하였다. 1881년 1월 28일 상트페테르부르크 집에서 폐동맥 파열로 사망하였다.

죄와 벌
Преступлéние и наказáние

1866

가난한 청년 지식인 라스콜리니코프가 사회 정의를 실현하기 위해 살인을 저지르고 번민에 시달리다 참회하는 이야기다. 그는 세상 사람들을 비범한 인간과 평범한 인간으로 구분하고, 비범한 인간은 세계사적 과업을 이루기 위해 기존의 도덕률을 초월할 수 있다고 믿고 있다. 다시 말해 '영웅'은 세상을 이끌어가기 위해 어떤 일이든 할 수 있다는 것이다. 그는 자신이 비범한 인간인 것을 증명하기 위해 고리대금업자인 노파를 도끼로 살해한다. 하지만 살인 현장을 우연히 목격한 리자베타마저 죽인 후 라스콜리니코프는 공포와 두려움에 시달리며 정신적 방황을 이어간다. 그는 술집에서 만난 알코올 중독자 마르멜라도프의 딸인 창녀 소냐의 순수함에 이끌려 자신의 범행을 고백한다. 소냐는 진심으로 라스콜리니코프를 동정하고 이해한다. 소냐는 그에게 자수를 권하고 사거리에서 대지에 입을 맞추고 자신이 살인자라는 것을 모든 이에게 밝히라고 설득하지만 라스콜리니코프는 망설인다. 여기에 예심 판사 포르피리는 범인이 누구인지 짐작하고 그가 자수할 수 있는 계기를 만들려고 노력한다. 한편, 이런 사실을 알게 된 사기꾼이자 호색한인 스비드리가일로프는 이를 빌미로 소냐와 라스콜리니코프를 괴롭힌다. 그는 라스콜리니코프가 자수를 결심하자 갑자기 자살을 하고 만다. 라스콜리니코프는 경찰서 앞에서 주저하다가 소냐의 간절한 모습을 보고는 자수한다. 그리고 소냐의 권유에 따라 광장에 엎드려 대지에 입을 맞추고 자신의 죄를 고백한다. 에필로그에서 라스콜리니코프는 시베리아 수용소에서 지내며 세상이 분열되어 고통받고 있는 꿈을 꾼다. 악몽에서 벗어난 주인공은 이제 모든 것이 변해야만 한다는 깨달음에 도달한다.

강연자

이병훈

1963년 서울에서 태어났다. 고려대학교 노어노문학과를 졸업하고 모스크바 국립대학에서 러시아 문학 석,박사 학위를 받았다. 현재 아주대학교 다산학부대학 부교수로 재직 중이며, 잡지『문학과 의학』편집인으로 활동하고 있다. 지은 책으로『모스끄바가 사랑한 예술가들』,『백야의 뻬쩨르부르그에서』,『아름다움이 세상을 구원할 것이다』등이 있고 옮긴 책으로 미하일 불가코프의『젊은 의사의 수기 · 모르핀』, 벨린스키 문학비평선『전형성, 파토스, 현실성』(공역), 비고츠키의『사고와 언어』(공역) 등이 있다.

김용민 선생님이 말하는

이 세상 밖이면 어디라도

보들레르

보들레르는 세계적으로 유명한 시인입니다.
유명세라는 게 작품성과 꼭 일치하는 것은
아니지만, 현대시의 세계에서 보들레르는
유명하면서도 작품성을 높이 인정받는
작가지요. 이름만 들어보신 분도 계실 테고,
시를 좋아하는 분이라면 작품을 읽어보기도
했을 겁니다. 우리나라에 가장 널리 알려진
프랑스 시인이니까요.

한때 우리나라 시에 적잖은 영향을 미치기도
했지요. 1920~30년대, 그러니까 외국문학의
영향을 받으며 한국근대시가 형성될 때
우리 시단에서 큰 관심을 갖고 소개하거나
때로 모방까지 한 대표적인 외국시인이
보들레르였습니다.

민족의 시인이라 평가받는 이상화 시인의 초기작
「나의 침실로」 같은 작품에는 보들레르적인 분위기가
깊게 배어 있습니다. 여러분이 잘 아시는 서정주의
처녀시집 『화사집』에는 보들레르의 영향이 더욱
선명하게 나타나지요. 이 시집에 「수대동시水帶洞詩」란
시가 있는데, 보들레르란 이름이 직접 거명되고 있어요.
윤동주가 「별 헤는 밤」에서 프랑시스 잠과 라이너
마리아 릴케를 시적 이미지로 사용하듯이 말입니다.
이처럼 서양시인으로는 우리 시와 관계가 깊은
편이지만, 그렇다고 대중적으로 사랑을 받는 시인이라
할 수는 없습니다.

세상에 내리는
흙빛의 비

시를 읽어보신 분은 느끼셨겠지만 참 어두운
시인입니다. 대부분의 시가 어둡고 무겁고 음산해요.
이 정도로 음울한 시인을 만나기는 쉽지 않을 겁니다.
우울, 절망, 죽음, 악과 같은 '불쾌한' 주제들을 이만큼
끈질기게 다룬 시인은 달리 없을 듯싶군요. 그럼
강연 제목으로 뽑은 "이 세상 밖이면 어디라도"라는
문구로부터 얘기를 시작해보도록 하겠습니다.

이 문구는 사실 보들레르가 쓴 한 산문시의 제목입니다. 원제는 "Anywhere out of the world"라고 프랑스어가 아니라 영어로 되어 있고, 그 옆에 동일한 의미의 프랑스어 문구인 "N'importe où hors du monde"가 병기되어 있지요. 보들레르의 유일한 산문시집 『파리의 우울』에 실려 있는데, 이 우울한 시인의 정신적 삶을 함축하고 있는 것 같아 강연 제목으로 인용해 봤습니다.

이 제목이 어떤 의미를 담고 있다고 생각하시나요? 이 세상 밖이면 어디라도 좋다, 어디라도 가겠다, 뭐 그런 얘기가 아니겠어요? 다시 말해 이 세상은 견딜 수 없는 곳이니, 지긋지긋하다 못해 끔찍하고 신물 나는 곳이니, 여기서 벗어날 수만 있다면 지옥이라도 가겠다는 그런 외침이 아니겠어요? 사실이 그렇습니다. 이 산문시가 수록된 『파리의 우울』은 보들레르가 말년에 집필한 시집이지요. 그의 삶이 전체적으로 불행했지만, 말년이 특히 비참했거든요.

이 산문시의 제목이 영어라 생각나는 것이 있어 잠깐 다른 얘기를 하겠습니다. 보들레르가 라틴어로 시 제목을 단 경우는 여럿 있지만, 이처럼 영어를 사용한 적은 거의 없었습니다. 그런데 영어 공부를 무척 열심히 했던 것은 분명합니다. 미국의 시인이자 소설가인 에드거 앨런 포의 작품을 읽기 위해서였지요. 이 작가를 우연히 알게 되었을 때 보들레르는 자신의 문학적 동지, 더 나아가 정신적 동반자를 만났다고 생각했습니다. 앨런 포의 시론에서 큰 영향을 받은 것은 물론이고,

글을 써 이 알려지지 않은 작가를 세상에 알리고,
또 혼신의 힘을 기울여 그의 단편소설을 프랑스어로
번역하기도 했지요. 먹고 살기 위한 호구지책이기도
했지만요. 그 번역본이 오늘날에도 프랑스에서 팔리고
있어요. 하여튼 두 시인은 시에 대한 생각뿐 아니라
때로 초현실적이고 기괴한 분위기까지 연관성이
아주 많지요.

　다시 우리의 주제로 돌아와 이런 질문을 던져
보겠습니다. 도대체 무슨 사연이 있기에 보들레르는
어둡고 무거운, 즉 악의 세계를 이토록 끈질기게
얘기하는가. 그는 왜 이토록 이 지상의 삶을 견딜 수
없어 했는가. 이런 질문에 대답하기 전에 먼저 이 시인이
삶을 어떻게 생각하고 느꼈는지를 살펴보는 것이
순서일 듯합니다.

　　이 세상의 삶은 환자들마다 침상을 바꾸려
　　안달하는 한 채의 병원이다. 어떤 이는 기왕이면
　　난로 앞에서 고통을 겪었으면 하고, 어떤 이는
　　창가에 있으면 병이 나을 거라 믿기도 한다.

이것이 앞서 말한 「이 세상 밖이면 어디라도」라는
산문시의 첫 부분입니다. 삶을 병원에 빗대고 있지요.
이 병원에는 이왕이면 따뜻한 난롯가에서 고통을
달랬으면 하는 사람도 있고, 병을 치유할 수 있다고
창가의 햇볕에 기대를 거는 사람도 있습니다. 모두
인간적인 바람이지요. 그러나 다 헛된 일입니다. 병은

보들레르 ― 이 세상 밖이면 어디라도

결코 낮지 않아요. 왜냐하면 세상은 병원이고 따라서 산다는 것 자체가 환자가 됨을 의미하기 때문이지요. 다시 말해 삶 자체가 바로 불치병입니다. 그리고 세상 전체가 병원이니 누구도 세상을 떠나기 전에는 이 병원에서 퇴원할 수가 없어요. 어떤 빛도 보이지 않는 절망적인 상황이지요. 그 절망 끝에서 시인은 외칩니다. 아니 절규한다는 편이 낫겠군요. "이 세상 밖이면 어디라도" 괜찮다고 말이죠.

산다는 것은 어떻게 보면 인간의 한계를 인식하고 받아들이는 것이라 할 수 있습니다. 누구도 피할 수 없는 병과 죽음, 탄생뿐 아니라 삶을 이끌어가는 수많은 우연성, 형이상학적 질문들에 대한 인식의 한계, 뭐 이런 것들이 이른바 인간의 조건인데, 이 인간의 조건 자체가 인간의 질곡이요 천형이라고 말하는 것 같습니다.

어떠신가요? 굉장히 암울하죠? 이러한 비관적 세계관과 그에 따른 우울한 정서가 보들레르 작품에 지속적으로 나타납니다. 누구나 우울감에 시달리거나 회한의 감정에 괴로워할 때가 있지요. 또 죽음에 대한 생각으로 간혹 웃음을 잃고 생각이 혼란스러워지는 때도 있습니다. 그런데 보들레르의 작품을 읽다 보면, 이런 감정이 그에게는 일시적이 아니라 고질적인 것이 아닌가 하는 느낌이 들어요. 다른 시를 한 편 보겠습니다. 이 시인이 우울이란 병을 얼마나 지독하게 앓고 있는지 엿보실 수 있을 겁니다.

오랜 권태로 흐느적거리는 정신을

낮고 무거운 하늘이 뚜껑처럼 짓누르고,
둥그렇게 에워싼 지평선을 온통 껴안으며
우리에게 밤보다 서글픈 흙빛을 퍼부을 때,

대지가 축축한 지하토굴로 바뀌어
희망이 박쥐처럼 이 벽 저 벽을
힘없는 날개로 달려가 두드리고
썩은 천장에 머리 부딪치며 다닐 때,

광대한 물줄기 펼쳐놓는 빗발이
거대한 감옥의 쇠창살을 닮아가고,
그리하여 추악한 거미들의 말없는 무리가
우리 머릿속 깊은 곳에 그물을 치러 올 때,

느닷없이 종소리 길길이 날뛰며
소름끼치는 절규를 하늘 향해 내뱉는구나.
고집스럽게 처량한 불평 늘어놓는
갈 곳 없이 떠도는 망령들처럼.

— 이어 기다란 영구차 행렬이 내 넋 속을
천천히, 북소리, 음악소리도 없이 지나가고,
희망은 꺾여 우는데 잔인한, 난폭한 고뇌가
내 숙인 두개골에 검은 깃발을 꽂는구나.

「우울」 LXII

참으로 무겁고 답답한 시입니다. 소름이 돋을 것

같아요. 서두부터 시인은 비가 올 듯 낮게 내려앉은 하늘이 "밤보다 서글픈" 빛을 사방으로 쏟아부으며 무기력한 정신을 "뚜껑처럼" 내리누른다고 말합니다. 사실 파리의 하늘이 가을부터 봄까지 이와 비슷하긴 하지요. 거의 매일 구름이 잔뜩 끼어 있고 비가 오락가락합니다. 어쨌든 이 무거운 하늘이 한없이 내려앉고 어두워져 대지는 마침내 지하 토굴처럼 오그라듭니다. 세상이 유폐의 공간이 되는 것이죠. 희망의 빛이라곤 어디에도 없는 비좁고 어두운 지하 토굴입니다. 이어 찌푸린 하늘에서 비가 내리기 시작하고, 그 빗줄기는 "감옥의 쇠창살"이 되어 시인을 완벽하게 가두어 버립니다. 이것도 모자라 시인의 머릿속에 거미들이 덫까지 쳐놓았어요. 이 세상이 절대 빠져나갈 수 없는 감옥과 같다는 느낌을 이렇게 표현한 것이지요.

그때 어디선가 종소리가 들려옵니다. 그런데 이 종소리를 시인은 마치 하늘을 향해 내뱉는 절규처럼 느낍니다. 요란하게 울리는 종소리를 고뇌와 절망의 끝에서 발작하듯 내지르는 절규에 비유했다고 할 수 있지요. 사실 이 외침은 단말마와 비슷합니다. 곧이어 음산한 죽음의 전령이 승리의 깃발을 들고 찾아오니까 말입니다. 희망은 완전히 사라졌고 고뇌가 최종적으로 두개골 위에 검은 깃발을 꽂습니다. 남은 것도 기다리는 것도 죽음밖에 없다는, 그러니까 죽음만이 최종적인 승리자라고 선언하는 것 같아요.

『악의 꽃』에는 이렇게 음침한 시가 한두 편이

아닙니다.『악의 꽃』초판은 1857년에 발간되었는데, 총 100편의 시가 실려 있습니다. 그리고 이 100편의 시를 5개의 소제목으로 나누어 묶었지요. '우울과 이상'이란 소제목 밑에 77편, '악의 꽃' 밑에 12편, '반역'에는 3편, '술'에 5편, '죽음'에 3편이 실려 있습니다. 사실 이 소제목 자체가 보들레르의 시세계를 압축하는 핵심 주제들이지요. 그런데 보시다시피 '우울과 이상' 속에 압도적으로 많은 77편의 시들이 들어 있어요. 그리고 그중 대다수는 이상이 아니라 우울을 주제로 삼고 있습니다. 또 나머지 소제목에 속한 시들도 대부분 어둡고 무겁기는 마찬가지예요. 또 다른 시집으로 『파리의 우울』이 있는데 이건 산문시집입니다. 아예 제목부터 우울하지 않습니까?

시인은 수사에 능하고 과장과 엄살도 잘 부리는 사람입니다. 그러니 시인의 말을 항상 액면 그대로 받아들일 필요는 없겠지요. 또 시와 관계된 시적 자아와 실생활을 사는 사회적 자아가 반드시 일치하는 것은 아니니까 삶과 작품을 완전히 동일시할 필요도 없을 겁니다. 그렇기는 하지만, 이처럼 집요하고 지독하게 어두운 세계를 표현했다면, 뭔가 범상치 않은 고뇌와 절망이 보들레르의 삶을 지배했다고 보지 않을 수 없어요.

보들레르는 자신의 작품『악의 꽃』에 대해 한 편지에서 이런 말을 합니다. 연구가들 사이에서는 너무도 유명한 말이라 수없이 인용되는 것입니다. "내가 이 '끔찍한' 책에 내 모든 마음과 애정, 나의 모든

(위장된) 신앙과 증오를 쏟아 넣었다는 것을 당신에게
(…) 말할 필요가 있겠습니까?" 한 마디로 자신의
모든 내면을 가감 없이 송두리째 고백했다는 것인데,
그 결과는 "끔찍한" 책이 되었습니다.

불행의 크기를 저울질하는 것만큼 어려운 것도 없을
겁니다. 그러나 적어도 보들레르의 우울과 고뇌가
일종의 포즈나 문학적 수사가 아니라는 것은 부정할
수 없을 거예요. 보들레르 자신이 자초했거나 선택한
면도 없지 않겠지만, 이유가 어떠하든 이 파리의 시인은
자주 괴로워하고 크게 절망하며 한평생을 보냈던 것이
분명하지요. 한 마디로 매우 불행한 시인이었어요.

그럼 지금부터 이 시인이 어떤 삶을 살았기에 그렇게
불행했는지 잠시 살펴보도록 하지요. 먼저 얼굴부터
한번 보겠습니다.

보들레르의
초상 사진

두 장 모두 널리 알려진 사진입니다. 왼쪽부터
보시지요. 어떤 느낌을 주나요? 머리가 꽤 많이
벗겨졌는데 말년의 모습으로 보입니다. 특히 눈빛이
강렬하지 않나요? 불만에 가득 차 세상을 노려보는 것

같은 눈빛이에요. 뭔가를 증오하는 표정 같기도 하고.
어쨌든 행복한 사람처럼 보이지는 않네요.

오른쪽 사진은 전혀 다른 분위기지요. 꿈을 꾸는
듯한, 나른하게 몽상에 잠겨 있는 듯한 모습이죠.
두 사진 모두 옷을 매우 단정하게 입고 있어요. 하얀
와이셔츠에 특이한 넥타이, 외투까지 걸쳤네요.
보들레르는 자기 옷을 손수 디자인할 정도로 자신만의
외모에 신경을 쓴 멋쟁이였어요. 사실 이 사진들을 통해
불만과 증오, 몽상, 댄디즘과 같은 보들레르 세계의
일단을 엿볼 수가 있습니다.

슬프고 정처 없이
파리를 떠돌며

샤를 보들레르는 1821년생입니다. 그리고 1867년에
사망합니다. 마흔여섯 살의 나이로 타계했습니다.
파리에서 태어나 주로 파리에서 살다 파리에서 죽은,
그러니까 전형적인 파리지앵이라 할 수 있지요.
청소년기에 의붓아버지의 주둔지였던 리옹에서 살던
적이 있고, 젊었을 때는 1년도 채 안 되는 기간이지만
배를 타고 인도양 쪽으로 긴 여행을 한 적도 있습니다.
말년에는 파리를 떠나 벨기에로 가기도 했지만,
인생 대부분을 파리에서 보낸 파리 토박이인 셈이죠.
파리라는 대도시의 우울한 풍경과 기운을 숨 쉬며
살았던, 또 그런 도시적인 것들을 시 속에 표현했던
시인입니다. 다시 말해 자연과 함께한 시인이 아니라는
얘기지요. 오히려 그 반대였지요. 자연을 증오했던

시인이었습니다.

1927년, 그가 여섯 살 때 아버지가 사망합니다.
아버지는 환속한 사제이자 아마추어 화가였어요.
보들레르는 훗날 미술비평 분야에서도 탁월한 재능을
발휘합니다. 아버지의 피가 흐르는 것이 아닌가
싶어요. 어렸을 때 돌아가셨으니 기억이 희미할 텐데,
보들레르는 부친을 평생 그리워하며 마치 정신적
지주처럼 생각하곤 합니다.

어머니와 아버지는 나이 차가 많이 나는
부부였습니다. 아버지가 사망하자 젊은 어머니는
이듬해에 오픽 소령이라는 군인과 재혼합니다.
재혼하기 전까지 1년 정도 보들레르는 어머니와
둘이 살았는데, 어머니를 독차지했던 이 기간을 훗날
가장 행복했던 시절이라고 회고합니다.「슬프고 정처
없이」란 시에 "어린 사랑의 푸른 낙원"이라는 유명한
구절이 있어요. 순진무구했던 어린 시절을 가리키는 것
같습니다. 이 시절을 이렇게 그리워하는 것은 거꾸로
말하면 이후의 삶이 대단히 고달프고 힘들었다는
얘기겠죠. 우리도 힘들 때는 어린 시절 행복했던 순간을
떠올리잖아요. 세상모르고 아무 걱정 없이 지내던
시절 말입니다.

어머니가 재혼하자 보들레르는 어머니를 빼앗겼다는
상실감에 크게 상처를 받게 되지요. 의붓아버지에
대한 질투와 반감도 당연히 컸습니다. 그렇다고 이런
감정들을 행동으로 표출한 것은 아닙니다. 전체적으로
보들레르는 어머니 마음에 들려고 노력하는 '착한'

학생이었다는 생각이 듭니다. 어쨌든 자신의 모든 것이었던 어머니를 앗아간 그녀의 재혼은 어린 보들레르에게 심리적으로 엄청난 사건이었던 것 같습니다. 인격 형성에 있어서나 또 세상을 바라보는 태도에 있어서나 이 사건은 시인의 내면적 삶에 지대한 영향을 끼쳤나 봅니다. 아버지를 일찍 여읜 것도 그렇지만, 어머니가 재혼을 하는데 그걸 다른 사람들처럼 자연스럽게 받아들이지 못했으니까요.

그러다 고등학생 때에는 퇴학을 당합니다. 수업 시간에 친구가 쪽지를 하나 전해줬나 봐요. 그런데 선생님한테 들켰어요. 선생님이 쪽지를 내놓으라고 하니까, 보들레르는 쪽지를 입에 넣고 씹어서 삼켜버렸습니다. 친구를 보호하는 기사도 정신 같기도 한데, 어쨌든 만만한 성격은 아닌 것 같지요? 당시에는 이것이 권위에 대한 용납할 수 없는 도전이라고 받아들여졌던 모양이에요. 그렇게 퇴학을 당하는데, 의붓아버지가 군인이라는 반반한 직업을 가지고 있었기 때문에 보들레르에게 가정교사를 붙여줍니다. 그 덕분인지 그해 대학입학 자격시험에 합격을 하지요. 그의 나이 18세 때입니다. 그리고 법대에 등록하게 됩니다.

옛날이나 지금이나 부모들은 비슷합니다. 보들레르가 법관이나 외교관이 되길 원했어요. 문학하는 사람은 그때도 밥 먹고 살기 힘들었거든요. 하지만 보들레르는 법에도 외교에도 전혀 관심이 없고, 문인이나 화가들과 어울려 다니며 방탕한 생활을 시작하지요. 향락을 즐기고 멋을 부리고 비싼 음식점을 찾아다니면서 말입니다. 이때 발자크나 네르발 같은 유명한 작가들도 만나게 됩니다. 또 이 시절에 사창가에 출입하며 매독에 걸리게 되지요.

이렇게 부모의 기대와 다른 망나니짓을 하니까 어쩌겠어요. 가족들이 모여 대책회의란 것을 열었습니다. 그리고 이 아이를 못된 친구들로부터 떼어내기 위해 인도 캘커타로 가는 배에 태워버립니다. 결국에 캘커타까지 가지는 않지만요. 인도양의 마다가스카르 섬 위쪽에 레위니옹이란 프랑스령의 아주 작은 섬이 있는데, 거기까지 갔다가 도중에 다시 돌아옵니다. 보들레르에게는 별로 달갑지도 않고 즐겁지도 않은 여행이었던 것 같습니다. 수개월에 걸친 항해였는데 내내 별로 말이 없었고 다른 사람들과 교류도 거의 없었다고 합니다. 하지만 그때 본 남국의 풍경과 사람들은 나중에 시적 영감의 원천이 되지요. 보들레르 시에 등장하는 나른하고 이국적인 세계, '지금 이곳'과 다른 '멀고 아련한 세계'는 이때의 경험을 바탕으로 몽상하며 쓴 것입니다.

스무 살에 성년이 되면서 보들레르는 부친에게서 상당한 액수의 유산을 물려받게 됩니다. 10만 프랑이라는데 당시로서는 은행에 저금하여 이자만 타먹어도 생활할 수 있는 거액이었습니다. 그런데 보들레르는 이 돈을 물 쓰듯 써버립니다. 고급스런 책이나 탐나는 골동품을 비싼 가격에도 마구 사들입니다. 맛있는 요릿집을 찾아다니고, 옷도

맞춤복으로만 해 입고 또 본인이 손수 디자인한 옷을
주문하기도 하죠. 멋쟁이에 풍류가이자 식도락가인
셈이에요. 그러면서 삽시간에 재산의 3분의 1 이상이
날아가 버렸지요.

　당연히 집안에서 또 난리가 났어요. 다시 가족회의가
열렸죠. 결론이 뭐였겠어요? 이 자는 자기 재산을
관리할 능력이 없다는 것이었습니다. 결국 보들레르는
금치산선고를 받게 되지요. 가족은 법정후견인을
내세워 그 법정후견인으로 하여금 재산 관리를 하게
합니다. 보들레르는 재산처분권을 상실한 채, 매달
얼마씩 연금처럼 돈을 타 써야 하는 신세가 된 것입니다.

　이 사건으로 그는 자존심에 너무나 큰 상처를
입습니다. 성년인데도 내 재산을 관리할 수 없다니!
어린아이 취급을 당한 것이니 모멸감이 얼마나
컸겠습니까? 급기야 가슴에 칼을 대는 자살 소동까지
벌입니다. 그런데 일종의 시위였지 정말 죽을 마음은
없었던 것 같아요. 상처만 나고 소동에 그쳤습니다.
이 금치산선고는 평생 동안 보들레르를 괴롭혔던 것
가운데 하나입니다. 자신의 권리를 스스로 행사할
능력이 없는 자임을 법적으로 선고받는 일이 사실
얼마나 치욕스럽습니까? 정신적 또는 인격적 불구자란
말과 다를 바 없다고 느낀 것 같습니다.

　이 시절에 보들레르는 한 여인을 만나게 됩니다.
그에게 풍부한 시적 영감을 제공한 잔느 뒤발이라는
여자였죠. 이 여인은 연극에 출연하는 단역 배우였고
흑인의 피가 섞인 혼혈이었다고 합니다. 어머니가

창녀였다는 이야기도 있는데 알려진 것은 그렇게 많지 않습니다. 소위 밑바닥 삶을 사는 여자였지요.

보들레르 시에 큰 영향을 끼친 세 명의 여자가 있는데 잔느 뒤발이 그중 가장 중요한 사람이에요. 보들레르의 관능적인 시들은 대부분 이 여인에게서 영감을 받아 쓰였습니다. 백인이 아니라는 점, 다시 말해 그가 여행한 적도 지방의 풍경을 상기시키는 이국적 용모가 시인의 감수성을 크게 자극했던 것 같아요. 현실도피의 욕망을 충족시켰던 여인이라고 할까요. 20대에 만난 잔느 뒤발과의 관계는 온갖 우여곡절을 겪으며 거의 말년까지 지속됩니다.

보들레르가 그린
잔느 뒤발

금치산선고를 받으면서 보들레르는 이제 먹고 살 것을 스스로 마련해야 하는 상황이 되었습니다. 이때부터 본격적으로 글을 써 발표하기 시작합니다. 「젊은 문학인에게 주는 충고」 같은 문학 에세이도 쓰지만, 주로 쓰는 것은 미술평론입니다. 소설도 이때 한 편 발표합니다. 『라 팡파를로』라는 중편소설인데

보들레르가 쓴 유일한 소설이죠. 그런데 옛날이나
지금이나 베스트셀러 작가가 아닌 다음에야 글 써서
밥 먹고 살기는 쉽지 않습니다. 게다가 보들레르는
경제관념도 없고 절제력도 없었어요. 고급스런
취향인데다 사고 싶은 것, 즐기고 싶은 것이 있으면
참기가 어려웠던 것 같아요. 잔느 뒤발 뒷바라지도 해야
하고요. 돈에 쪼들리는 것은 피할 수가 없었겠지요.
그러자 갚을 능력도 없는데 주변에서 돈을 빌리기
시작합니다. 시간이 갈수록 빚은 쌓여 가고, 결국 죽을
때까지 빚쟁이에게 시달리지요. 어머니한테 보낸 천여
통의 편지가 남아 있는데 제일 많이 나오는 얘기가 돈 좀
보내달라는 거예요.
　『악의 꽃』에 수록된 「원수」라는 시에 이런 구절이
있어요.

　　내 젊음은 찬란한 햇살이 간간이 내비친
　　어둠 가득한 폭풍우였을 뿐이네.
　　비와 천둥이 얼마나 휩쓸어 버렸는지
　　내 정원엔 주홍빛 열매 몇 개 남지 않았네.

우리가 지금까지 훑어본 비참한 젊은 시절이 몇몇
이미지 속에 간결하고 아름답게 압축되어 있어요. 모든
것을 아름답게 바꾸는 시의 힘을, 마법과 같은 힘을
보는 것 같습니다.
　1855년, 보들레르는 『양세계』라는 잡지에
「악의 꽃」이라는 제목으로 18편의 시를 게재합니다.

보들레르 ― 이 세상 밖이면 어디라도

여기에는 20대 때 썼던 작품들도 들어가 있어요. 20대 때부터 꾸준히 시를 썼지만 발표는 하지 않고 계속 서랍 속에 넣어뒀던 거죠. 그걸 끊임없이 퇴고하고 완성될 때까지 삭혔다고 할까요? 보들레르는 절차탁마의 시인이에요. 퇴고하고 또 퇴고합니다. 자기가 생각하는 완벽한 상태에 이르기까지 고치고 또 고치면서 섣불리 발표하지 않았는데 이때 상당수의 시편을 한꺼번에 발표하면서 한 권의 시집으로 묶을 생각을 하게 되지요. 그렇게 해서 세상에 나온 것이 1857년에 발간한 『악의 꽃』이라는 시집입니다.

보들레르의 유일한 시집이에요. 산문 시집을 빼놓고는요. 100편의 시를 수록하는데 편수 자체가 의도적이었음이 분명합니다. 100편을 채울 때까지 기다리며 모았던 거죠. 100편 가운데는 이미 발표한 시가 반이고 발표하지 않은 것이 반이었어요. 시집을 낼 때는 흔히 발표한 순서대로 시를 묶는데, 그렇게 하지 않았어요. 단순히 연대별로 묶은 것이 아니라 특정한 구조를 의도한 것이죠. 앞에서 잠깐 얘기했듯 주제별로 나누어 소제목을 붙였습니다.

'우울과 이상', '악의 꽃', '반항', '술', '죽음', 이렇게 5부로 나뉘어 『악의 꽃』은 구성되어 있지요. 1861년에 발간하는 증보판에서는 '파리 풍경'이 추가돼 총 6부가 되는데 보통 이 증보판을 『악의 꽃』 정본으로 인정하고 있습니다.

『악의 꽃』이 구조화되어 있다는 것은, 물론 느슨한 구조지만 시인이 시집을 단순히 시들을 모아놓은

묶음이 아니라 그 자체로 유기적으로 연결된 하나의
완결된 작품, 다시 말해 거대한 한 편의 시로 생각했다는
뜻입니다.

그런데 이 시집이 발표되자마자 물의를 일으킵니다.
참고 봐줄 수 없는 시집이라는 거였습니다. 예컨대 한
잡지에 이런 혹평이 실립니다. "이 책에선 추잡함이
비열함과 손을 잡고 역겨움이 악취와 결합한다.
그토록 자주 젖가슴을 물어뜯고 그것도 모자라
씹어대는 것은 본 적이 없다. 악마와 태아, 사탄과
빈혈증, 고양이와 해충이 이와 같이 출몰한 적은 한
번도 없었다." 어떻습니까? 엄청 신랄하고 분노에 찬
글이죠? 읽어보시면 알겠지만 이 시집에는 관능적인
시들도 있고 기괴한 시들도 있습니다. 표독스럽거나
혐오스런 동물들의 이미지도 나오고 벌레, 구더기, 해골,
악취처럼 시에 대한 우리의 고정관점과는 잘 어울리지
않는 이미지들도 있지요. 결국 일종의 풍기문란죄로
법정에까지 가게 되는데 특히 외설스러운 작품들이
문제가 되었습니다. 요즘이라면 그렇게 소동을 피울
일도 못되지만 당대에는 받아들이기 어려운 수준이었나
봅니다. 예를 들어 이런 장면입니다.

그녀의 팔과 다리, 허벅지와 허리가
기름처럼 매끄럽고 백조처럼 물결치며
내 밝고 고요한 눈앞에서 어른거렸네.
나의 포도송이들인 그녀의 배와 젖가슴이

악의 천사보다도 아양을 떨며 다가와
내 넋의 휴식을 헝클어 놓았네.
고독한 내 넋이 평온히 앉아 있는
수정바위를 흔들어 놓았네.

「보석」이라는 시의 한 부분인데, 이 시는 결국 삭제
처분을 받게 됩니다. 이를 포함해 모두 6편이 삭제되고
벌금형까지 받으면서 소송사건은 마무리됩니다.

이 사건은 『악의 꽃』의 판매부수를 늘리고 시인의
존재를 대중적으로 알리는 데 나름대로 기여를
한 모양이에요. 그러나 미미한 수준이었고 당시에
이 시집의 진가를 알아본 사람은 극소수였지요.
기대한 문학적 영광도 얻지 못하고 소송사건으로
홍역까지 치렀으니 낙심할 수밖에요. 특히 1861년에
35편을 증보한 『악의 꽃』 2판을 간행할 때는 내심
큰 기대를 했던 것 같습니다. 보들레르는 웬만해선
만족하지 못하는 시인인데, 이 증보판에 대해선 사뭇
만족해했습니다. 자신이 원하는 수준에 상당히 도달한
시집이라고 생각했던 거지요. 그런데 역시 보들레르의
가치를 알아보는 독자는 없다시피 했습니다. 대중의
관심을 전혀 끌지 못했죠. 시인은 정말 깊게 실망합니다.

보들레르의 생애에서 말년에 해당하는 1860년대가
이렇게 좌절과 함께 시작되지요. 그리고 이 시기에는
20대 때 만나 떠남과 만남을 반복하며 기구한 관계를
계속했던 잔느 뒤발과도 결정적으로 헤어지게 되지요.
그리고 또 이때 매독이 재발합니다. 불행은 혼자 오지

않는다는 말이 있는데 이 시절의 보들레르가 그런 것 같습니다. 거기다 또 무슨 바람이 불었는지 아카데미 회원에 입후보를 했습니다. 보들레르 이미지와는 안 어울리는 뜻밖의 행동이었어요. 프랑스 아카데미는 문학적 업적을 사회적으로 인정받은 영향력 있는 작가만이 그것도 심사를 거쳐 들어갈 수 있는 곳이에요. 작가들에게는 영광스런 자리지요. 대중적 인지도도 없고 풍기문란죄로 소송까지 당한 이 아웃사이더 시인에게 이런 자리가 허락될 리 만무합니다. 팔방으로 자기를 뽑아달라고 뛰어다녔지만 소용없는 일이었고, 결국은 도중에 사퇴를 합니다. 얻은 것 없이 좌절감만 더 깊어진 셈이지요. 이 에피소드는 현실감각이 없고 세상물정 모르는 보들레르의 일면을 보여주는 것 같기도 합니다.

말년에 이런 불행한 일들이 하나씩하나씩 쌓여갑니다. 개인적으로나 문학적으로나 어느 때보다도 힘든 시기였어요. 이때 보들레르는 정말 심각하게 죽음을 생각했던 것 같습니다. 가난, 병, 고독, 삶에 대한 실망, 아니 절망. 이런 것들이 한꺼번에 닥치면서 자살이란 단어까지 편지에 등장합니다. 친구에게 보낸 한 편지에서 이런 말을 합니다. "자살이 내 주위에서 맴돌고 있습니다. (…) 특히 두 달 전부터 절망감 속에서 무력함과 불안감에 시달립니다."

이렇게 악화될 대로 악화된 상황에서 파리의 토박이 보들레르는 벨기에로 거처를 옮깁니다. 1864년의 일입니다. 빚에 쪼들리던 터라 친구가 브뤼셀에 마련한 강연 계획이, 다시 말해 강연 수입이 매력적이었고 무엇보다 출판의 기회를 기대했지요. 뿐만 아니라 자신의 가치를 인정해주지 않는 이 프랑스를 떠나고 싶은 마음도 있었을 겁니다. 그는 말년에 이런 말들을 서슴없이 내뱉었거든요. "내가 프랑스를 모욕하는 것에 싫증내는 일은 결코 없을 겁니다." 또 다른 곳에선 "무엇보다 모든 이들이 볼테르를 닮은 까닭에, 나는 프랑스에서 권태롭다"고 빈정거립니다. 이게 무슨 뜻일까요? 아시다시피 볼테르는 대표적인 이성주의자예요. 계몽주의 시대를 대변하는 대표적인 합리주의 철학자죠. 그러니까 보들레르의 신비주의 경향과는 정반대라 할 수 있습니다. 보들레르가 시의 정수라면 볼테르는 메마른 산문의 정수지요. 따라서 모든 프랑스인들이 볼테르를 닮았다는 것은 프랑스는 시를 모르는 나라라는 말과 다르지 않아요. 시를 모르는 나라라서 자신을 못 알아보고 그런 푸대접을 했다는 거죠. 그가 조국에 대해 왜 이런 독한 말들을 내뱉는지 이해가 가실 겁니다.

어쨌든 여러 가지 기대를 갖고 브뤼셀로 떠났는데 막상 강연은 대실패로 끝납니다. 예상과 달리 청중도 없고 강연도 지루했던 것 같습니다. 청중이 모이기에 보들레르는 너무 알려지지 않은 시인이었던 거지요. 그럼에도 거의 오기로 몇 번의 강연을 했는데, 설상가상으로 강연료도 제대로 받지 못했습니다.

실패를 했으면 딱히 할 일도 없으니 돌아와야 할 텐데 그러지 않았습니다. 자존심 때문인지 못 돌아오고

있다가 1866년에 사달이 나지요. 벨기에의
한 교회를 탐방하던 중에 졸도를 하게 되고, 이후 건강이
급속도로 악화되지요. 사실 벨기에로 떠날 때부터
보들레르의 건강은 이미 망가져 있었습니다. 그러다
졸도 이후에 반신 마비증세가 나타나고 곧이어 말까지
잃어버리게 돼요. 실어증이었죠. 말이 전부인 시인에게
실어증이라니! 참 아이러니한 시인의 종말이에요.
급히 달려온 어머니와 친구의 도움으로 다시 파리로
돌아옵니다. 병원에서 1년가량 치료를 받았지만 결국
건강을 회복하지 못한 채 1867년 46세를 일기로 세상을
떠납니다.

   이것이 대략적으로 살펴본 보들레르의 생애입니다.
별로 행복한 삶이 아니었죠. 아니 상당히 불행한
삶이었습니다. 어린 나이에 잃은 아버지, 어머니의
재혼, 금치산선고, 가난과 쌓여가는 빚, 병, 독신자의
고독, 대중의 몰이해 등. 불행한 삶의 조건을 충분히
갖추고 있었지요. 보들레르의 작품이 왜 이렇게 어둡고
우울한지 그의 삶이 어느 정도 설명해주는 것 같기도
합니다. 물론 그의 작품에는 이런 사생활과 관련된
내용은 거의 나오지 않지만 말입니다. 보들레르는
개인적인 것을 작품에 드러내는 것을 극도로 꺼려했던
시인이지요.

   그런데 삶이 어둡다고 작품이 항상 어두운 법은
아니지요. 물론 이것도 작가에 따라 다릅니다만, 작가의
생애로써 어느 정도 작품을 설명할 수 있지만 완벽히
설명하지는 못합니다. 인간을 이해하려고 할 때, 밖으로

드러난 삶과 내면에 감추어진 삶이 일치하지 않는
경우를 여러분도 아마 종종 경험하셨을 겁니다.
특히 감정과 정서를 다루는 시의 세계에 있어선,
외적 삶보다는 내적인 삶, 내면의 세계를 파악하는 것이
더욱 중요하지요. 물론 시인의 사상도 살펴볼 필요가
있습니다. 작품의 내용과 색조를 결정하는 중요한
요소니까 말입니다.

　　그럼 지금부터 보들레르의 작품을 좀 더 깊이
이해하기 위해 그의 내면세계로 들어가 보도록
하겠습니다.

나는 상처이자
칼이네

앞에서 본 보들레르 사진 중에 몽상에 빠진 듯한 포즈를
취한 것이 있었습니다. 다시 한 번 보시지요. 의자에
앉아 비스듬히 등받이에 기댄 채 약간 서글픈 표정으로
무언가 자신만의 세계 속에 침잠해 있는 모습인데,
시인의 내면이 감동적으로 표현된 사진이지요. 이
사진이 보여주듯 보들레르는 꿈꾸는 사람이었어요.
그것도 그냥 꿈을 꾸는 자가 아니라 꿈을 아주 많이
꾸는 사람이었습니다. 그의 작품에는 곳곳에 몽상에
잠긴 시인의 모습이나 상태가 그려져 있어요. 또 시인이
몽상한 내용, 다시 말해 그가 꿈꾼 세계도 그려져
있지요. 예를 들면 이런 장면입니다.

　　모든 것이 아름답고 풍요로운 고장,

모든 것이 고요하고 적합한 고장, 그대를 닮은 고장.
환상이 만들고 꾸민, 서양의 중국과 같은 곳.
우리가 감미롭게 삶을 들이마시는 곳이요 행복과
정적이 결혼하는 곳. 바로 그곳에 가서 살아야 하리!
바로 그곳에 가서 죽어야 하리!

「여행에의 초대」란 산문시의 한 부분인데 마치 낙원과
같은 곳을 꿈꾸고 있습니다. 사실 몽상적 삶 또는
몽상적 존재방식은 낭만주의 이후의 서구문학을
특징짓는 키워드라 할 수 있어요. 현실세계에 등을
돌리고 몽상의 세계로 침잠하는, 도피한다는 말이
더 적절할지 모르겠지만 아무튼 그런 작가들이 얼마나
많은지 몰라요. 이들은 현실세계보다 몽상의 세계를 더
진실한 공간으로 느끼곤 합니다. 프랑스의 경우 이런
삶의 방식을 제시한 원조가 바로 루소입니다. 우리에겐
주로 계몽주의 철학자로 알려져 있지만 그의 작품 중에
『고독한 산책자의 몽상』이란 것이 있습니다. 말년에
쓴 미완성 작품인데 몽상적 존재방식의 효시라 할 수
있지요.

　　그런데 이 꿈꾸는 삶은 감미롭고, 때로 황홀한
상태를 맛보게 하고, 현실의 고달픔을 심리적으로
보상해주기도 하지만 위험성 또한 매우 큰 삶의
방식입니다. 현실감각을 잃어버릴 수 있을 뿐 아니라
행동하는 힘도 현저히 약화될 수 있지요. 몽상가와
행동가는 매우 다른 부류의 사람 아닙니까? 몽상가는
보통 게으른 반면 행동가는 의지적이고 부지런한

인간이란 느낌을 주지 않나요? 보들레르가 바로 몽상에
탐닉하는 바람에 그 대가를 톡톡히 치른 사람입니다.
어머니에게 보낸 편지에서 이런 말을 하지요.

　　지독한 게으름! 극심한 몽상! 실천에 있어
　　그토록 꾸물거리는 것을 볼 때, 내 사고의 엄격성은
　　나 자신에게조차 힘겨운 대조적 현상이에요.

보들레르는 "극심한 몽상"으로 계획한 것을
실천하지 못합니다. 극심한 몽상은 바로 "지독한
게으름"이니까요. "내 사고의 엄격성"이란 말은 이런
자신에 대해 스스로 엄격하게 꾸짖는다는 뜻으로
생각됩니다. 결과는 후회나 자괴감 같은 것이겠지요. 또
다른 사례를 들어보겠습니다. 이것도 어머니에게 보낸
편지에 나오는 내용입니다.

　　내 머릿속에는 스무 편 가량의 소설과
　　두 편의 드라마가 있습니다. 적당한 정도의 명성이나
　　통속적인 명성은 내게 필요치 않아요. 내가
　　원하는 것은 바이런이나 발자크 또는 샤토브리앙처럼
　　영혼을 압도하고 깜짝 놀라게 하는 거지요.
　　그런데 이미 때가 늦은 것은 아닐까요?

스물두 편 가량의 소설이라니! 구상했던 작품이 굉장히
많지요? 소설이 그나마 돈을 버니까 그랬던 것 같은데,
말씀드렸듯 정작 보들레르가 남긴 소설은 딱 한

편뿐이에요. 20대 때 쓴 『라 팡파를로』라는 소설 말이죠. 게다가 별로 길지도 않아요. 계획은 원대하게 세웠는데 실천이 따르지 못했던 거죠. "극심한 몽상" 때문에, 아니 극심한 몽상이 야기하는 지독한 게으름 때문에 말이죠. 그가 이렇게 자책하는 몽상은 대신 『악의 꽃』이라는 주옥같은 작품을 만들어주었지요. 극심한 몽상이 없었다면 이 작품은 탄생하지 않았을 겁니다.

꿈꾸는 세계, 다시 말해 원하는 것과 현실 사이에 괴리가 큰 것이 몽상가의 특징입니다. 보들레르는 퇴고를 거듭하는 절차탁마형 작가이고 또 타고난 이야기꾼도 아니죠. 사실 게으름 부리지 않고 열심히 썼다 해도 자기가 계획한 소설을 다 쓰지 못했을 겁니다. 그러니까 "스물두 편 가량의 소설"은 꿈 또는 몽상이고 이것을 이룰 수 없는 그의 능력과 내적 상태는 현실인 셈입니다. 꿈과 몽상은 이상(理想)과 매우 가까운 개념인데, 항상 어떤 완벽한 상태, 최고의 상태를 지향하고 있기 때문입니다. 누구에게나 이상과 현실 사이에 괴리가 있지요. 그런데 보들레르에게는 유달리 컸습니다. 그는 또 이 괴리를 유달리 민감하게 의식했고 그 때문에 고통스러워했지요.

"행동이 꿈의 누이가 아닌 세상을/나는 정녕 흐뭇한 마음으로 떠나리라." 「베드로의 부인」이란 시에 나오는 유명한 시행입니다. 꿈과 행동, 다시 말해 이상과 현실이 일치할 수 없는 이 비참한 세상을 미련 없이 버리겠다는 말이죠.

이런 인간이 어떻게 삶에 만족할 수 있겠어요? 앞에서

본 불만에 가득 찬 보들레르 사진을 기억하실 겁니다.
그 또한 이 시인의 내적 상태를 잘 표현하고 있는 이미지
가운데 하나입니다. 보들레르의 표현을 빌리면, 그는
"모든 사람에게 불만이고 내 자신에게도 불만인"
자입니다. 한 마디로 절대적 불만분자인 셈이네요.
그럼 대체 자기 자신과 그리고 주변 세계와 어떤 관계를
맺고 있기에 이토록 불만투성이가 되었는지 좀 더
구체적으로 들여다보겠습니다. 먼저 자신과의 관계를
살펴보지요.

> 오! 주여! 내 마음과 몸을 혐오감 없이
> 바라볼 수 있는 힘과 용기를 주소서!

「시테르 섬으로의 여행」에 나오는 한 구절입니다.
자신을 혐오감 없이는 바라볼 수 없는 자는 어떤
사람인가요? 자신과의 관계가 파탄난 사람입니다.
자기 자신과 사이좋게 지내지 못할 때만큼 힘들고
고통스러운 것도 없지요. 여러분도 아마 경험해보셨을
겁니다. 그런데 보시다시피 보들레르의 경우는
이 내적 불화의 강도가 예사롭지 않지요. 다음 시행은
이 분열된, 아니 찢겨진 내면의 모습을 충격적으로
보여줍니다.

> 나는 상처이자 칼이네!
> 나는 따귀이자 뺨이고
> 사지(四肢)이면서 바퀴라네!

78

그리고 사형수이자 사형집행관!

나는 내 심장의 흡혈귀,
영원한 웃음을 선고받고도
더는 미소 짓지 못하는
완전히 버려진 존재.

「자신을 벌하는 자」라는 시의 한 부분인데 제목부터
심상치 않습니다. 한 문장씩 자세히 봅시다. "나는
상처이자 칼"이란 것은 무슨 말인가요? 자신은
상처투성이인데 그 상처를 낸 자도 바로 자신이란
얘기죠. "따귀이자 뺨"이란 말도 "사지이면서 바퀴"란
말도 같은 의미입니다. 나는 따귀를 때리는 손이자
얻어맞는 뺨이란 얘기고, 또 팔다리를 짓이긴 바퀴면서
동시에 짓이겨진 팔다리란 얘기입니다. 요컨대 나는
자신의 사형을 선고하고 집행하는 사형수란 얘기지요.
다음에는 "나는 내 심장의 흡혈귀"란 더 섬뜩한 표현이
나옵니다. 남의 피가 아니라 자신의 피를 빨아먹고
사는 흡혈귀에 자신을 비유하였지요. 자신을 가학하는
상태를 다양한 비유를 들어 강조하고 극단적으로
표현하고 있는 것입니다. 단지 자신을 못 살게 구는 것이
아니라 자신을 갉아먹는 것이 생존의 방식이라 말하는
것 같아요.

　　자신과의 관계가 불편한 사람은 사실 적지 않습니다.
잘 몰라서 그렇지요. 그러나 이 정도로 자신과 고통스런
관계를 맺고 있는 사람은 정말 극소수일 겁니다.

이것은 어떤 상황일까요? 이를테면 두 개의 자아가 극단적으로 대립하는 상황이라 할 수 있죠. 아시다시피 인간은 단순하지 않은 존재입니다. 여러 개의 얼굴을 갖고 있어요. 여러 개의 얼굴 다시 말해 여러 개의 자아가 모두 나인데, 이 자아들 사이에 공존할 수 없을 정도로 고약한 관계가 형성될 수 있습니다. 보들레르가 그런 경우라 생각됩니다. 보들레르는 또 다른 자기를 "혐오감 없이" 바라볼 수가 없습니다. 더 나아가 때리고 짓이기고 갉아먹습니다. 도덕적 자아라 할 수 있는 내면의 재판관이 엄격하게 아니 무자비하게 자신의 다른 자아를 단죄하고 벌을 주는 것이 아닌가 합니다. 그 결과는 극심한 고통과 회한의 감정들이지요. 실제로 『악의 꽃』에는 이를 주제로 한 시들이 적지 않습니다.

보들레르가 자신과 맺고 있는 불편한 관계에 대해 얘기했는데, 이와 함께 의식의 과잉이란 문제를 살펴볼 필요가 있습니다. 짐작하신 분도 있겠지만 시인이 자신을 이런 식으로 얘기한다는 것은, 그리고 자신에 대해 이렇게 집요하게 말한다는 것은 다른 말로 하면 끊임없이 자신을 들여다보고 있다는 뜻이지요. 실제로 보들레르가 그런 사람입니다. 자신이 무엇을 하는지, 무슨 생각을 하는지, 감각적으로 또는 감정적으로 어떻게 느끼는지, 자신에게 일어나는 일거수일투족을 또 다른 자기가 끊임없이 관찰하고 의식하는 겁니다. 항상 거울 앞에 서 있는 사람이라고 할까요. 그리고 이 관찰하고 의식하는 자아까지 또 다른 자아가 바라보고 의식합니다.

커피를 마시는 순간을 예로 들어봅시다. 보통 우리는 커피를 음미하며 마실 뿐입니다. 그러나 어떤 사람은 그와 함께 커피를 마시는 자신을 바라보고, 심한 경우엔 커피 마시는 자신을 바라보는 자신을 또 의식합니다. 이런 것이 한 마디로 의식의 과잉인데, 보들레르의 경우는 병적이라 할 만큼 지나친 과잉이죠. 그러니까 그는 의식에 갇혀 있는 사람, 의식이란 감옥에 갇혀 있는 포로인 셈입니다. 이런 사람이 행복할 수 있겠어요? 이상의 소설 『날개』를 알고 계실 겁니다. 『날개』의 주인공이 대충 이런 부류의 인간에 속하는데, 어쨌든 행복한 인간은 아니잖아요.

의식의 과잉은 자연스러운 상태라 할 수 없어요. 자연스럽다는 것은 주변의 자극에 따라 자연스럽게 의식이 흘러 다니는 것 아닐까요? 하나의 대상이나 하나의 문제에 사로잡히지 않고, 특히 자신의 내부만 들여다보지 않고, 행동할 때엔 의식하는 것조차 잊어버리는 것 아닌가요? 그래야 자신도 잊고, 나쁜 기억도 잊고, 강박관념에서도 벗어납니다. 소위 기분전환을 하는 거지요. 그런데 의식의 감옥에 갇힌 자는 그러지 못해요. 그런 사람은 삶을 사는 것이 아니라 오히려 의식을 사는 거라고 할 수 있지요.

보들레르가 자신의 내면에서 일어나는 일들에 대해 현미경을 들이대듯 얼마나 세세하고 민감하게 관찰하고 의식하는지 그의 글을 읽어보면 느끼실 겁니다. 마치 내면의 세계에 감금된 자처럼 느껴져요. 「치유할 수 없는 것」이란 시에 "수정의 덫에 걸리듯

극지에 포박된 한 척의 배"라는 표현이 나옵니다.
치유할 수 없다는 제목이 말하듯, 절망적 상황을
형상화한 작품이지요. 수정과 같은 투명한 의식 속에
갇혀 옴짝달싹할 수 없는 최악의 상황을 표현하고
있습니다.

자의식의 과잉은 다분히 서구적인 현상이지만, 넓게
보면 인간이 문명화되면서 나타난 결과라 할 수 있지요.
자연 속에서 소박하게 사는 사람들이 보들레르 같은
의식을 가질 리는 없겠지요. 특히 일찍부터 서구에서
발달한 개인주의와 내면적 삶을 강조한 기독교가
자의식의 발달에 큰 영향을 미치지 않았나 싶습니다.

거짓 등불을 끄고
여기 장미를 보라

이 우울한 시인은 자신과의 관계만 나빴던 것이
아닙니다. 주변과도, 시대와도 편치 않은 관계였지요.
보들레르가 당대의 조류와 어떻게 마찰을 빚었는지
그의 문장을 인용하며 간략히 말씀드리겠습니다.
보들레르는 불화살을 뜻하는 『화전』이란 작품에서
이렇게 말합니다. "정치에 있어 진정으로 위대한 자는
대중을 위해 대중을 채찍질하고 죽이는 자다." 대중이란
계층을 말살하는 것이 진정한 정치인이 할 일이라고
보들레르다운 독설을 퍼붓고 있어요. 여기서 대중이란
프롤레타리아와 부르주아를 싸잡아 가리킨다고
할 수 있습니다. 대중에 대한 경멸적 태도, 다시 말해
보들레르의 귀족주의 정신을 읽을 수 있는 사례 중에

하나입니다.

보들레르는 프롤레타리아도 좋아하지 않았고 부르주아는 더더욱 싫어했습니다. 취향은 말할 것도 없고, 그들의 세계와 가치관이 자신과 너무 달라 도저히 용납할 수 없었던 것 같아요. 예컨대 프롤레타리아는 예술에 대해 문외한이고, 그들이 추구하는 가치인 민주주의나 사회주의 그리고 진보주의를 보들레르는 믿지 않았습니다. 또 물질적 가치만 추구하는 부르주아는 아예 증오의 대상이었지요. 예술을 모르면서 아는 척하는, 그야말로 가증스런 속물이라 생각했어요. 그런데 자신의 작품을 사서 읽는 계층이 주로 부르주아입니다. 경멸하는 계층을 위해 작품을 써서 팔아야 하는 아이러니한 상황인 거죠. 장사꾼이 물건을 팔듯 시인은 대중에게 정신을 팔아야 하는 겁니다. 이것도 보들레르의 비극 가운데 하나라 할 수 있습니다.

보들레르가 활동했던 시기, 그러니까 19세기 중반은 공화주의 이념이 퍼지고 특히 자본주의가 무섭게 성장하던 시대였지요. 이런 흐름이 대세라 할 수 있었는데, 보들레르의 생각은 오히려 이 흐름에 역행하고 있었던 거죠. 진보란 개념에 대해서도 여기서 잠깐 얘기하는 게 좋을 것 같군요. 진보에 대한 믿음은 19세기 서구 역사에 상당히 큰 영향을 끼쳤습니다. 처음으로 이 사상을 주장한 것은 18세기 계몽주의 사상가들입니다. 이 합리주의 사상가들은 이성의 힘과 과학의 힘으로 인류는 끊임없이 개선된다는, 그래서

보들레르 — 이 세상 밖이면 어디라도

역사는 더 나은 방향으로 진보해 간다는 믿음을 가지고 있었어요. 인류 역사상 수많은 부조리와 불의와 악이 있었지만, 인간의 이성이 조금씩 개선해왔고 해결해갈 수 있다는 낙관적인 세계관이죠. 이러한 믿음은 18세기 계몽주의 이후 서구 지식인들에게 대단한 영향력을 행사했습니다.

그런데 보들레르는 이렇게 말합니다. "역사를 분명히 보려는 사람은 우선 이 거짓 등불을 꺼야 한다." 여기서 등불은 진보의 개념입니다. 인류의 미래를 밝히고 인도하는 진보의 개념을 거짓말이라고 단언하는 겁니다. 그는 이성의 힘으로 인간이 더 나은 존재가 될 수 있다고 생각하지 않았지요. 인간이 지닌 근본적인 악은 개선되지 않는다는 비관적 인간관을 갖고 있었습니다. 인간의 악은 원래부터 타고난 것이라 스스로의 힘으로 바꿀 수 없다는 기독교의 원죄 교리를 굳게 믿었던 시인이에요. 그렇다고 기독교인이라고 보기에는 석연치 않은 점이 한두 가지가 아닌데, 이 원죄의식만은 깊게 갖고 있었지요.

이처럼 이 시인은 시대의 주요한 정치적, 경제적, 사상적 흐름과 원만한 관계를 맺지 못했습니다. 다시 한 번 보들레르의 얘기를 들어보지요.

'공화주의자'는 장미와 향수의 적이요, 살림도구를 광적으로 좋아하는 인간이다. 그는 와토와 라파엘의 적이요, 화려함과 미술과 문학의 집요한 적이요, 성화(聖畵)를 파괴하기로 맹세한 자요, 비너스와 아폴로의 살해자이다.

보들레르가 여기서 말하는 공화주의자는 대중 또는
군중으로 봐도 무방합니다. 그러니까 프롤레타리아나
부르주아들이기도 하지요. 이들은 "살림도구" 같은
유용한 것만 찾지, "장미"나 "향수"와 같은 아름다운
것들은 알아볼 줄 모른다고 말합니다. 아시다시피
와토는 로코코 미술의 거장이고 라파엘은 르네상스
미술의 대가입니다. 예술과 문학을 모르는 자,
종교의 의미를 모르는 자들이며 단지 모르는 것만이
아니라 파괴하는 자들이라고 신랄하게 비난합니다.
달리 말하면 자기가 좋아하는 모든 것을 싫어하는
사람들이죠. 쓸모 있는 것만 귀히 여기며 편안하고
안락한 삶만 추구할 뿐, 예술과 문학과는 거리가 먼
사람들입니다. 보들레르의 발언에서 흔히 문학사에서
일컫는 예술지상주의라는 것이 무언지 엿보실 수 있을
겁니다.

　　그렇다면 이들 공화주의자들과 반대되는 가치를
추구하는 것은 뭐라고 불러야 할까요? 편의상 정신적
귀족주의 혹은 귀족적 정신주의 정도로 부를 수 있을 것
같습니다. 보들레르는 댄디즘이란 개념을 의미심장하게
만들어 놓았는데, 정신적 귀족주의를 다른 방식으로
표현했다고 할 수 있지요. 댄디라는 말 들어보신 적
있을 겁니다. 댄디룩이라는 말도 있잖아요? 멋쟁이를
뜻하는 말이죠. 단지 옷 잘 입고 멋 부릴 줄 아는 사람이
아니라 우아하거나 독특하게 자기만의 스타일을

만들어내는 사람을 얘기하죠. 그러니까 겉모습으로
자신의 존재를 표현하는 겁니다. 아니 과시한다는 편이
더 적절할 것 같군요. 근본적으로 귀족적인 취미라 할 수
있지요. 19세기 초 영국에서 사용된 패션 용어였는데,
보들레르가 여기에다 정신적 가치를 부여해요. 단순히
멋쟁이가 아니라 남들과 다른 자신만의 스타일을
적극적으로 주장함으로써 규범적인 질서에 저항하는
것이죠. 독특한 스타일로 유별나게 옷치장을 한다는
것은 자신의 개성을 적극적으로 표현한다는 겁니다. 즉
집단적인 가치를 존중하지 않겠다는 것이죠. 또 실용적
가치가 지배하는 자본주의 사회를 조롱한다는 뜻도
있어요. 멋 부리기는 미의 영역이지 자본이나 생산의
영역이 아니니까요. 따라서 보들레르의 댄디즘은
속물적 가치가 지배하는 사회에 대해 이를테면
미학적으로 반항하는 태도라고 볼 수 있지요. 물론
그의 댄디즘은 이보다 훨씬 복잡한 양상을 띠고 있지만,
미학적 저항이란 측면은 중요한 의미 중 하나입니다.
사실인지 모르겠지만 작가 이상이 하얀 정장에
백구두를 신고 종로 거리를 걸어 다녔다는 말을 들은
적이 있습니다. 그렇다면 보들레르가 말하는 댄디즘과
잘 어울리는 에피소드일 것 같군요.

  보들레르는 이런 말을 했습니다. "댄디즘은 지는
해다. 기우는 태양처럼 열기 없이 우울을 가득 담은 채
찬란히 빛난다." 사라지기 전에 잠시 찬란히 빛나는
열기 없고 우울한 댄디즘. 시대가 바뀌어 몰락하는
귀족적 가치가 마지막으로 자신을 주장하는 서글픈

장면을 보는 듯합니다.

낙원을
잃어버린 자의 시간

자신에 대해서도, 시대와 맺는 관계에 있어서도
보들레르가 만족하는 건 별로 없어 보이죠? 앞에서도
인용했지만 "모두에게 불만이고 나 자신에게도
불만"입니다. 그러니 삶에 대한 생각이 밝고 긍정적일
까닭이 없겠지요. 지금부터는 이 시인이 인간의 삶을
어떻게 생각했으며 지상의 세계를 어떻게 느꼈는지
알아보겠습니다. 다소 철학적이고 종교적인 문제라
이해하기 쉽지 않은 면도 있을 겁니다. 저 역시
마찬가지고요.

먼저 「시계」라는 시의 한 부분을 보겠습니다.

> 한 시간에 삼천육백 번 초침이 속삭이네,
> 기억하라고. 벌레 같은 목소리로
> '지금'은 재빨리 말하네, 내 이미 지나간 순간이라고,
> 흉측한 빨대로 내 너의 삶을 빨아먹었다고.

"한 시간에 삼천육백 번 초침이" "기억하라고"
속삭인답니다. 뭘 기억하라는 걸까요? 이 순간을
기억하라는 걸까요? 시간이 흘러가고 있음을
기억하라는 걸까요? 어쨌든 현재는 말이 떨어지기
무섭게 대답한답니다. "이미 지나간 순간이라고,"
벌써 시인의 삶을 빨아먹었다고 말이죠. 시간이

흘러가고 있음을 매초마다 의식한다고 과장해서 말했지만, 시간의 문제가 얼마나 집요하게 보들레르를 사로잡고 있는지 잘 보여주고 있지요. 이 정도면 병적인 강박관념이에요. 다른 시에서는 또 이렇게 말합니다. "오 고뇌여! 오 고뇌여! 시간은 삶을 먹어치우네./우리 가슴을 갉아먹는 이 알 수 없는 원수는/우리가 흘린 피로 자라나고 튼튼해지는구나!" 「원수」라는 시의 마지막 연인데 시간을 원수라고 부르고 있지요.

아시다시피 시간의 끝은 죽음입니다. 누구나 시간이 덧없이 흘러가는 것을 느끼면서 씁쓸해할 때가 있습니다. 민감한 사람이라면 살날이 점점 줄어든다고 우울해할 수도 있겠죠. 그러나 보들레르처럼 이렇게 거의 병적으로 괴로워하며 절규하는 듯한 말을 하는 사람이 또 있을까요. 마치 시간과 함께 매순간 죽어가고 있다는 듯, 죽음이 임박했다는 듯 말하고 있어요. 누가 봐도 정상이 아니고 이해하기 쉽지 않습니다. 물론 과장법도 섞여 있겠지만, 시간에 대한 이 이상한 감수성을 이해하려면 당대의 상황을 짚어볼 필요가 있습니다. 서구세계가 겪는 정신적 위기와 깊은 관계가 있으니까요.

낭만주의 시대부터 시간의 문제가 첨예하게 문학에 등장하기 시작합니다. 흘러가버리는 것들, 돌이킬 수 없는 것들, 시간의 잔재들, 시간의 종착역인 죽음, 상실감, 두려움, 허무감 같은 주제나 정서가 대량으로 나타나지요. 보들레르는 흔히 상징주의의 선구자로 평가되지만, 정신적으로는 누구보다 깊게 낭만주의 유산을 물려받은 시인입니다. 그렇다면 낭만주의 세대는 왜 이토록 민감하게 시간의 문제에 사로잡혔을까요?

이것은 18세기 계몽주의 시대 이후 프랑스가 겪는 정신적, 사회적, 역사적 변동과 긴밀히 연관되어 있지요. 이 시기는 서구역사의 격동기라 할 수 있어요. 경제적으론 산업혁명이 일어났고 정치적으론 대혁명이 발생했습니다. 단순한 변화가 아니라 혁명으로 점철된 시대인 거죠. 다시 말해 봉건적 질서에서 근대적 질서로 이행하는 시기입니다. 영원할 것만 같던 기존의 질서가 갑자기 뒤집힌 겁니다. 이런 변화를 상징적으로 보여주는 것이 루이 16세와 마리 앙투아네트가 단두대의 이슬로 사라지는 사건입니다. 천 년 이상 공고하게 지속되던 왕정이 하루아침에 무너져버린 거죠. 격변하는 시대의 유산을 물려받은 낭만주의 세대들이 심리적으로 어떤 경험을 했을지 이해하실 수 있을 겁니다.

이렇게 세상이 뒤집히는 변화 중에 하나가 신앙의 위기지요. 볼테르를 비롯한 18세기 계몽주의 철학자들이 이 점에서 혁혁한 공헌을 했어요. 이성적 판단만을 진리의 유일한 잣대로 생각한 이들은 온갖 부조리하고 불합리한 전통적 질서와 맹렬히 투쟁했는데, 그중에 하나가 종교였습니다. 서구인의 정신적 지주인 기독교 말입니다.

이 합리주의자들에 의해 기독교는 엄청난 타격을 받습니다. 기독교와 관련된, 이성적으로 수긍할 수 없는 모든 것들이 도마 위에 오릅니다. 예를 들어 예수님이 물 위를 걸어갔다거나, 포도주 한 잔으로 수많은 사람의 목을 적셔주었다거나 하는 성서상의 많은 기적들이 무너지기 시작합니다. 이전엔 이 모든 것이 기적이 아니라 사실이었어요. 신이 존재한다는 것을 증명하는 사실 말입니다. 계몽주의 철학자들은 이런 것들이 기껏해야 기독교 메시지를 전파하기 위한 우화에 불과하다고 주장했지요. 하루아침에 기적이 우화로 전락해버립니다.

일례일 뿐이지만, 서구 사회의 확고한 신앙이 흔들리고 있음을 보여주고 있습니다. 신은 이제 점점 의심스러운 존재가 되어갑니다. 자그마치 천 년이 넘도록 서구인에게 삶과 죽음의 의미, 인간과 만물이 어떻게 창조되었으며 어떻게 살아야 하는지, 요컨대 삶의 모든 문제를 설명해주던 진리가 의심스러워진 겁니다. 전혀 다른 사회에서 사는 우리는 당시의 기독교 문화권이 겪은 이 엄청난 충격을 온전히 이해하기가 쉽지 않습니다.

낭만주의와 그 이후의 세대들이 바로 이 신앙의 위기라는 유산을 물려받지요. 마음은 신을 간절히 찾고 있는데 머리는, 그러니까 이성은 신 같은 것은 없다고 말하는 겁니다. 이 엄청난 혼란을 낭만주의와 그 이후의 문학은 끊임없이 얘기하고 있습니다. 니체가 한 말 중에 우리에게 가장 유명한 것이 "신은 죽었다"일 겁니다. 이 말이 뭐 그리 중요한지 사실 우리에겐 별로 실감이 안 나지요. 그런데 살펴본 바와 같이 서구의 정신사적 맥락에서 보면 엄청난 사건인 거죠. 신이 죽고 없다면 서구인들이 믿었던 기존의 모든 가치가 허물어지기 때문이에요.

설명이 길어졌는데, 시간의 문제가 이 신앙의 위기와 밀접히 연결되어 있다는 것을 말하기 위해서였습니다. 신이 존재한다고 굳게 믿으면 시간은 별로 중요하지 않아요. 영원한 세계, 즉 천국이 있기 때문이죠. 지상은 잠시 들렀다가는 곳이니 여기서의 시간은 순간일 뿐이에요. 그러니 시간의 필연적 귀결인 죽음도 중요한 사건이 아닙니다. 그것은 영원한 세계, 영원한 시간으로 가는 문턱일 뿐이죠. 기독교 교리에 따르면 진정한 삶은 지상이 아니라 천상에 있습니다.

그런데 신이 없다면, 영원한 세계가 없다면 어떻게 될까요? 이 삶이 전부가 됩니다. 죽음은 인간이 알 수 없는 심연이 되고, 두렵고 이해할 수 없으며, 때로는 우리를 공황상태로 몰아넣는 끔찍한 사건이 됩니다. 다시 말해 신이 없다면, 인간에게 주어진 건 시간밖에 없다는 얘기가 됩니다.

시간을 문제 삼는 것은 바로 이렇게 죽음의 문제이기도 하기 때문이지요. 그 무엇보다 중요한 본질적인 문제가 됩니다. 보들레르가 시간과 죽음의 강박관념에 사로잡혀 있는 것도 바로 이런 이유 때문입니다. 전통적인 믿음을 상실한 자, 다시 말해 낙원을 잃어버린 자에게 시간은 그야말로 무의미한 고문이고 고역이 됩니다. 시간이란 모순투성이고 불행투성이인 삶과 동일어이고, 그 끝은 보들레르가

심연이라 일컫는 죽음이기 때문이지요. 그런 시인에게
삶이 어떤 모습으로 느껴질지 이제 상상이 가실 겁니다.
시인이 말하는 유폐된 지상이란 예컨대 이런 곳입니다.

"열기 없는 해가 여섯 달을 떠돌고 나머지 여섯 달은
밤이 대지를 덮는 곳"입니다. 한 마디로 "지옥 같은
북극의 태양"이 떠 있는 곳이죠. 또 "지하토굴" 같은
곳이고, 온 세상이 "먹물처럼 새까만" 곳이고, "피로
물든 호숫가"에 "시체 더미"가 쌓여 있는 그런 곳입니다.
살고 싶지 않은 곳입니다. 아니 살 수 없는 곳입니다.
그러니 어떻겠어요? 떠나고 싶겠죠.

"이 세상 밖이면 어디라도" 말입니다.

천국이 있다는 것도 믿을 수 없지만, 이 지상도
분명 고향이 아니지요. 보들레르는 자신이 이곳에서
이방인임을 이렇게 표현했습니다.

- 수수께끼 같은 사람이여, 말해주겠나, 누구를 제일
  사랑하는지? 아버지인가, 어머니인가? 아니면
  누이나 형제인가?
- 내겐 아버지도 없고 어머니도 없소. 누이도 없고
  형제도 없지.
- 친구들은?
- 당신은 지금 내가 여태까지 의미조차 몰랐던 말을
  하는구려.
- 조국은?
- 나는 내 조국이 어느 위도에 붙었는지도 모른다오.
- 아름다움은?

- 이 불멸의 여신이라면, 내 기꺼이 사랑하련만.
- 황금은?
- 그건 당신이 신을 증오하듯 내가 증오하는 것이오.
- 기이한 이방인이여, 당신은 대체 뭐를 좋아한단
  말이오?
- 구름이지… 저기… 저쪽에… 흘러가는 구름… 저
  황홀한 구름!

이 글은 제목도 「이방인」이에요. 지상의 가치는
아름다움만 빼고 모두 자신과 관계없다고 말합니다.
부모도 없고 형제도 없고 조국도 없다고 하지만 물론
이것은 거짓말, 그러니까 시적 허구이지요. 이런 허구를
통해 사회적 자아가 아닌, 시인의 심층적 자아가 느끼는
깊은 고독을 표현한 것이죠. 이방인 하면 우리는 주로
카뮈의 유명한 소설 『이방인』과 그 주인공 뫼르소를
떠올리겠지만, 이방인의 원조격이자 정말 절망적이고
비극적인 이방인은 보들레르가 아닌가 합니다.
하늘에도 땅에도 어디에도 뿌리를 내리지 못하고
"슬프고 정처 없이" 떠돌 수밖에 없는 것이 이 이방인의
운명이지요.
　　그러면 이 춥고 어둡고 헐벗은 땅에서 견뎌내려면
어떻게 해야 합니까? 자살을 하면 깨끗이 해결되지만,
아시다시피 보들레르는 자살하지 않았습니다. 물론
젊은 시절에 자살을 시도한 적이 있고, 특히 말년에는
자살을 심각히 고민한 것 같지만 말이죠. 자살을
예찬하는 글도 썼고요.

이런저런 상황의 제약이 없다면, 이런저런 부조리에
대해 진지한 검토를 마쳤다면, 그리고 교리나
윤회설을 굳게 믿는다면, 자살은 때로 인생에 있어
가장 합리적인 행동이라고 말할 수 있다.

이 가장 합리적인 행동을 보들레르는 선택하지
않았습니다. "교리나 윤회설"을 굳게 믿지
못해서였을까요?

취해야
사는 남자

그러면 자살 말고는 어떤 방법이 있겠습니까? 무언가에
취해 비참한 현실을 잊어버리는 것이죠. 쉽지 않지만
어떻게든 해봐야 합니다. 이 시인에겐 다른 방법이
없으니까요. 그가 취하라고 힘주어 외치는 것은 이런
까닭입니다. 꽤 유명한 산문시 「취하시오」첫 부분을
보시죠.

항상 취해 있어야 한다. 이것이 전부이고 유일한
문제이다. 당신의 어깨를 부수고 당신의 허리를
땅으로 짓누르는, 짐짝 같은 이 끔찍한 시간의 무게를
느끼지 않으려면, 끊임없이 취해야 한다. 그런데
무엇에? 술이든 시든 아니면 덕(德)이든, 당신이
좋아하는 대로. 그러나 취하시오.

어떤 것이든 좋으니 어떻게든 취해야 한다고 거듭
강조합니다. 그것이 보들레르에게는 "끔찍한 시간의
무게"에서 벗어나는, 절망적인 삶을 견딜 수 있는
유일한 수단이기 때문이지요.

따라서 이제는 무엇에 취하느냐는 문제만 남습니다.
보들레르는 "술이든 시든 아니면 덕(德)이든" 취할 수
있는 건 다 좋다고 했습니다. 그러나 이 시인의 생애를
보면 술과 시에는 흠뻑 취했지만 덕에 취했던 것 같지는
않아요. 술을 예찬하는 시도 있고, 그보다 강도가 센
해시시나 아편을 예찬하는 글도 있지요. "오늘은 세상이
찬란하구나!/재갈도, 박차도, 고삐도 없이/술 위에
걸터앉아 떠나자꾸나,/요정들이 사는 기막힌 하늘을
향해!"「연인들의 술」이란 시에 나오는 구절인데,
말하자면 술기운을 빌어 연인과 함께 요정들이 사는
기막힌 하늘, 천국으로 날아간다는 내용입니다.

아편에 대해선 이렇게 얘기했지요. "아편은 끝없는
것을 더욱 넓히고/무한을 확장하며/시간과 관능이
깊어지도록 하네./검고 음울한 쾌락이/영혼을 가득
채워 흘러넘치게 하네."

"무한"이란 말은 보들레르의 글에 자주 나옵니다.
우리의 의식이나 인식능력은 제한되어 있지요. 그래서
항상 보이는 것만 보이고 느끼는 것만 느끼고 세상에
새로운 것은 없는 듯 진부하게 인식되는데 '무한'이란
그런 한계를 벗어나는 듯한 느낌이나 현상을 말한다고
생각하시면 될 것 같습니다. 어쨌든 아편이 바로 그런
세계를 보여주고 더 나아가 확장해준다고 합니다.

또 시간에 대한 의식과 관능에 대한 감각들을 더욱 깊게 만들어, "검고 음울한 쾌락"으로 영혼을 가득 채워준다고 말합니다.

이런 것들이 보들레르가 말하는 '인공낙원'입니다. 『인공낙원』은 사실 보들레르가 쓴 책 제목이에요. 이 책에서 그는 술과 아편의 효과뿐만 아니라 그것의 한계와 문제점까지 세세하게 연구했지요. 경험자만 할 수 있는 일종의 보고서라 할까요. 그러나 실제로는 이 시인이 술을 좋아해 애인 잔느 뒤발과 같이 살면서 덩달아 알콜중독자가 됐다는 말은 있지만, 아편을 가까이 한 건 아니라고 합니다.

어쨌든 이렇게 취하는 데 강력한 효과가 있는 환각제를 사용하여 인공적으로 낙원을 만드는 겁니다. 이 인공낙원이 지상에서 보들레르가 살 수 있는 유일한 거처가 되는 셈이죠. 그러나 이렇게 만든 낙원이 별로 튼튼하지 않다는 것을, 오래 갈 수 없다는 것을 여러분도 금방 눈치채셨을 겁니다. 술은 조만간에 깨기 마련이고, 깨고 나면 다시 원래의 자리로 되돌아와야 하니까 말입니다.

보들레르를 취하게 하는 건 물론 이런 환각제 말고 또 있습니다. 그가 평생을 바친 시는 물론이고 더 넓게 얘기해서 예술이 그런 역할을 했지요. 보들레르 말을 또 들어보시지요. "예술에 도취되는 것은 무시무시한 심연을 가리는 데 무엇보다도 적합하다. 천재는 무덤가에서 무덤을 보지 못할 만큼 즐겁게 연극을 할 수 있다. 그는 낙원에서, 무덤과 파멸에 대한 모든 생각을

몰아내는 낙원에서 헤매고 있으니까 말이다." 예술은
죽음이나 소멸과 같은 인간의 비참한 조건을 잊게 하는
데 최상의 효능이 있다는 얘기죠. 그러니까 예술도
하나의 인공낙원인 셈입니다. 술이나 아편보다는
안정성이 큰 인공낙원 말이죠.

  모든 아름다운 것들이 보들레르를 취하게 했지요.
이 시인을 지칭하는 말 중 하나가 유미주의자인데,
아름다움을 단지 찬양한 것이 아니라 마치 종교처럼
숭배하고 절대화했지요. 뭐라고 말하는지 한번 보시죠.

  오 아름다움이여! 순진하고 끔찍한, 거대한 괴물이여!
  그대의 눈과 미소, 그대의 발이 내 사랑하는 무한을,
  내가 만나보지 못한 무한의 문을 열어줄 수 있다면,
  그대가 하늘에서 왔건 지옥에서 왔건 무슨 상관이랴?

「미의 찬가」란 시의 한 부분입니다. 아름다움을
상징하는 대표적인 이미지가 꽃이지 않습니까? 비록
'악'이지만『악의 꽃』이란 제목에도 미를 추구하는
시인의 태도가 암시되어 있지요. 악의 세계, 고통과
병의 세계를 아름다운 예술로 뒤바꾸어 놓는 것이
보들레르의 야심이었다고 할 수 있지요. 마치
마법사처럼, 연금술사처럼 말이죠.

  그런데 그에게 있어 꽃보다 더 아름다운 것이
여인입니다. 보들레르는 여인만이 발산할 수 있는
관능적 매력, 신비한 매력을 민감하게 느끼며 흠뻑 취할
수 있었던 시인이지요. 여인만이 아니라 여인의 세계,

이를테면 향기, 보석, 장신구, 화장 등등 여인과 관계된 모든 물질적 세계에 매료되었던 사람입니다. 물론 정신적인 면에서는 여성을 별로 존중하지 않았지만 말입니다. 존중하지 않은 것이 아니라 아예 경멸했어요. 이런 말까지 합니다.

"여자는 '자연적이다'. 다시 말해 가증스러운 존재이다. 그러므로 여자는 언제나 저속하다. 다시 말해 댄디와 정반대의 존재이다." 보들레르는 반자연주의자인데, 여자는 정신이 아니라 자연 그러니까 물질적 질서에 속하는 존재라고 합니다. 이런 말도 했습니다. "여자들이 성당에 들어가게 놓아두는 것을 보고 나는 항상 놀라움을 금치 못했다. 도대체 이들이 신과 무슨 대화를 나눌 수 있겠는가?" 여자들에게 퍼부은 독설입니다. 물론 말한 그대로 해석해서는 안 되는 발언들이지만, 요즘의 여성해방론자들이 보면 경악을 금치 못할 얘기를 많이 한 것은 사실이에요. 여성에 대한 보들레르의 태도는 여러모로 양면적인데, 그에게 중요한 인공낙원의 역할을 한 것만은 분명합니다.

인공낙원이 보들레르의 절망과 고뇌를 위로하거나 잊게 할 수는 있지만 근본적으로 치유할 수는 없었습니다. 약효가 떨어지면 "지하토굴"에 갇힌, 병원의 환자 신세인 자신의 모습을 다시 마주해야 합니다. "이 세상 밖이라면 어디라도", 지옥이라도 가겠다고 외치는 상황이 다시 찾아옵니다. 마지막 남은 출구는 여전히 죽음뿐입니다. 1861년『악의 꽃』

증보판은 다음과 같은 문장으로 끝납니다. 마치 이
시집의 결론인 양 말이죠.

> 오 죽음이여, 늙은 선장이여, 때가 되었다!
> 닻을 올리자!
> 이 고장이 지겹지 아니한가, 오 죽음이여!
> 출항을 준비하자!
> 하늘과 바다는 잉크처럼 까맣지만
> 네가 아는 우리 마음은 빛으로 가득하구나!
>
> 네 독을 쏟아 부어 우리에게 기운을 북돋아 주렴!
> 이 불길이 우리 머릿속을 이토록 뜨겁게 달구니,
> 지옥인들 천국인들 아무려면 어떠랴, 심연의 바닥으로
> 미지의 바닥으로 새로움을 찾아 내려가고 싶구나!

『악의 꽃』의 마지막 시 「여행」의 마지막 연입니다.
　보들레르의 삶이기도 한 『악의 꽃』이란 긴 여행을
전체적으로 정리하고 요약한 듯한 느낌을 주는 시죠.
그래서인지 상당히 긴 편입니다. 그 마지막을 장식하는
것이 죽음이죠. 죽음을 "늙은 선장"이라고 부르고
있는데, 배의 선장처럼 인생이란 항해를 안내하는 게
결국 죽음이란 말 같군요. 또 죽음은 아주 태초부터
있었으니까 당연히 늙었지요.
　때가 되었으니 이제 이 지겹고 고통스런 삶에서,
"하늘과 바다가 잉크처럼" 새까만 지상에서 떠나자고
말합니다. 어디로 가자는 건가요? 물론 이곳이 아닌

저곳, 다시 말해 죽음의 세계겠죠. 그러면서 뭔가
기대감을 표현하고 있어요. 천국이면 좋겠지만
지옥이어도 상관없다, 왜냐하면 어쩌면 그곳엔 뭔가
새로운 것이, 그러니까 지상의 삶과는 다른 것이 있을지
모르니까. 이런 막연한 기대감으로 시가 끝납니다. 다시
말해 『악의 꽃』이라는 긴 여정이 끝나는 거죠.

정리하면 이렇게 말할 수 있을 것 같습니다. 지상의
세계란 아무리 봐도 살 수 있는 곳이 못됩니다. 절망과
권태와 고통뿐이죠. 희망이 없는 곳입니다. 그럼
죽음밖에 남지 않는데, 이 죽음도 알 수 없는 심연이기는
마찬가지죠. 천국이란 것이 있을지도 모르지만,
지상보다 더 끔찍한 지옥이 기다리고 있을지도
모릅니다. 또 소위 무(無)의 상태, 아무것도 존재하지
않았던 것이 되는 상태일 수도 있습니다. 그러나 누구도
확실하게 알 수 없으니 적어도 기대는 할 수 있습니다.
이 지상의 삶과는 다른 것이 있을지 모른다고 말입니다.
"이 세상 밖이면 어디라도" 가고 싶은 자가 품을 수 있는
마지막 실낱같은 희망이랄까요.

불행으로 빚은
찬란한 보석들

『악의 꽃』이라는 보들레르의 정신적 모험은 이런
식으로 끝을 맺습니다. 우울하고 고통스러웠던 긴
여행이었죠. 보들레르는 오늘날 프랑스를 대표하는
시인이 되어 까마득히 먼 우리나라에서도 이렇게
강연의 주제가 되고 있습니다. 하지만 살아생전에는

이해받지도 인정받지도 못했던 시인이었지요. 본토인 프랑스에서도 그의 진가가 대중에게 알려지기 시작한 것은 20세기 초반입니다. 시인이 사망한 지 50여 년이 지나서였죠. 『좁은 문』으로 우리에게 많이 알려진 앙드레 지드나 『잃어버린 시간을 찾아서』를 쓴 마르셀 프루스트, 또 폴 발레리 같은 시인이 여기에 큰 공헌을 했어요. 그의 명성과 영향력이 점차적으로 프랑스 국경을 넘어 전 세계로 퍼져나갔고, 지금은 프랑스 시인으로는 가장 유명한 시인 중에 하나일 겁니다. 빅토르 위고가 대중적으로 더 유명한 건 사실이지만, 그건 그의 시 때문이 아니라 『레미제라블』 같은 소설 때문이죠.

보들레르의 작품세계나 생애를 주로 얘기하느라 그의 시론이나 미학에 대해선 별로 다루지 못했네요. 프랑스 시 역사에서 새로운 지평을 개척했다는 평가를 받는 시인이고 예술 전반에 대해서도 중요한 미학적 발언을 많이 했습니다. 흔히 상징주의의 선구자라든가 현대성의 시인 같은 수식어가 따라다니죠. 보들레르 이후에 등장한 랭보나 베를렌느, 말라르메 같은 굵직한 시인들이 모두 보들레르가 제시한 시세계와 시론으로부터 직접적인 영향을 받았습니다. 물론 20세기에 들어와서도 많은 프랑스 시인들에게 일종의 등대와 같은 역할을 했지요.

요약하자면 보들레르는 서구의 문학적 전통과 또 서구세계가 직면했던 정신적 위기를 시적 창조의 자양분으로 삼아 기존의 시와는 다른 새로운 시를 썼고,

또 그렇게 함으로써 향후 시가 나아갈 방향을 제시한 시인이라 할 수 있습니다. 이 모든 것이 구현된 작품이 바로 그의 유일한 운문시집 『악의 꽃』이고요. 말년에 쓴 산문시집 『파리의 우울』도 포함시킬 수 있지만 예술적으로나 영향력으로나 『악의 꽃』에 비교할 수는 없을 듯합니다.

『악의 꽃』은 근 20년에 걸쳐 고치고 다듬기를 반복하면서 완성한 시집입니다. 자신의 "모든 생각과 마음", "모든 증오와 신앙", 다시 말해 자신의 모든 것을 여기에 쏟았다고 했지요. 그리고 이 작품의 비옥한 토양이 된 것은 19세기 프랑스의 지적, 예술적, 종교적, 사회적 상황입니다. 보들레르란 개인과 그가 산 시대와 문화가 일종의 화학작용을 일으키며 만들어낸 기념비적 작품인 셈이죠.

그러나 앞에서 보셨듯 보들레르는 개인적으로 참 불행한 시인이었습니다. 불운한 삶을 살기도 했지만, 어두운 생각과 무거운 감정에서 좀처럼 벗어날 수 없었던 사람이지요. 인간조건의 어두운 심연에서 빠져나올 수 없었던 "저주받은 시인"이었습니다. 마지막으로 자신의 처지를 알바트로스에 비유한 시를 읽으며 강연을 마치겠습니다. 하늘이 고향인 거대한 새가 지상에 잡혀와 뱃사람들의 조롱거리가 되는데, 우리의 저주받은 시인과 다를 바 없습니다.

가혹한 심연 위로 미끄러져 가는 배를
게으른 여행의 동반자처럼 따라가는

알바트로스, 이 거대한 바닷새를
자주 뱃사람들은 붙잡아 장난질 치네.

갑판 위에 놓이기가 무섭게
서투르고 수치스런 하늘의 왕은
크고 흰 날개를 배 젓는 노처럼
뱃사람 곁에서 가련히 끌고 다니네.

얼마나 어색하고 무기력한지! 이 날개 달린 여행자는.
그토록 아름다웠던 것이 얼마나 추하고 우스꽝스러운지!
어떤 이는 담뱃대로 그의 부리를 괴롭히고
어떤 이는 절뚝거리며 날았던 불구자를 흉내 내는구나!

시인은 폭풍과 어울리고 사수를 비웃는
이 구름의 왕자와 같아라.
야유의 함성 속에 지상으로 쫓겨나니
크나큰 날개로 걷는 것조차 힘 드는구나.

「알바트로스」

샤를 보들레르

Charles Baudelaire

1821. 4. 9 ~ 1867. 8. 31

보들레르는 1821년 파리에서 태어난다. 여섯 살이 되던 해 아버지가 타계하고 이듬해 어머니는 오픽 소령과 재혼한다. 어린 나이에 아버지를 잃고 재혼에 의해 어머니마저 심리적으로 잃어버리는 유년기의 경험은 그의 내면 형성에 깊은 흔적을 남긴다. 1839년 의붓아버지 오픽의 뜻에 따라 법과대학에 등록했지만, 법 공부는 안 하고 문학청년들과 어울리며 자유분방한 생활을 시작한다. 가족은 '불량한' 예술가 무리들과 떼어놓기 위해 이 문제아를 캘커타로 향하는 배에 태운다. 9개월에 걸친 길고 고독한 남국의 경험은 훗날 시인의 몽상과 추억에 풍요로운 영양분을 제공한다. 여행에서 돌아온 그의 생활은 부모의 기대와 다르게 변하지 않았고, 성년이 되어 아버지의 유산을 물려받으면서 무절제와 낭비는 오히려 더 심각해진다. 보들레르의 여인 중 가장 유명하고 중요한 "검은 비너스" 잔느 뒤발을 만나는 때가 이 무렵이다. 1844년 급기야 가족은 법원에 호소하고 마침내 보들레르에게 금치산선고가 떨어진다. 그의 자존심을 송두리째 유린한 이 선고에 자살 소동까지 부리며 저항하지만 아무것도 달라지지 않는다. 이때부터 빚에 쪼들리며 글을 써서 먹고살아야 하는 궁핍한 생활이 본격적으로 시작된다. 미술에 조예가 깊었던 보들레르는 그나마 돈이 되는 미술비평에 손을 대며 등단하는데, 그는 이 분야에서도 대단한 재능과 안목으로 일가를 이루었다. 아울러 놀랄 만한 열정과 집념을 바친 것이 에드거 앨런 포의 번역이다. 당시 별로 알려지지 않은 이 미국 작가를 프랑스에 소개하고 프랑스 문학에 깊숙이 끌어들인 것은 오롯이 보들레르 덕택이다. 마침내 1857년 그동안 간간이 발표한 시와 미발표 시 100편을 모아 『악의 꽃』을 간행한다. 위고로부터 "새로운 전율"을 창조했다는 말을 듣고, 훗날 랭보에게서 "최초의 견자요, 시인 중의 왕"이란 극찬을 받았지만 당대에 이 시집이 내장한 파급력을 감지한 사람은 별로 없었다. 1860년『인공낙원』을 발표하고, 1861년에는『악의 꽃』증보판이 나온다. 생애 말기에는 이미 성치 않은 몸으로 브뤼셀로 떠나며 삶의 반전을 꾀하지만 환멸과 고통만 가중되고 건강마저 극도로 악화되어 마비증과 실어증을 앓으며 다시 파리로 돌아온다. 1867년 어머니가 지켜보는 가운데 숨을 거두고, 사후에『파리의 우울』,『내면 일기』뿐 아니라 미술비평, 문학비평 등이 책으로 묶여 간행된다.

악의 꽃

Les fleurs du mal

1857

보들레르가 "자신의 모든 생각과 모든 마음을 쏟아 부었다"는 이 시집은 보들레르 문학세계의 결정판이다. 말년에 저술한 『파리의 우울』또한 산문시를 개척했다는 점에서 높은 평가를 받고 있지만, 보들레르 시의 정수는 뭐니 뭐니 해도 『악의 꽃』이란 필생의 역저 한 권 속에 응축되어 있다. 100편이 수록된 초판이 1857년 간행되었으나 미풍양속을 해친다는 이유로 고발당하고 결국 6편이 삭제 처분을 받는다. 여기에 35편의 시가 새로 추가되어 총 129편이 수록된 『악의 꽃』증보판이 1861년 발간된다. 초판과 비교했을 때 시의 순서가 약간 바뀌고 특히 '우울과 이상', '악의 꽃', '반역', '술', '죽음' 등 총 5부로 나뉘어 있던 기존의 구성방식에 '파리 풍경'이 새로 추가되었다. 이 소제목들 자체가 보들레르 시세계를 압축하는 핵심 주제들이다. 각각의 시들이 서로 상응하고 느슨하지만 구조화되어 있는 이 시집은 그 자체가 거대한 한 편의 시라고 할 수 있다. 주제와 기법, 언어와 시에 대한 인식 등 다양한 측면에서 『악의 꽃』이 새롭게 열어 놓은 시의 지평은 후대의 시인들에게 엄청난 영향을 미쳤다. 『악의 꽃』이 없는 보들레르를 생각할 수 없듯이, 보들레르가 없는 프랑스 현대시를 상상하기란 불가능할 것이다.

강연자 **김용민**

연세대학교를 졸업하고 프로방스 대학에서 석사 및 박사 학위를 취득했다. 현재 인천대학교 불어불문학과 교수로 재직 중이다. 「『화사집』과 『악의 꽃』의 상관성에 대한 고찰」, 「루소의 자전적 작품과 극단적 주관주의」, 「『오베르만』에 나타난 우울과 형이상학적 근원」 등 다수의 논문이 있다.

강우성 선생님이 말하는

세상을 바꾸는 여자의 자유

너새니얼 호손

『주홍 글자』를 읽어 보셨나요?

분량이 길어 다 읽어내기 힘드셨지요?

오늘 강연은 작품을 읽으신 분들에게는

작중 인물들에 대한 깊이 있는 이해를 돕는

해설이 되겠고, 아직 읽지 않으신 분들에게는

배경지식이 되어드릴 것입니다.

주로 청교도와 아메리카라는 주제로

이야기를 해보려고 합니다.

이 소설의 배경인 17세기 청교도 사회에 대해

이야기한 뒤 작품으로 들어가서 먼저

구성에 대해, 다음에는 이 작품을 읽는

다양한 관점, 마지막으로 작품 속 중요한

대목을 짚어보는 순서로 진행하겠습니다.

1850년에 발표된『주홍 글자』는 미국문학이
세계문학의 반열에 올라가는 데 결정적인 역할을
한 작품입니다. 1776년 미국 독립 이후 70년 동안
미국문학이라고 달리 내세울 만한 작품이 없었습니다.
미국 사람들은 주로 영국에서 수입된 소설들을 읽었죠.
제인 오스틴의『오만과 편견』같은 작품이 가장
인기였고요. 미국 작품들이 보잘 것 없으니까 영국
작품을 주로 읽었던 거겠죠.

그러니 당시 미국 작가로서 명성을 얻은 사람은
호손이 거의 처음이라고 할 수 있습니다.

1850년부터 남북전쟁이 일어나기 전까지인 5~6년
동안에 우리가 알고 있는 고전 미국 문학 작품들이
한꺼번에 쏟아져 나옵니다.

알려진 작가들 중 멜빌이 있고요. 우리나라에
『백경』이라고 많이들 번역되어 나온 소설이 있죠.
고래에 관한 가장 유명한 작품인『모비딕』을 쓴
작가입니다. 헨리 데이비드 소로의『월든』이라는
작품도 유명하죠? 이 작품들이 모두 1850년대에
출간됩니다.

미국 사람들은 미국 국민 문학의 융성을 일컬어서
'미국의 르네상스'라고 얘기해요. 이탈리아의

르네상스처럼 자기들도 드디어 국민 문학을 갖게
됐다는 얘기인데요. 그걸 주도한 사람이 호손이라고
본 것입니다. 제일 처음으로 나온 작품이『주홍
글자』거든요.

　여러 번역본이 있지만 저는 원문에 비교적 충실한
김욱동 역(민음사)을 추천합니다. 다만 그대로 옮긴
부분이 많다 보니까 약간 뻑뻑하게 읽힐 수 있어요.
호손이란 작가가 워낙 글을 어렵게 쓰는 사람이거든요.
그러나 내용 자체는 굉장히 재미있습니다.

청교도와
아메리카

1850년에 세상에 나온『주홍 글자』는 200년 전의
역사와 관련이 있습니다. 1642년부터 49년까지 7년
동안 벌어진 일을 다루고 있어요. 1640년 즈음은
어떤 때냐면 영국의 청교도들이 미국으로 건너와서
식민지를 건설했던 그 시기입니다. 보통 청교도
사회라고 이야기를 하는데, 그때 상황을 설명해드리기
위해 '청교도와 아메리카'라는 제목을 지어봤습니다.
미국이라고 하지 않고 아메리카라고 말하는 이유가
있는데요. 당시에는 미국이라는 나라가 없었습니다.
미국이 성립된 것은 18세기 후반이에요. 이 전에는
'브리티시 콜로니(British Colonies)' 즉 영국 식민지라고
불렀습니다. 뉴잉글랜드 지역은 특히 청교도
정착지(Puritan Settlement)라고 불렀고요. 미국은 없었지만
지정학적으로 통칭해서 북아메리카라고 부르는 말은

있었기에 아메리카라는 말을 쓰겠습니다.

17세기
브리티시 콜로니

17세기 무렵에 브리티시 콜로니라는 이름으로
만들어졌던 지도를 보시면 제일 위쪽에 지금의
보스턴과 매사추세츠 지역을 중심으로 한 뉴잉글랜드
청교도 식민지가 있고요. 그 아래에 뉴욕과
펜실베이니아를 중부 식민지라고 불렀습니다. 그
아래에 버지니아에서 조지아까지가 남부 식민지였지요.

이 지역들이 모두 해안가를 따라서 늘어선
지방들이죠. 지금의 미국은 50개주가 모인 큰 나라지만
아직도 동부 해안가에 살고 있는 사람들은 자기들이
미국의 중심이라고 생각하는 경향이 있어요. 초기
청교도민이 정착했던 지역이라서 그런가봅니다.
그런 성향이 대중 스포츠에서도 드러나죠.
메이저리그에서 뉴욕 양키스와 보스턴 레드삭스가
굉장한 라이벌이거든요. 미국의 중심은 뉴욕이라고
보는 사람들과 보스턴이라고 보는 사람들 간에 의식
차이가 있어서 그래요. 말의 억양도 달라서 서로를 금방

알아본다고 합니다.

'양키'란 원래 영국인들이 뉴잉글랜드에 살고 있던 식민지인들을 지칭하던 말이었어요. 나중에 이 사람들이 뉴욕과 펜실베이니아 지역에 주로 정착을 했는데요. 뉴욕에서도 특히 상업적인 성향을 추구한 사람들을 나중에 양키스라는 말로 부르게 됩니다.

17세기 중엽에는 현재의 캘리포니아를 비롯한 중서부지역으로는 백인 정착지가 없었습니다. 이곳은 주로 아메리카 원주민들이 거주하는 광활한 평원 지역이었습니다. 이런 상황에서 영국 사람들이 동부 해안가 지역으로 건너왔습니다. 이렇게 주로 뉴잉글랜드 지방에 정착한 신교도들을 가리켜서 청교도라고 부르는데요. 청교도라는 명칭은 원래 16세기 말 영국에서 국교회에 반대하는 신교도들을 가리켜서 비아냥거리던 말이었어요. 영어로는 'Puritan'이라고 하는데 순수하고 깨끗하다는 의미의 'Pure'가 어원이죠. 영국 국교도 목사들이 청교도를 보고 자기들만 깨끗한 척하는 사람이라는 의미로 붙인 말이에요. 영국에서는 좋지 않은 의미로 쓰였지만 힘들게 건너온 신대륙에서는 비난할 사람들이 없으니까 스스로를 드높이는 말로 청교도라는 명칭을 쓰게 됐어요.

그런데 영국 식민지 중에 뉴잉글랜드로 건너온 청교도들은 종교적으로 크게는 비슷하지만 그 안에 분파들은 다양했어요. 성향이 조금씩 달랐죠. 같은 신교도인데, 국교회(성공회의 전신)에 대해 어떤 태도를

취하느냐에 따라 나중에 세 가지 분파-국교도파,
분리파, 중도파-로 나뉜 것이지요. 분파들마다
정착지도 달랐어요. 이 점은 나중에 더 설명드리지요.

청교도 식민지의 정착은 스튜어트 왕조의 제임스 1세
때부터 시작됐습니다. 맨 먼저 1620년에 플리머스
식민지라는 곳이 있었죠. 뉴잉글랜드 지역에 생긴
최초의 청교도 식민지입니다. 지금도 이곳에 가면
미국 땅에 제일 먼저 발을 내딛은 청교도들이 밟았던
바위가 기념물로 남아있어요. 밟으면 행운이 온다는
미신도 있어요. 저도 가봤는데 보잘 것 없는 바위더군요.
상징적인 의미를 가지고 있는 거겠죠.

17세기
플리머스 콜로니

플리머스는 정착지 이름입니다. 플리머스 식민지는
1620년에 당시 영국의 왕이었던 제임스 1세로부터
특허장이라는 것을 받고 온 사람들이 세운 곳이죠.
특허장은 왕이 개발 권리를 부여하는 인증서 같은
거예요. 어떤 사람들이 개척을 하고 정착지를 만들면
거기서 나는 모든 생산물에 대한 권리를 주는 것입니다.

한마디로 땅에 대한 권한을 주는 겁니다. 당신들이 가서
개척을 하시오, 하고 말이죠. 그런 특허장을 받고 온
사람들이 처음에 만든 곳이 플리머스 식민지입니다.

그로부터 10년 후 찰스 1세 때 매사추세츠 식민지가
만들어집니다. 플리머스 식민지에서 차로 1시간 정도
거리인 보스턴 지역에 정착을 합니다. 가까운 거리인데
그 당시 사람들에게는 굉장히 멀게 느껴졌던 곳입니다.
이렇게 1620년과 30년에 두 식민지가 건설됨으로써
미국 땅에 청교도 사회가 모습을 갖추기 시작합니다.
그들은 위쪽과 아래쪽으로 내려가면서 정착지를
넓히는 형태로 청교도 사회를 확장합니다.

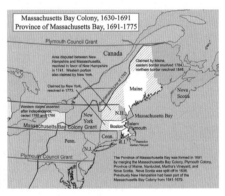

17세기
매사추세츠 콜로니

아메리카 대륙에서의 정착 순서로만 따지면 남부
식민지가 제일 먼저고, 그 다음이 뉴잉글랜드의
청교도 식민지입니다. 중부 식민지의 경우에는 한참
뒤에 정착하게 됩니다. 남부 식민지는 버지니아가
중심지였고 주로 영국 국교도들이었지요. 중부
식민지는 뉴욕과 펜실베이니아 주를 중심으로

뉴저지 주와 델라웨어 주, 메릴랜드 주까지 합쳐서
부르는 이름입니다. 여기는 주로 상업에 종사하는
사람들이 많았고요. 청교도들과는 큰 상관이 없는
사람들이었어요.

세 곳의 식민지가 1761년까지 계속 유지되고 있었고
그 중간을 오하이오 강과 미시시피 강이 흐르고
있었습니다. 미시시피 강은 미국을 남북으로 가로질러
아래로 내려오는 모양이지요. 피츠버그에서 시작되어
미주리쯤에서 미시시피 강과 합쳐지는 강이 오하이오
강입니다. 이 두개의 강이 당시의 젖줄이었고요. 지금도
미국 문화를 말할 때 가장 핵심이 됩니다.

신대륙을 찾아
떠나온 사람들

이제 종교적 성향과 정착 시기에 따라 각 지역 이주
집단의 특징을 설명해보도록 할게요.

남부식민지에 최초로 넘어왔던 국교도들은
존 스미스(John Smith)라는 선장이 이끌었습니다.
이 사람은 신교도적 성향을 띠지 않은 인물이었습니다.
존 스미스는 국교도답게 제임스타운이라고 하는
정착지를 만들게 되는데요. 당시 영국의 국왕인
제임스 1세의 이름을 딴 것이죠.

따라서 1607년에 만들어진 제임스타운은
청교도와 무관하며 오히려 대부분이 영국 국교도
출신들이었습니다. 왕으로부터 특허장을 받은
사람들이었고요. 그들은 버지니아컴퍼니라는 회사를

만들었습니다. 일본이 일제 강점기에 조선에 세웠던
동양척식주식회사와 같다고 보시면 됩니다. 식민지에
이 회사를 만들어놓고 주로 담배를 재배해 영국에
수출했어요. 일종의 식민 전초기지 같은 곳인 거죠.
맨 처음 제임스타운에는 144명이 와서 정착을 합니다.
주로 상업적 목적으로 투자를 받아서 왔기 때문에
완전한 무역정착이었죠. 거기서 독자적인 사회를
구성합니다.

　반면 1620년에 플리머스에서 정착했던 사람들은
그 유명한 메이플라워(Mayflower)라는 배를 타고 왔어요.
102명이 왔는데 이 사람들은 바로 영국에서 건너온 것이
아니에요. 사실은 그 전에 네덜란드에 피신을 가 있던
신교도들입니다. 처음에는 신대륙으로 이주할 생각이
없었고, 네덜란드에 잠시 머무르다가 신교도에 대한
영국 국교회의 종교적 탄압이 누그러지면 영국으로
다시 돌아가려고 했지요. 그런데 본국의 상황이
더 악화되고 네덜란드도 안전하지 않게 되어
이참에 아예 신대륙으로 피신해 있자 해서 건너온
사람들입니다. 영국 국교회와의 완전한 결별을 주장한
가장 급진적 분리파 신교도들이었던 거죠.

　그런데 이렇게 건너온 사람들의 생존율이 50퍼센트가
채 안 됐습니다. 중간에 많은 사람들이 죽어요. 한
달 넘게 배를 타고 와서 플리머스에 정착을 했는데
하필이면 그때가 겨울이었어요. 먹을 것도 없고
사람들은 병들고, 거의 죽기 직전에 그 지역에 살던
인디언들이 와서 자신들이 여름에 저장해뒀던 옥수수를

줍니다. 그 옥수수를 먹고 겨우 살아요. 이들의 지도자인 윌리엄 브래드포드(William Bradford)가 이 험난한 정착의 과정을 나중에 『플리머스 농장기』라는 책에 고스란히 담아 놓습니다.

그 옥수수가 바로 인디언콘입니다. 지금 미국에서 흔히 먹는 옥수수인데 원래는 인디언콘이라고 불렸습니다. 그 옥수수를 재배해 먹고 살게 되는데, 첫 수확을 기념한 게 11월 중순이었대요. 이게 바로 추수감사절의 기원이 된 것입니다. 첫 겨울을 넘기고 곡식을 수확해서 먹고 살게 됐다는 의미죠.

이들은 메이플라워 협약이라는 것을 맺었어요. 선상에서 만든 문건인데 실제로 서명을 한 사람들은 102명이 아니고 34명 정도였습니다. 서명자들은 사제나 사제의 가족들로서 독실한 신교도들이었어요. 34명을 제외한 나머지는 종교와는 상관이 없는 일반 사람들이었고요.

협약에는 신대륙에 도착해 정착을 한다면 어떤 식으로 우리 나름의 규율을 정해서 살 것인가에 대한 내용이 들어있었습니다. 미국의 역사를 공부하고 정리한 사람들은 이 메이플라워 협약이 미국 민주주의의 초석이 되는 문건이라고 해석하고 있습니다.

그런데 실제로 읽어보면 민주주의와는 아주 거리가 멉니다. 우리는 제임스 국왕의 충실한 신민으로서 이곳에서도 국왕의 신하된 도리를 다하겠다는 내용입니다. 그리고 정치와 종교가 일체화된 세상에서

살자는 식의 내용이 담겨있습니다. 협약을 주도한 건
주로 남성들이었고요. 어쨌든 미국의 성립을 종교적
자유와 연관짓는 사람들에게는 역사적으로 중요한
문건으로 남아있습니다. 이 사람들이 정착해 만든
플리머스 식민지는 그 안에서 지역이 세분화되어
농사를 짓거나 어업을 하면서 생활했다고 합니다.

그리고 10년 뒤인 1630년의 일입니다. 이때
건너온 사람들은 처음부터 작정하고 정착하러 온
사람들이에요. 아벨라(Arbella)호라는 커다란 범선을
타고 왔는데, 모두 다 백인으로 700명 정도였습니다.
배 세 척을 타고 왔고요. 인원구성을 보면 20퍼센트인
100명 내외가 청교도 성향의 신교도였으며 나머지
80퍼센트는 신대륙에서 땅을 일구고 돈을 벌겠다는
상업적인 목적을 가지고 온 일반 사람들이었습니다.

정착지 사회를 주도한 사람들 중 존 윈스럽(John
Winthrop)이라는 인물이 있었습니다. 성직자는 아닌 귀족
혈통이었고 돈이 많은 사람이었어요. 그는 20퍼센트인
청교도와 나머지 일반인들이 다 같이 참여하는 사회를
만들려면 그 사회를 유지할 모종의 기본 규약이 필요할
것이라고 보았습니다. 그가 제안한 협약 문서의 제목은
「기독교 자비의 모범A Model of Christian Charity」인데요.
여기에 메이플라워 협약과 비슷한 종류의 이야기가
담겨있습니다.

메이플라워 협약은 짧은 선언문이었는데 이건 굉장히
긴 연설입니다. 거의 설교에 가까운 글이에요. 이런
식의 설교가 실제 『주홍 글자』에도 등장합니다. 청교도

목사들의 입을 통해서 말이죠. 작품 설명의 일환으로
그 내용을 설명 드리겠습니다.

'신이 만든 인간 세상에는 엄격한 위계질서가 있다.
부자가 있고, 가난한 사람이 있고, 힘 있는 사람이
있고, 힘없는 사람이 있다. 이것을 깨뜨리면 안 된다.'
이게 가장 기본적인 생각이에요. 전적으로 지배계층의
생각이죠. 사회를 만들기 시작하는 시점에 이런
위계질서를 강조하는 이유가 뭐겠어요? 지배하기
편하게 하려고 그러겠죠. 하층 계급의 반항이 없어야
잘 돌아가니까 시작부터 다짐을 받는 거죠. 만약에
만인이 평등하다고 전제한다면 지배층으로서는 골치
아프겠죠. 엄격한 20퍼센트의 지도자들을 따라서
나머지 80퍼센트의 사람들이 따라와야 한다는 생각이
담겨있는 글입니다.

말씀드렸듯 미국의 역사가들이 이것을 두고
미국의 민주주의 정신을 담고 있는 핵심 문건이라고
얘기하는데, 실제로는 민주주의와는 거리가 멀어
보입니다. 누군가는 부자고 누군가는 가난한 것이 신의
뜻이니까 빈부격차나 권력의 상하관계는 깨뜨리면 안
된다는 거죠. 오히려 전근대적 종교 질서를 강조하는
문건으로 이해하는 게 더 자연스럽습니다.

그런데 민주주의의 단초라고 주장하는 이들이 더
주목하는 것은 다른 대목인데요. '빈부격차가 크고
위계질서가 엄격하지만, 우리 모두가 한 마음 한 뜻으로
하나의 이상적인 사회를 만들고 종교적인 모범이 되자.'
그러니까 이 공동체는 세상이 주목하고 있는 하나의

실험적 종교 공동체이고, 우리가 이 실험에 성공하면 유럽에서도 우리의 모델을 따라 종교개혁에 성공할 것이다, 라는 사명을 가지고 있습니다. 자기들 스스로가 부여한 사명이죠.

그게 모든 문제의 근원이었습니다. 누군가가 이 사람들한테 나가서 그런 것을 만들라고 명령을 내린 것도 아니고, 본인들 스스로가 사명을 품고 떠나왔다고 믿었기 때문에 늘 자괴감에 시달렸어요. 자기들은 세상을 위해서 공동체 실험을 하는데 아무도 알아주지 않는 거예요. 나는 열심인데 사람들은 관심이 없다고 생각해보세요. 힘이 빠졌겠죠. 대체 여기에 왜 왔지? 이런 식의 회의감도 들겠고요. 그런 고민을 기록한 글들이 많이 등장하는 시기입니다.

매사추세츠에서는 아까 말씀드린 존 윈스럽이라는 부호가 주도를 했는데요. 매사추세츠 베이 컴퍼니라는 회사를 만들었습니다. 이 사람들은 같은 신교도 분파 중에서도 중도파들입니다. 신교도들이지만 영국 국교회와 완전히 분리돼서 나오지 않고, 신앙의 독자성을 강조하는 한편 사제 시스템은 계속 유지하고 있는 그런 조직이었습니다.

현재 특별한 설명 없이 '청교도'라는 명칭을 사용할 땐 주로 이 매사추세츠 지역의 중도파 신교도들을 가리키는 이름으로 쓰여요. 초기에는 미국 뉴잉글랜드로 건너온 신교도들을 통칭해서 청교도라고 불렀는데, 플리머스 지역의 분리파 공동체는 점차 세력을 잃고 매사추세츠 쪽 중도파 청교도들이 뉴잉글랜드의 중심을 차지했기 때문에 나중에 명칭의 의미가 그렇게 변화한 것이지요.

이들은 식민지 시기부터 지금까지 계속 이어지는 미국의 유력한 정치 담론을 만들어낸 사람들이에요. 그 전통이 에이브러햄 링컨에게도 계승되지요. 청교도들은 공화당과 민주당을 불문하고 대통령들이 연설할 때 항상 등장하는 정치적 수사를 만들어낸 장본인들이라서, 이 지역 출신 사람들은 아직까지도 자신들이 미국의 정신적인 지주라고 생각하곤 합니다.

보스턴에 가보면 느끼실지 모르겠지만, 여전히 다른 미국 도시와는 조금 다른 종류의 사회가 있습니다. 옛날 영국풍의 분위기가 있고요. 부유하지는 않지만 정신적으로는 미국의 지주다, 라는 식의 굉장한 자부심을 가지고 있는 사람들입니다. 이 청교도들, 즉 매사추세츠에 정착한 중도파 청교도들을 회중론자(Congregationalist)라고도 부릅니다. 매사추세츠에 정착한 청교도들이 스스로를 아메리카의 중심이라고 여기며 다른 분파를 억압했기 때문에, 거기에 반발한 사람들은 차츰 로드아일랜드나 코네티컷으로 내부 식민지를 만들어서 떠납니다.

재밌는 것은 미국의 가장 오래된 사립대학들은 모두 청교도들이 만든 학교라는 점이에요. 매사추세츠에 정착한 사람들이 하버드대학교를 세웁니다. 이들에 반발해서 로드아일랜드로 이주한 사람들이 만든 학교가 브라운대학이고, 코네티컷으로 간 이들은 예일대학을 설립합니다. 이 세 대학이 청교도의 각기

다른 분파가 만든 대학들이니, 미국의 엘리트들이
청교도에서 유래한다고 봐도 무방할 것입니다.

　지금도 그 지역들 간에 약간의 차이가 눈에 띕니다.
제일 잘 사는 곳은 코네티컷입니다. 코네티컷은 세금도
없고요. 도시 인프라도 좋습니다. 뉴욕에서 운전을
하다가 코네티컷주에 들어서면 확 느껴지는데요. 모든
도로가 새 도로인데다 도로사용료도 안 받습니다.
그런데 보스턴 지역으로 들어가면 돈은 돈대로 받고
길도 엉망입니다.

　말씀드렸듯이, 플리머스 지역 사람들은 '분리파'라고
해서 국교회와는 아예 절연을 해야 한다고 생각한
사람들입니다. 이들은 사제 시스템 자체를 거부했어요.
아주 급진적으로 종교성을 추구하는 공동체를 만들고
그 안에는 목사 이외의 다른 사제 계급—주교, 추기경,
교황 같은 가톨릭의 성직 체계—을 만들지 않겠다는
강력한 의지를 가지고 있었죠. 바로 그 사제 시스템을
없애자는 종교개혁의 정신 때문에 분리파들이 미국
민주주의 정신의 기반이라는 얘기를 듣게 됩니다.

자, 『주홍 글자』의 핵심 배경이 된 사회와 사람들은
지금까지 열거한 종교 분파 중 어디에 해당할까요?
바로 매사추세츠에 정착한 중도파 청교도들입니다.
소설은 이 사람들이 정착한 지 12년 정도 지난 시점에서
벌어진 일을 다루고 있습니다.

　플리머스 정착지에는 네덜란드에서 이주해 와서
한시적으로 공동체를 꾸린 사람들이 살고 있었죠.

영국으로 귀환하는 것을 궁극적 목적으로 했지만
돌아가지 못하고 공동체는 와해되어 1691년쯤에
매사추세츠 식민지에 통합이 됩니다. 17세기 말이 되면
보스턴 지역을 중심으로 한 청교도들이 뉴잉글랜드
지역을 완전히 장악하는 모양새를 갖추게 됩니다.

그리고 이때 쯤 매사추세츠 식민지는 신의 선택을
받은 청교도들—'현세 선민(visible saints)'이라고
불렀습니다—과 일반 이주민의 비율이 2대 8정도로
혼종된 사회였다는 사실을 기억해두시기 바랍니다.
사회를 운영하는 소수 종교 지도자들의 입장에서
봤을 때 청교도 공동체의 경우 가장 큰 관심사가
뭘까요. 선민인 자신들이 만든 종교적 질서 안에
일반 이주민들을 어떻게 포함시킬 것인가가 가장 큰
과제이자 걱정거리라고 보시면 되겠죠.

추방당한
여자

이제 『주홍 글자』로 들어가 봅시다. 청교도들이
이주민들을 아울러서 정착하기 위해 노력하는
상황에서 헤스터 프린이라는 여성이 불륜을 저지른
사건이 벌어집니다. 사건의 처리과정만 놓고 보면, 이
불륜을 다스리는 방법을 통해서 청교도 사회가 어떻게
자신들의 공동체를 유지하는지 그 방식을 보여주고
문제 삼는 작품입니다. 이런 조치에 불륜을 저지른
여성이 나름대로 반발하고, 그녀의 불륜 대상이
다름 아닌 청교도의 정신을 가장 핵심적으로 구현하고

있는 목사였다는 사실이 이 사건의 비극적 세팅이
되겠습니다.

헤스터 프린이라는 소설 속 인물에게는 실제 모델이
있었습니다. 1591년에 태어나 1643년까지 살았던
앤 허친슨(Anne Hutchinson)이라는 여성입니다. 소설과
플롯은 비슷해요.

앤 허친슨은 저녁마다 동네에 있는 부녀자들을
모아놓고 성서 읽는 모임을 열었어요. 부인회의 리더
격이었죠. 이 사람들은 청교도 사회에 정착을 했는데,
성향 자체는 분리파들과 비슷해서 사제 시스템을
인정하지 않는 이들이었어요. 그러니까 목사가 있는
교회에 가서 예배를 보긴 했지만 자기들끼리 모여서
성서를 읽고 이해하는 것을 더 좋아했던 사람들이에요.
이것이 청교도 목사들 입장에서 보면 불법이죠.
자신들의 사회 시스템 내에서 청교도 교리와 어긋나는
이런 일들을 하니까 눈엣가시가 된 것입니다.

그래서 교구 목사가 앤 허친슨을 불러서 그러지
말라고 얘기를 합니다. 그 목사의 이름은 존 코튼(John
Cotton)입니다. 이름이 재밌죠. 성이 목화예요.
존은 캠브리지대학교 신학대학을 갓 졸업한 젊은
목사였어요. 그런 목사가 벽지의 개척교회에서 목사
생활을 시작하는데 허친슨의 성서 모임 문제가 불거진
겁니다. 존 코튼은 허친슨의 교구 담당 목사였기
때문에 계속 찾아가서 말립니다. 앤 허친슨의 입장을
요약하면 당신과 같은 사제를 인정하지 않는다, 자신은
양심에 따라 신을 믿겠다, 그 근거는 성서에 있다는

거였어요. 당시 청교도 목사들이 그것은 청교도 신앙과 도덕률에서 벗어난다는 이유로 문제 삼았습니다.

그래서 결국은 사회에서 추방되어 밖으로 내몰립니다. 이 여자는 사실 잘못한 게 하나도 없는데 황야를 떠돌다가 인디언들에게 죽어요. 비극적 인생이죠. 이것을 청교도 입장에서는 "그것 봐라. 청교도 공동체나 신의 뜻을 거역하면 결국 악마들한테 죽는다."라고 해석합니다.

종교적 양심과 자유의 문제, 그리고 여성이 남성중심의 체제를 거슬렀다는 것. 이 두 가지가 문젯거리였던 겁니다. 그래서 호손은 허친슨을 모델로 해서 헤스터 프린이라는 인물을 만들어냈습니다. 젊은 목사인 존 코튼은 소설 속에서 딤즈데일 목사로 나옵니다. 실제로 이 두 사람 사이에 무슨 일이 있었는지 기록에 남아 있어요.

앤 허친슨

앤 허친슨의 모습입니다. 청교도 여성들은 항상 머리에 하얀 띠를 두르고 마치 간호사처럼 입고 다녔어요. 의복은 늘 몸 전체를 뒤덮어야만 했고요.

다음은 앤 허친슨이 목사에게 불려나가서 모임을 하지 말라는 강요를 받는 모습입니다.

목사의 제재를 받는 앤 허친슨,
17세기 목판화

앤 허친슨 가족의 죽음,
19세기 삽화

위의 그림은 인디언들의 습격으로 목숨을 잃는 장면을 그린 그림입니다. 굉장히 비극적인 최후를 맞이했습니다. 그런데 호손은 『주홍 글자』에서 이 여자가 비극적으로 죽는 결말이 아니라 다시 청교도 사회로 돌아오는 모습으로 그려냅니다. 그래서 결말 부분의 해석이 비평가들 사이에서 여전히 문제가 되고 있지요.

비슷한 시기에 이런 일도 있었습니다. 메리 롤랜드슨(Mary Rowlandson)이라는 여성이 있었습니다.

목사의 부인이었는데 인디언에게 납치됩니다. 세달
쯤 인디언 거주 지역에 붙잡혀 있다가 협상을 통해서
보석금을 내고는 풀려나요. 이 여자가 돌아와서
인디언들에게 억류되었던 이야기를 책으로 씁니다.
청교도 사회의 일반 사람들 입장에서, 청교도 사회의
한 여성이 인디언에게 끌려갔다 다시 돌아왔을 때 뭐가
제일 궁금하겠습니까. 이 여성이 가서 어떤 학대를
당하지는 않았는지 궁금하고 염려가 되었겠죠.

메리 롤랜드슨은 바로 그 부분에 대해 기록했어요.
아무 일도 없었다고 말이죠. 그러곤 공동체에 복귀해서
원래 자리로 돌아갑니다. 이것이 청교도시대 소위
'인디언 억류기'의 대표적 에피소드에요. 여성들에
대한 청교도 사회의 억압과 관련되어 있는 내러티브
중 하나죠. 우리나라로 치면 병자호란 때 끌려갔던
여성들이 돌아왔을 때 화냥년 취급을 받았던 역사와
비슷합니다. 피해를 입은 장본인에게 거기에서 아무
일도 없었다는 증거를 대라고 하는 것이죠. 그때
피해자가 취할 수 있는 방법은 두 가지 중 하나였겠죠.
하나는 인디언들이 생각보다 개명된 사람들이어서
아무 해코지도 안 했다고 얘기하는 것. 또 하나는
인디언들이 자기를 전혀 여자로 대하지 않았다고
하는 것. 롤랜드슨은 글에 이 두 가지를 다 썼고, 이를
입증하기 위해 자신이 얼마나 인간 이하의 비참한
존재로 살아남았는지 서술했어요.

청교도 목사 입장에서 인디언들을 상당히 개명된
존재로, 이른바 '고귀한 야만인(noble savage)'으로 묘사한

것을 문제 삼을 것 같지만 실제로 그러지는 않아요.
청교도들은 선민의 일원인 목사의 부인이 거기에서
스스로를 여자로 꾸미지 않아서 아무런 해코지나
능욕을 당하지 않고 돌아왔다는 사실에 굉장히
기뻐했다고 합니다. 그래서 기꺼이 책을 출판해주고
그녀를 공동체에 다시 받아들이게 됩니다. 청교도들의
'순혈주의' 사상을 잘 보여줍니다. 그러나 실제 무슨
일이 있었는지는 본인만 알겠죠.

아무튼 인디언에 대한 아주 사실적인 묘사와 약간의
이상화된 모습이 들어있는 글입니다. 당시 청교도
사회에서 인디언을 악마시했던 시각과는 달랐죠.
그것이 여성의 눈을 통해서 증명된, 굉장히 중요한
문건으로 기록되고 있습니다.

청교도 사회를 이해하는
세 가지 담론

청교도의 주요 담론 기제라는 것이 있어요. 이
소설에서는 주로 목사들의 입을 통해서 나오는
생각들입니다. 청교도 설교에서 기원하고 있는 정치
담론, 혹은 지배 담론이라고 할 수 있는 것들입니다.
크게 세 가지 유형이 있는데 그 패턴들이 지금까지 미국
사회에 계속 이어져 내려오고 있습니다.

첫 번째는 '예형론'입니다. 두 번째는 '예레미야식
설교' 혹은 '탄가'입니다. 마지막 세 번째는 '간증과
성찰'입니다. 사실 이 번역은 전부 제가 한 것인데요.
기독교를 믿고 공부하시는 분들은 종교적 개념으로

번역을 하기 때문에 저는 연구하는 사람으로서
제 목적에 맞게 바꿔서 번역한 것입니다.

예형론(Typology)이라는 것은 구약성서와 신약성서를
연결시키는 논리입니다. 예수의 탄생을 기준으로
구약과 신약이 나뉘는데, 실제로 신약성서는 역사적인
내용이고 구약성서는 역사와 신화가 반쯤 섞여있는
얘기죠. 예를 들면 모세가 바닷물을 두 개로
쫙 갈라버렸다는 얘기 같은 겁니다.

구약성서에 적힌 유대인들의 역사와 제자들이
포교하는 신약의 역사를 종교적으로 연결시키는
논리가 바로 예형론입니다. 이런 겁니다. 신약과 구약의
두 이야기가 예수의 탄생을 기점으로 의미상으로
정확하게 겹친다는 겁니다. 구약에 나왔던 이야기와
비슷한 이야기, 비슷한 인물이 신약에도 나온다는
식으로 설명하는 방식입니다. 역사의 반복이라는
거죠. 사실은 둘 사이에 아무런 연관성이 없는데도요.
예컨대 예수의 존재를 구약성서에서는 모세라는
인물과 병치시키고 네 명의 제자들이 하는 포교행위와
이집트에 억류되어 있던 유대인들이 모세의 인도를
따라서 가나안 땅으로 가는 과정, 이런 것들을 연결시켜
설명하는 방식입니다. 이렇게 연결 짓는 방식을
'상응'이라고 하는데 학문적인 용어로는 알레고리라고
합니다. 구약성서에 있는 얘기를 신약성서에 근거해서
설명하는 그런 방식을 의미합니다.

그런데 청교도들이 미국 땅으로 건너오고부터는
신약과 구약 간의 연결이 아니라, 현실에서 자신들이

미국으로 건너온 역사를 성서라는 텍스트에 비춰서 설명하는 방식으로 예형론을 변용하게 됩니다. 예를 들면 이런 겁니다. 청교도들이 대서양을 건너서 미국 땅에 정착했어요. 여기서 미국 땅은 성서 속의 가나안 땅이 된 거죠. 자기들을 억압하고 있던 이집트인들은 영국의 국교도들이고요. 그 억압을 피해 배를 타고 건너온 것은 모세가 출애굽(이집트 탈출)을 행한 것과 비슷한 일이 됩니다. 그래서 뉴잉글랜드에 도착해서 만든 식민지에는 뉴 예루살렘이라는 이름을 붙였고요. 자신들의 행보는 성서에 이미 예정되어 있었다는 시선으로 해석합니다. 그래서 미리 '예'자를 써서 예형론이라는 말을 쓰게 된 것입니다.

두 번째 '예레미야 설교' 혹은 '탄가'는 지배층이 만들어낸 담론입니다. 구약의 예레미야서에 나오는 내용을 모델로 해서 만든 것인데요. 한마디로 신과 약속을 한 선지자 집단의 이야기입니다. 출애굽의 약속이 신대륙으로 건너가 새로운 가나안을 만들 것이라는 약속과 동일시됩니다. 따라서 그 임무를 제대로 수행하지 않을 경우에는 신이 약속을 파기하고 우리에게 엄청난 벌을 내릴 것이다, 라는 경고의 메시지가 담긴 담론입니다. 이것을 예레미야식 설교 혹은 탄가라고 합니다.

이 논리는 꼭 설교에만 해당하는 것은 아니지요. 나중에 미국 사회의 지배 질서를 거부하는 소수파들이 등장할 때마다 지배층이 강요했던 논리입니다. 우리가 한 마음 한 뜻이 되어 세계를 구원하는 일에 실패한다면, 즉 당신들의 타락 때문에 실패한다면 온 세계에 웃음거리가 될 것이고 신이 벌할 것이다. 이런 지배 논리를 재생산하는 기본적인 틀이라고 할 수 있겠습니다.

세 번째 '간증과 성찰'은 청교도 개개인에게 요구되었던 생활 방식이에요. 신의 뜻을 받드는 청교도 공동체에서 생활의 의미를 찾는 일이죠. 그 방법은 매일매일 잘못을 뉘우치는 것입니다. 내가 오늘 잘한 일, 못한 일을 되돌아보며 생활하라는 것이지요. 이런 사항들을 공동체 앞에서 낱낱이 밝혀야만 했습니다. 본인이 혼자 일기를 쓰는 게 아니라 항상 교회에 나가서 자기를 고백하게 한 것이죠. 그런 '룰'을 유지하는 데에 이 담론들이 근거가 됩니다.

자, 그러면 작품으로 들어가 보겠습니다. 세 가지 담론이 왜 작품을 해석하는 데 중요한 틀이 되는지 찬찬히 설명을 드리도록 할게요. 우선은 이야기의 구조를 설명해드리겠습니다.

우리가 『주홍 글자』라고 알고 있는 작품은 크게 세 가지 이야기로 나눠집니다. 첫 번째는 서문입니다. 두 번째는 「세관」이라는 이름이 붙은 별도의 기록이고요. 연구자들은 이 두 가지의 글을 합쳐서 전체 이야기의 서론이라고 설명합니다. 보통 소설책 앞에 서론이 붙는 경우는 흔치 않죠. 독특한 글입니다. 「세관」이라는 글이 작품을 해석하는 데 어떤 역할인지가 지금껏 논란거리가 됩니다. 본 이야기에 포함시켜서 읽어야

하느냐, 별도로 읽어야 하느냐에 대해 아직도 의견이
분분하고요. 그리고 세 번째가 『주홍 글자』라고 하는
소설입니다. 이 세 가지가 하나로 묶여 있는 게
이 작품이 가진 독특한 구조예요.

　본 이야기인 소설은 1642년에서 1649년까지 7년 동안
벌어진 얘기를 다루고 있습니다. 간단히 요약하자면
헤스터 프린이라는 여성의 불륜과 그 문제가 해결되는
과정에 대한 이야기예요. 「세관」의 이야기는 1850년에
쓰였는데, 여기에 들어있는 내용은 『주홍 글자』에
나오는 주요 이야기가 발견된 1776년경의 상황과
1850년대 당대의 정치현실에 대한 묘사예요. 실제로
18세기 중엽, 미국이 독립하던 무렵에 세관 검수관
푸(Pue)라는 사람이 있었습니다. 이 사람이 당시 주변
지역에 전해 내려오던 청교도 시절의 민담과 설화들을
채집해서 기록해뒀다고 해요. 그 기록을 1850년에
세관장이 된 호손이 당대의 정치현실에서 밀려나
해고된 상황에서 우연히 세관의 창고에서 발견합니다.
그걸 기반으로 해서 이 소설을 썼다는 얘기가 바로
「세관」의 주요 내용입니다.

　호손이 『주홍 글자』의 일부로 「세관」을 포함시킨
이유가 무엇인지 학자들 사이에 의견이 분분합니다.
『주홍 글자』가 허무맹랑한 이야기가 아니라 근거가
있는 역사 기록으로부터 나왔다는 얘기를 하고 싶었던
것이 하나의 이유겠죠. 왜 그랬을까요. 소설가가 작품을
쓰는데 '이건 내가 꾸며낸 이야기가 아니다'라고 굳이
얘기할 필요가 없잖아요?

그래야 했던 이유는 청교도 사회라는 곳이 문학과
예술에 극도로 적대적인 사회였기 때문입니다.
플라톤이 공화국에서 시인을 철퇴한 것과 같은
논리예요. 청교도 교리에 따르면 예술가는 진실을
말하는 사람이 아니라 거짓말하는 사람이라는 거예요.
그래서 호손은 자신이 쓴 것이 거짓말이 아니라 근거
있는 이야기라는 것을 굳이 밝혀야 하는 상황에 처하게
된 겁니다. 그런데 재밌는 것은 그 역사적 근거가 되는
「세관」자체가 꾸며낸 이야기라는 것입니다. 푸라는
사람이 실존인물이기는 했지만 그와 관련된 일화는
모두 가짜예요.

　　또 하나의 목적은 이 소설을 읽는 19세기 독자들한테
전달하고 싶은 메시지 때문이었죠. 이 글을 단순히
청교도 사회에 대한 기록으로만 읽지 말고, 그 사회에서
여성이 혼자 겪어야 했던 고통에 집중해서 읽어달라는
얘기입니다. 이게 우리의 어두운 과거다, 그리고 미국은
이런 어두운 역사의 산물이다, 이런 메시지를 담은
거라고 할 수 있죠.

　　작가 스스로 밝힌 「세관」의 집필 목적에는 세 가지가
나와 있습니다. 하나는 청교도 사회 자체의 억압성
비판, 둘째는 예술에 적대적인 미국 문화에 대한
비판입니다. 셋째는 청교도에서 기원하는 19세기 미국
사회에 대한 정치적 비판입니다. 17세기 말인 1692년,
보스턴에서 차로 30분 정도 떨어진 세일럼이라는 작은
도시에서 마녀사냥이 벌어집니다. 엄청난 논란거리가
된 사건입니다. 20명 넘는 사람들이 죽었습니다.

자초지종은 이렇습니다. 세일럼에 사는 젊은 여성이 유부남을 좋아했어요. 남자는 관심이 없었는데 그 남자를 차지하기 위해서 이 여성이 자작극을 벌입니다. 남자의 부인을 제거하려고요. 처음에는 자기 집에 있던 흑인 하녀를 가리켜 마녀라고 지목해요. 그리고 하녀가 다시 그 남자의 부인을 자신과 같은 마녀라고 지목하는 바람에 낙인이 찍혀버립니다. 우리로 치면 1950~60년대에 있었던 '빨갱이' 낙인하고 똑같아요. 자신의 이해에 걸림돌이 되거나 사회에 반감을 가지고 있던 사람들을 마녀라고 몰아서 재판을 하게 됩니다. 광기가 깃든 사회였죠.

그런데 문제는 호손의 할아버지가 이 마녀재판을 주도했던 목사였어요. 그 얘기가 「세관」에 나옵니다. 이 글은 호손이 자신의 선조를 너무나 부끄러워하여 반성하는 의미로 그 당시 청교도 사회에 대한 강도 높은 비판을 한 것입니다. 원래 호손의 성은 Hathorne이라고 썼는데, 그는 자신의 조상을 너무 부끄러워한 나머지 자기 대부터 성을 바꿉니다. 중간에 알파벳 'w'를 넣어서 Hawthorne이라고 썼죠.

게다가 자기 할아버지를 모델로 해서 소설 속 청교도 인물들을 만들었습니다. 근엄하고 권위적인 인물들이죠. 극중에서 헤스터에게 아이 아버지가 누군지 얘기하라고 강요하고 벌주는 역할을 하는 상황과 관련이 있겠습니다.

따라서 「세관」을 집필한 목적 중 하나는 17세기에 비해 전혀 나아지지 않은 19세기 미국 사회의 억압적

면모에 대한 비판이 됩니다. 궁극적으로는 이 소설을
그 억압의 희생자인 헤스터의 비극으로 읽어달라는
부탁입니다. 물론 작가가 그렇게 주문을 해도 독자가
그렇게 읽고 싶지 않으면 마는 거지만요.

이 소설이 미국 국민 문학의 출발점이었을 뿐만 아니라
명작으로 꼽히는 이유는 서양 고전 문학의 전통이 녹아
있기 때문입니다. 극적인 구조가 바로 그것인데요. 이
얘기를 연극으로 만들면 5막의 완벽한 극이 된다고
생각합니다.

소설이 총 24장으로 구성되어 있는데 12장까지가
전반부고 13장부터가 후반부입니다. 13장을 중심으로
대칭되는 구조예요. 5막 짜리 극이라 치고 발단, 전개,
위기, 절정, 결말의 구조로 설명해 볼게요.

헤스터 프린의 간통이 들통나고 처벌받으면서
이야기가 시작됩니다. 발단이죠. 그리고 죽은 줄
알았던 그녀의 남편이 돌아와서 헤스터와 그녀의 간통
상대에게 복수하는 이야기가 전체를 이끌어갑니다.
이렇게 갈등이 전개되고요. 그 복수극을 알게 된
연인이 함께 도망가자며 탈출 계획을 세우는 부분이
위기입니다. 그런데 탈출 계획을 남편이 알아채요.
계획은 실패합니다. 그러는 와중에 헤스터의
연인이었던 목사가 자신이 헤스터와 불륜을
저질렀다고 고백합니다. 절정 부분이죠. 그리고
목사는 죽어버립니다. 전남편의 복수는 유야무야되고,
그로부터 몇 년 후 공동체를 떠났던 헤스터가 다시

너새니얼 호손 — 세상을 바꾸는 여자의 자유

돌아와서 옛날처럼 봉사활동하며 사는 이야기로
끝나요. 결말입니다.

　실질적으로 이 소설의 핵심인물은 칠링워스라고
하는 전남편이에요. 어찌 보면 두 남녀의 사랑
이야기라기보다 전남편의 복수극이에요. 자기 부인과
목사가 저지른 불륜을 단죄하겠다는 복수극 말이죠.

주홍 글자

이야기는 보스턴 감옥에서 시작됩니다. 때는 1642년
6월쯤입니다. 헤스터 프린이 감옥에서 아이와 함께
나옵니다.

　이 장면이 왜 문제적인지 이유를 잠깐 짚어
보겠습니다. 청교도 사회가 종교적 자유를 찾아 나선
사람들이라고 했습니다만 그들이 아메리카에서 가장
먼저 만든 시설이 감옥입니다. 청교도 사회 초기부터
감옥과 처벌 시스템이 강하게 작동했다는 사실을
웅변적으로 보여줍니다. 얼마나 억압적인 체제인지
알 수 있죠. 그 억압적인 사회 안에서 빨간색 'A'자를
수놓아서 달고 있는 여성이 있고 품에는 아이가 안겨
있습니다. A자는 불륜을 저질렀다는 낙인이에요.
그런데 작품 속에 이런 얘기가 나옵니다. 영문을 모르는
사람이 봤다면 마치 성모마리아가 예수를 안고 있는
것처럼 보였겠다. 아무리 사회가 낙인을 찍어도
이 여자에게는 자기 나름대로의 진정한 면이 있다는
작가의 메시지겠죠.

　감옥 옆에는 설교대로도 쓰이는 교수대가 있습니다.

헤스터와 그녀의 딸인 펄이 그 교수대 위에 올라서 공개적으로 모욕을 당합니다. 청교도 사회에서는 범법자들이 감옥에서 하루나 이틀 정도 지내고 나와서 사람들한테 공개적으로 비난을 받고 들어가는 처벌 관행이 있었습니다. 멍석말이 혹은 돌팔매질과 비슷한 형벌이죠. '나는 죄인입니다'라며 공표하고 몇 시간 동안 모욕을 견디게 합니다. 굉장히 치욕적인 형벌이죠. 'A'자는 청교도 사회권 안에서는 간통(Adultery)의 표시라고 공인되어 있지만 여기서 또 호손이 얘기합니다. 모르는 사람이 보면 Angel(천사)을 연상할 수 있겠다고 말이죠. 이렇게 서술하는 것 자체가 다른 해석의 여지를 심어주는 것입니다.

프랑스 화가 위그 메를의
「주홍 글자」(1861)

헤스터가 그렇게 모욕을 당하고 있는 와중에 인디언들 사이에서 몇 년 동안 약초를 캐고 돌아다니던 남편이 돌아와요. 부인이 살고 있는 공동체에 돌아와서 처음 보는 장면이 아이를 안고 모욕을 당하는 부인의 모습입니다. 자기 부인이 자기가 없는 몇 년 동안 불륜을 저지르고 애를 낳아서 모욕을 당하는 장면 말이죠.

그런데 이 남편이 어떤 사람이냐면 분노하거나
행패를 부리는 대신 이 두 사람을 천천히 자근자근
파멸시키기로 결심하는 스타일입니다. 그래서
감옥으로 찾아가서 헤스터에게 '내가 남편이라는
사실을 절대로 밝히지 말라'고 얘기를 해요. 안 그러면
아이 아버지를 괴롭히겠다고 말합니다. 헤스터는
목사를 보호하고 남편의 치욕을 밝히지 않으려고
그 제안을 받아들이죠.

이 두 사람은 나이차가 스무 살 이상 나는
부부였어요. 늙은 남편 칠링워스는 공부밖에 모르던
사람이에요. 연금술로 뭔가를 만들겠다고 설치면서
집안을 건사하는 일은 안중에도 없었고, 어린 부인을
거의 돈으로 사들여서 살다가 혼자 떠나버립니다.
여기까지는 영국에서 벌어진 일입니다. 그 뒤에
자신이 먼저 신대륙으로 떠나면서 부인에게 나중에
따라오라고 했는데 중간에 인디언들에게 잡혀
실종 상황이 되어버린 거예요. 그래서 부인은 혼자
신대륙으로 건너와 청교도 사회에 정착해 살고
있었고요. 남편의 생존여부가 불투명하기 때문에
간통을 저질렀어도 벌을 그것밖에 안 받은 겁니다.
만약에 남편이 살아있었다는 사실이 밝혀졌더라면
헤스터는 사형이에요.

헤스터가 교수대에 올라갔을 적에 청교도
목사들은 아버지가 누군지 밝히라고 강요합니다.
굉장히 의미심장한 질문입니다. 헤스터는 영국에서

건너온 청교도 구성원 속에서 종교적 목적을 띄고
온 인물이 아니었습니다. 분류하자면 일반인이었죠.
20퍼센트의 지도자들이 '관리'해야 하는 사람 중
하나였다는 의미입니다. 지배층은 청교도 공동체가
가지고 있는 순수성을 유지하기 위해서는 무엇보다도
외부의 피가 섞이는 걸 금지해야 한다고 생각했어요.
그러니 아버지가 누구냐고 묻는 것은 간통의 대상이
누군지 알아내서 처벌하겠다는 의도도 있지만, 그
범인이 청교도 공동체 사람인지 아니면 이교도인지
확인하고 싶어 하는 거예요. 만에 하나 공동체 바깥의
아메리카 인디언과 접촉을 했다면 그 자체가 굉장히
큰 문제였던 겁니다. 청교도 사람들이 소위 '순혈'을
얼마나 유지하고 싶어 했는지 단적으로 드러내는
이야기입니다.

　웃긴 것은 교수대에 오른 헤스터를 단죄하려고
자백을 강요하는 사람이 바로 죄를 저지른
당사자였다는 겁니다. 그 목사였어요. 범인이 자기라는
걸 밝히라고 헤스터에게 강요하는 꼴이 됩니다.
자기도 같이 파멸할 테니까 말하라는 거죠. 사실
자기 입으로 밝히면 될 거 아니에요. '내가 그 아이의
아버지다'라고요. 얘기하면 되는데 못하는 겁니다.
헤스터한테 제발 내 이름을 얘기해달라고, 어찌 보면
책임을 전가한 겁니다. 그런데 헤스터는 얘기하고 싶지
않은 거예요. 왜냐하면 사실이 드러났을 경우 목사는 이
사회에서 완전히 몰락하게 되니까 보호해주고 싶었던
겁니다. 그런데 오히려 그것이 문제의 근원이 됩니다.

목사는 고백을 못 하고 하루하루 말라갑니다. 괴로움과 죄책감 때문에 말이죠. 반면 헤스터는 혼자 죄를 다 뒤집어쓰고 고통을 혼자 감당하고 나서 오히려 마음 편하게 살 수 있는 그런 역설적 구도가 만들어집니다. 자신이 희생자로서 목사의 죄까지 안고 가는 셈이니까요. 이때 헤스터가 남편 없이 애랑 둘이 사는 처지에 생계를 유지하기 위해 했던 게 바느질인데요. 바느질을 아주 잘합니다. 마을 사람들이 결혼을 한다거나 예복을 맞출 때마다 헤스터가 솜씨를 발휘했죠. 수감된 죄인들에게 노동하도록 시키고 그들의 노동에 기반해서 사회를 유지하는 모습이 청교도 사회에서도 그대로 드러납니다.

이런 내용이 5장에 나옵니다. 소설의 5장과 13장에 헤스터에 대한 묘사가 나오는데, 이 대목만은 역사적인 흐름을 서술하는 게 아니라 화자의 입을 통해 헤스터라는 인물의 어떤 면모들을 심층 분석하고 있어요.

5장에서 1막이 끝나면 2막이 시작됩니다.

6장부터 11장까지인데요. 3년 후인 1645년쯤에 재개됩니다. 헤스터의 어린 딸이 꽤 컸습니다. 이제 청교도 사회는 그 아이를 죄인에게 맡겨서 키울 수 없다는 판단 하에 아이의 양육권을 헤스터로부터 빼앗아오려는 시도를 감행합니다. 그때 헤스터의 불륜 상대인 목사 딤즈데일이 나서서 변호를 해줍니다.

'저 여자는 아이와 사는 게 형벌이다. 그냥 두자.' 이런 논리를 만들어서 말이죠.

그리고 헤스터의 전남편인 칠링워스는 두 사람을
파멸시키려는 목적을 가지고 딤즈데일의 주치의가
됩니다. 두 남자가 같은 집에서 동거를 하게 되는
셈입니다. 여기서부터 목사가 범인이라는 확신을 얻은
칠링워스가 그 목사에게 이상한 약초를 먹이면서
서서히 말려 죽이는 이야기가 진행돼요.

3막은 12장에서 15장까지인데 약 4년 후의
이야기입니다. 교수대 위에서 이루어지는 세 인물의
재회가 그려집니다. 목사가 죄책감을 못 이긴 나머지
밤만 되면 거리로 나와서 몽유병 환자처럼 배회하면서
떠들고 미친 짓을 합니다. 밤중에 바느질한 옷을
배달하고 오던 헤스터와 딸, 그리고 목사 세 사람이
다시 교수대에서 만나게 되는 광경이 벌어지게 됩니다.

두 번째 장에서 딸을 안은 헤스터가 사람들 앞에서
모욕을 당할 때와 같이, 똑같은 세 사람이 같은 교수대
위에 서게 된 거죠. 시간은 7년이 지났고요. 이것은
소설의 맨 마지막에 세 사람이 또 같은 교수대 위에서
최후를 맞는 장면을 암시하기도 합니다.

가장 중요한 챕터가 있습니다. 13장입니다.
「헤스터의 다른 면모」라는 제목이 붙은 장인데,
헤스터 프린이 청교도 사회로부터 이런 억압을 받는
과정 속에서 스스로 '청교도 사회가 잘못되어 있다'는
것을 깨닫게 되는 겁니다. 17세기 중반 당시 유럽에서
대두되고 있었던 자유주의 정신에 입각해 여성의
입장에서 청교도 사회에 대해 성찰하는 기회를 얻게 된
것이죠. 그래서 헤스터 스스로가 이 사회를 바꾸는

못하지만 머릿속으로는 청교도 사회를 부정하는 스스로의 논리를 만들어낸 여성으로서, 일종의 페미니스트적인 특징이 있는 인물이라는 것을 작가가 얘기해주는 챕터가 되겠습니다.

그리고 4막은 1649년의 거의 막바지에 이르는 대목이에요. 헤스터와 딤즈데일이 다시 만나 유럽으로 밀항을 감행하기로 약속을 합니다. 아이러니한 것은 신대륙에 새로운 희망을 가지고 새 사회를 찾아서 온 사람들이, 이 사회가 주는 핍박을 피해서 다시 영국으로, 구세계로 돌아가려는 계획을 세웁니다. 하지만 결국은 실패하죠.

그래서 5막에 가면 칠링워스가 이 탈출계획을 알고 훼방을 놓습니다. 도망갈 길이 막히자 딤즈데일 목사는 궁여지책으로 대중들에게 설교를 하며 이제껏 감춰둔 자기의 죄를 고백합니다. 그런데 깔끔하게 자기가 죄를 지었으며 저 아이의 아빠라는 말은 끝까지 하지 않아요. 3인칭으로 마치 남의 얘기처럼 헤스터나 칠링워스보다 자기가 훨씬 사악한 죄인이다, 이런 식으로 얘기하고 죽습니다. 그러고 나서 칠링워스는 복수를 이루지 못한 채 죽고, 헤스터와 딸은 이 공동체를 떠납니다. 몇 년 후 헤스터가 다시 돌아와 정착하는 이야기로 끝이 납니다. 딸인 펄은 이태리 남자와 결혼해서 잘 살고요.

주홍 글자를 읽는
몇 가지 방법

이제『주홍 글자』라는 작품의 몇 가지 독법에 대해

얘기해보려고 합니다. 우선 가장 큰 틀은 억압적 청교도 사회에 맞선 근대적 개인, 특히 여성인 헤스터 부인과 억압적 청교도 사회 간의 대립과 갈등을 중심으로 놓고 읽는 방법입니다. 가장 일반적 읽기 방법입니다. 감옥과 처벌, 율법, 순혈주의, 성직자로 대변되는 '가부장적 체계'가 한 편에 있고, 그에 맞서서 사색의 자유, 자비로움, 평등을 추구하는 '어머니의 논리'를 가진 헤스터 프린이 그 대척점에 있는 것입니다. 이 양단의 대립으로 작품을 읽어내는 게 가장 일반적인 해석틀이 되겠습니다.

그런데 이렇게 읽으면 몇몇 문제들이 생깁니다. 하나는 작품 속에서 청교도 사회가 생각보다 억압적으로만 그려지지는 않는다는 거예요. 아까 말씀드린 것처럼, 마녀재판 같은 억압을 감행하는 청교도 사회는 훨씬 나중이고 소설의 배경이 되는 시대의 청교도들은 폭압적인 사회 질서를 가지고 사람들을 억압하는 사회는 아니었다는 자세를 소설 자체가 취하고 있지요.

또 하나는 근대적 개인, 혹은 여성으로서 청교도 사회의 억압에 맞서는 용사로만 헤스터 프린을 평가하기에는 이 여자 자신이 가지고 있는 전근대적 요소가 너무나 많다는 것입니다. 청교도 사회의 억압적인 가치를 거부했다면 왜 몇 년 후 다시 돌아와서 그 사회의 일원으로서 지내려고 하는지 설명이 안 된다는 것이죠. 심지어는 돌아와서 치욕의 낙인인 'A'자를 스스로 다시 옷에 달아요. 그 옷을 계속 입고

다닙니다. 그러니까 사람들은 뭐지? 싶겠죠. 그렇게
자기에게 해코지했던 곳을 떠났으면 돌아오지
말아야지, 왜 A자를 달고 사느냐는 겁니다. 이렇듯
헤스터 프린이 가지고 있는 어떤 전근대성이 있다는
점. 그것이 첫 번째 해석틀로 설명할 때 납득하기 힘든
점이지요.

　두 번째 해석틀은 이 이야기를 러브스토리로 읽는
거예요. 억압적인 것은 실제 사회 자체가 아니라 청교도
사회가 만든 여러 가지 도덕률이나 금기 같은 것이고,
이에 맞서서 자율적인 개인들이 사랑하고 욕망하는
그런 이야기로 읽는 것입니다. 딤즈데일 목사와 헤스터
프린이라는 인물들이 당시의 청교도적 도덕체계를
뛰어 넘어 사랑했다는 사실에 방점을 찍어 작품을 읽는
방법이 되겠습니다.

　청교도 사회가 만든 도덕률과 금기를 유지하게
하는 무기는 물론 예형론입니다. 가령 밤에 별똥별이
떨어진다면 우리는 그냥 별똥별이 떨어지는구나
생각하겠죠. 청교도들은 그것이 하늘에서부터
내려오는 어떤 신호라고 생각해 예형론으로
해석합니다. '우리 공동체에 어떤 변고가 있을 것이다.'
비슷한 시기에 누가 죽기라도 하면 '그것이 우리
공동체에 대한 경고의 메시지였다.' 이런 식으로
해석하는 틀이 바로 예형론입니다.

　그렇기 때문에 나쁜 일이 벌어지면 사람들한테
무슨 잘못을 했는지 고백을 강요하는 간증서사를
만들어내게 되고, 우리가 우리의 임무에서 벗어난 게

아니냐, 라는 식의 이유를 만들어서 사람들을 통제하는
시스템이 가동되는 것이죠.

그러한 시스템에 맞선 러브스토리라는 것이죠.
심지어는 이 체계를 만든 종교의 핵심에 있는 젊은
목사와 죄를 자인함으로써 상대적으로 자유로움을
얻게 된 여성 간에 벌어진 사랑 이야기이기 때문에,
이 사랑 자체만으로도 청교도 사회가 만든 억압을
위반하는 의미로서 얘기할 수 있지 않겠느냐고
해석하는 방식입니다. 이 두 가지 해석이 『주홍 글자』를
읽는 방법의 90퍼센트입니다.

하지만 이 두 사람의 사랑이 과연 사랑이냐는 물음도
있습니다. 우리는 이 두 사람이 어떤 식으로 사랑했는지
알 수가 없어요. 작품에 나와 있지 않기 때문이죠.
실제로 두 사람의 사랑 이야기로 읽으려면 이들이
어떻게 청교도 사회가 강요하는 틀을 벗어나서 진정한
사랑을 했는지가 나와야 하는데 작품에는 전혀 드러나
있지 않다는 것이죠. 그러니 낭만적 사랑 이야기로
읽기가 힘들지 않겠느냐는 게 반박하는 사람들의
논리입니다.

그리고 또 하나의 반론은 이 두 사람이 자신들의
'사랑'을 청교도와는 다른 방식으로 규정하는 게
아니라 어쨌든 자신들 스스로 죄인이라고 자인한다는
점이에요. '둘 사이에서 벌어졌던 일은 나름의 진정성이
있는 것이었다. 그렇지만 죄다.' 이런 식으로 자신들의
행위가 죄라는 사실을 결코 떨쳐버리지 못해요. 죄로
물든 사랑 이야기이기 때문에 청교도 사회와 동떨어진,

두 사람 간의 사랑과 욕망의 이야기로만 읽기에는
무리가 있지 않느냐는 해석이 또 가능합니다.

세 번째 해석틀은 알레고리적 운명론입니다.
예형론과 간증서사, 예레미아식 설교에서는 모든
사람들의 운명은 예정되어 있다고 말합니다. 우리가
구원을 받을 것인가, 받지 못할 것인가도 이미 예정되어
있기 때문에 우리가 아무리 노력해도 안 된다는 얘기죠.

가톨릭교회에서 구원은 속세에 사는 동안 우리가
얼마나 많은 선행을 하는가에 달렸다고 하는데,
청교도들에게는 그게 통하지 않는 거죠. 태어나는
순간부터 우리가 구원될 것인가, 안 될 것인가
미리 정해져 있기 때문에 아무리 열심히 선행을
한들 달라지지 않는다는 얘기입니다. 그 유명한
'예정설'입니다. 예정설은 천국으로 가는 길이 보장된
사람들이 미리 정해져 있다는 논리지만 그 때문에
선행을 하지 않아도 된다는 얘기는 아닙니다. 선행
여부가 구원의 궁극적 기준은 아니라는 논리고, 따라서
죄를 피하고 선행을 하는 것은 구원이 이미 정해진
선민들이 반드시 갖추어야할 중요한 덕목이 됩니다.

이런 틀에서 보면 이 작품은 이미 정해진 운명대로
삶이 규정된다고 믿는 알레고리적 세계관과 거기서
벗어나 자기 나름대로 새로운 운명을 개척하려는
근대적 세계관의 대립으로 보이기도 합니다. 후자는
헤스터처럼 운명이란 자신이 만드는 어떤 것이라고
보는 것이죠. 이렇듯 세계관 사이의 대립으로 읽어내는
방법도 있습니다.

그리고 네 번째 해석틀은 반(反)성장소설로 읽는
방식입니다. 성장소설이 아니라는 얘기죠. 이것은
미국문학의 일반적 특징이기도 합니다. 유럽문학,
특히 영국과 독일, 프랑스 같은 경우를 보면 대부분의
소설이 성장소설이에요. 어린 나이부터 시작해
성인으로 커가는 과정을 다루면 흔히 성장소설이라
말하지만, 성인의 경우라도 자기가 몰랐던 것,
무지로부터 깨달음을 얻고 성장하는 과정이 그려지면
성장소설이죠. 대표적인 사례가 『오만과 편견』이에요.
여성 주인공이 자기가 제일 잘났다고 생각하다가 좋은
남자를 만나서 세상 물정을 깨닫고 더 넓은 시야를
가지면서 두 사람이 결혼하는 얘기로 끝나잖아요. 그게
일종의 성장소설이거든요.

　　미국 소설에는 이런 작품이 거의 없어요. 성장하는
인물이 있는 게 아니라 처음부터 다 성장한 인물이
등장해서 쭉 갑니다. 그래서 파멸하거나 성공하거나
둘 중 하나지, 인물의 성장은 없다는 게 미국 소설의
특징입니다. '헤스터 프린은 처음 사랑을 하는
순간부터 끝날 때까지 동일한 인물이었고, 이런 시련을
통해 성장하는 인물이 아니다'라는 틀로 해석하는
입장이죠. 딤즈데일 목사 역시 자신이 저지른 일에
대해서 고뇌하고 죄책감을 느끼지만 끝나는 순간까지
결코 변하지 않는 인물로 나오죠. 칠링워스란 인물도
마찬가지고요. 이런 시선으로 읽으면 『주홍 글자』는
변화하거나 성장하지 않는 인물들이 저지르는 실패,
혹은 타협을 통해서 '성장'의 의미를 묻는 작품입니다.

제일 재미있는 것은 다섯 번째 해석인데요. 서로
다른 세 주인공이 각기 대상을 향해 벌이는 복수극의
집합으로 읽는 것입니다. 제가 아까 이 소설은 불륜을
저지른 부인과 그 상대에 대한 전남편의 복수극이라고
말씀을 드렸죠. 그런데 이 소설에 등장하는 '복수'란
그것만이 아니라는 겁니다.

자기 남편이나 자기와 불륜을 저질렀던 목사가
사랑을 두고 자꾸 죄라고 말하는 것에 대해서 헤스터가
무의식적으로 복수하는 이야기로 읽을 수 있다는
말이죠. 헤스터가 자기 남편이 칠링워스라는 사실을
목사에게 알리지 않는 바람에 목사는 거의 파멸에
이르게 됩니다. 만약에 그걸 밝혔다면 문제가 바로
해결됐을 텐데, 남자답게 스스로 고백하지 못해서
쩔쩔매죠. 요즘 말로 하면 찌질이죠. 잘못했는데 고백을
못하고 전전긍긍하는 그 남자에 대해서 헤스터가
무의식적인 복수를 하는 이야기로 읽는 경우도
있습니다.

그러면 남은 한 사람, 딤즈데일의 복수는
무엇일까요. 재미난 발상인데요. 목사가 고백을 안
하고 전전긍긍 괴로워하면서 이 일을 끌고 있다가
결국 죽어버리잖아요. 사람들이 다 모여 있는 자리에서
자기가 헤스터라는 여성하고 관련해서 죄인이라는
식으로 얘기를 하는데 굉장히 애매모호한 고백이에요.
그걸로 자기 양심에서 먼지를 털어내죠. 어쨌든 고백을
한 거니까요. 사람들은 속뜻을 못 알아들어요. 내가
가장 사악한 죄인이요, 라고 말하는 것과 내가 헤스터와

불륜을 저질렀소, 내가 이 아이의 아버지요, 라고
자백하는 것은 확연히 다르잖아요.

그렇듯 애매모호하게 밝히고 죽는 바람에 결국
칠링워스의 복수는 무의미해져 버립니다. 복수의
대상이 스스로 죽어버렸으니까요. 그리고 헤스터는
자기 나름대로 딤즈데일의 우유부단한 남성성을
괴롭히는 일을 할 수 없게 된 거죠. 전남편과 헤스터가
각기 복수극을 진행하고 있었는데, 목사는 본인이
죽음으로써 거꾸로 복수해버린 거예요. 두 사람이
추구하는 복수극을 끝장냄으로써 두 사람에게 다시
복수하는 이야기. 이렇게 읽기도 합니다.

이렇게 다양한 해석틀이 적용되는 이유는 화자라는
존재가 소설에서 굉장히 애매하게 등장하기
때문입니다. 사실만 전달하는 게 아니라 비판적으로
분석을 하고 인물들에 대해서 논평을 해요.
불륜을 저질렀다는 죄로 교수대 위에서 아이와
함께 공개적으로 모욕을 당하지만 모르는 사람이
지나가면서 본다면 성모마리아가 온 것처럼 생각할 수
있겠다, 라는 식으로 독자들에게 다른 해석의 여지를
줍니다. 죄를 지었지만 어쨌든 신성한 여인처럼 보인다.
이렇게 인식할 여지를 주지요.

그리고 사회적인 억압과 자발적인 억압 간의
차이를 계속 지적하는 인물이 바로 화자예요. 작품
해석의 중요한 틀과 관련된 얘기이니 조금 설명이
필요할 것 같습니다. 우리말로는 모두 '억압'이라고

하지만 영어로는 두 가지 다른 말로 표현되죠. 각각 Oppression과 Repression으로 다룹니다.

Oppression은 외부에서 오는 압력입니다. 사회가 개인에게 가하는 억압이에요. 17세기 여성에게는 가부장적인 청교도 사회가 가하는 온갖 구속과 물리적인 제약들이 있겠죠. 헤스터 프린을 이런 억압적 사회에 맞서는 주인공인 것처럼 묘사해요. 당당하고 주체적인 여성이며 페미니스트적인 성향이 있는 인물이라고 보는 것이죠.

반면에 Repression은 자기 안에서 만들어내는 것이죠. 사회적 억압과 무관하게 스스로를 억제하는 것을 가리킵니다. 스스로 죄인이라고 생각하여 자기를 억압하는 기제가 헤스터 프린한테 있다는 것입니다. 그러니까 페미니스트라고 생각하기에는 이 여자 스스로가 이미 사회가 만들어낸 외적 제약들을 자기 안에서 재생산하는 구조를 갖고 있다는 것이죠.

그렇기 때문에 단순히 사회적 억압(Oppression)에 맞서는 여성이라고 할 수만은 없다는 것입니다. 어떤 식으로든 헤스터를 '사회에 맞서는 개인'으로만 본다면 무척 제한적인 평가가 되기 쉽고, 자기억압적으로 부정적 측면을 많이 보이는 인물이라는 점을 놓치게 됩니다. 이 점은 페미니즘 비평을 하는 사람들 사이에서 논란이 되기도 합니다.

기본적으로 남성비평가들은 주로 헤스터를 사회적 억압의 희생자로 읽어요. 헤스터 프린이 청교도라고 하는 억압적 사회에 맞서서 굳건하게 자기의 개인성을 주장하고 여성의 입장을 강조하는 인물이라고 말이죠.
반면 여성비평가들은 두 번째 측면에 더 주목하죠.
결국에는 다시 청교도 사회로 귀환해서 'A'자를 달고
타협하는 것으로 보아 이미 그 시스템에 결박당한
여자이기 때문에 사회적 억압에 맞서는 당당한
여성이라고 하기 힘들다고 말입니다. 오히려 헤스터가
자기억압 시스템을 만들어내는 인물로 그려지는 것은
호손이라는 작가가 반(反)페미니스트이기 때문이라고
비판합니다. 그래서 이 작품을 다루는 학술대회에
가보면 여성비평가들은 헤스터와 작가를 비판하고
남성비평가들은 헤스터를 칭찬하는 이상한 현상이
벌어지기도 합니다.

　그럴 때 가장 문제가 되는 것은 헤스터라는 여성이
자신을 여성으로 그려내지 않는다는 것이에요. 청교도
사회에 진입한 순간부터 끝까지 자신을 여성으로
생각한 적이 단 한 번도 없다는 겁니다. 철저하게
여성성을 억압하는 거예요. 두 번째 의미의 억압에
의해서요. 물론 이는 첫 번째 억압 즉 사회적 억압에
의한 결과이기는 하지만요. 온몸을 가리는 옷을 입고,
'A'자를 붙이고, 두건까지 쓰고 다녀야 했던 것이
사회적 의미에서의 억압이라면, 나중에 그런 외적
의미의 억압에서 해방된 뒤에도 자기 스스로 다시
그 상태로 돌아가거든요. 사회가 부과한 억압들을
재생산하고 자신을 여성으로 그려내지 않는 것은
헤스터 자체가 완전히 긍정적이지만은 않은 어떤
부정적 성향을 가지고 있다는 점을 드러낸다고 보는

것입니다. 청교도 사회에서 남녀평등을 주장하고
억압에 맞서 싸운 여성이 다시 여성성을 감추어 버리는
쪽을 선택했다는 것은 시대적 환경 탓도 있겠지만
굉장히 안타까운 일이죠.

그래서 결국 『주홍 글자』가 헤스터 프린이라는
여성을 통해서 여성의 처지를 공감하는 작품이냐,
아니면 오히려 비판하는 작품이냐는 아직도
논란거리입니다. 다만 헤스터가 남성과의 사랑을
추구하는 종류의 여성성을 드러내지는 않았지만
여성들 간에 연대를 추구하는 차원의 여성성은 충분히
드러낸 인물이라고 볼 수는 있어요. 이런 점을 찾는다면
의미 있는 인물로 읽어낼 수 있다고 생각합니다.

과연 이 소설은 헤스터 프린이라는 여성이 청교도
사회를 살아가며 빚는 비극일까요, 아니면 감상적인
화해에 그친 것일까요. 바로 이 소설의 핵심적인
화두가 되겠습니다.

여러분들께서는 작품을 직접 읽으면서 판단해보시기
바랍니다. 이 여성이 보여주는 태도가 17세기 당대뿐만
아니라 현대에도 의미 있는 물음을 던져주는 것이
확실한데요. 아마도 호손은 그런 모든 가능성을
열어두고 작품을 마친 것이 아닌가 생각합니다.

**희망은
딸에게 있다**

소설 내에서 헤스터의 딸인 펄은 계속해서 자기 엄마의
'죄'를 보고 듣습니다. 펄의 역할이 굉장히 중요한데요. 154

이 아이를 통해서 청교도 사회와 대립하고 있는
인물들이 현실을 어떻게 보는지가 잘 드러나요.

아이가 갓 태어난 시절부터 일곱 살까지가 소설
속에서 그려지는데요. 일곱 살짜리 어린 아이들이
하는 행동들이 모두 논리적으로 설명할 수 있는 건
아니잖아요. '나도 청교도 사회 일원이니까 우리 사회의
개념을 가지고 엄마를 보호해야지.' 이런 식의 생각은
하지 않죠. 이 사회에서 자라고 있지만 실은 그 사회가
죄의 영역으로 격리한 공간에서 엄마와 단 둘이 사는
아이가 얼마나 세상 이치를 알겠습니까.

한 번은 헤스터와 목사가 숲에서 재회를 하는데
그때 옛날 감정이 살아나면서 헤스터가 머리에 쓰고
있던 것을 벗고 자신의 여성미를 드러냅니다. 연인
사이였으니까요. 그랬더니 펄이 와서 엄마, 왜 머리
풀었어? 라고 묻는 겁니다.

헤스터나 딤즈데일은 아이가 엄마의 일탈하는 모습을
보고 꾸짖는 거라고 생각을 해요. 자신들의 죄의식
때문이죠. 그래서 헤스터는 다시 황급하게 머리를 묶고
원래 모습으로 돌아갑니다. 그런데 아이가 과연 엄마를
책망하기 위해서 '엄마 왜 그랬어?' 했을까요? 그저
궁금해서 그랬겠죠. 평소 모습이랑 다르니까요.

아이에게는 이 사회가 강요하는 규율이나 규칙이
별 의미가 없어요. 작가는 청교도 사회의 룰과는
완전히 상관없는 새로운 존재가 미국 사회의 중심이 될
거라는 얘기를 하기 위해서 펄이라는 인물을 만들어낸
겁니다. 미래의 존재죠. 또한 펄은 청교도 사회에서

벗어나 유럽으로 건너가지 않습니까? 억압으로부터
해방된다는 의미가 있다고 할 수 있습니다.

청교도 사회의 사람들은 펄이라는 존재를 두고
악마의 씨앗이라고 얘기합니다. 하지만 헤스터 프린은
하늘이 보내준 자식이라고 얘기하지요. 오늘날 우리가
공유하는 가치와 시선으로 바라보았을 때, 둘 중 무엇이
옳았는지는 자명한 것 같습니다.

너새니얼 호손

Nathaniel Hawthorne

1804. 7. 4 ~ 1864. 5. 19

19세기를 대표하는 미국의 소설가. 17세기 미국 청교도 사회의 문제들을 다룬 다수의 장편소설과 주옥같은 단편소설을 남겼다. 1804년 7월 4일 미국 매사추세츠 주의 세일럼에서 태어나 3남매 중 외아들로 자라났다. 외가의 도움으로 어려서 라틴어를 배운 뒤 1821년 명문 사립학교인 보든 대학에서 수학하는 동안 소설을 쓰기 시작했다. 1828년 첫 장편 『팬쇼』를 자비로 출판하나 문단에서 외면당했다. 대학 졸업 후 약 12년 동안 외가에서 지내면서 고독한 시간을 보내며 문학수업을 지속했다. 1837년 첫 단편집 『두 번들은 이야기』로 작가로서의 명성을 얻기 시작했다. 같은 해 보스턴 세관에 취직했다. 1841년 세관을 그만 두고 귀향하여 초월주의자들이 만든 공동체인 '브룩 농장'에 참여하였다. 1842년 소피아 피버디와 결혼한 뒤, 랄프 왈도 에머슨이 살았던 매사추세츠 콩코드의 '목사관'에 신혼살림을 차린다. 1846년 민주당 제임스 포크 대통령의 도움으로 세일럼 세관의 검사관에 임명되었고, 두 번째 단편집 『옛 목사관의 이끼』를 출간한다. 1850년 세관에서 해임된 뒤 3월에 『주홍 글자』를 출간하여 작가로서의 명성을 얻는다. 1851년 4월 세 번째 장편 『일곱 박공의 집』으로 비평가들의 찬사를 받았다. 1852년 콩코드로 이주하여 브룩 농장의 경험을 다룬 『블라이스데일 로맨스』를 출간한다. 1853년부터 1859년까지 유럽을 여행하며 당대의 문호들과 교우한다. 1860년 이달리아 어행 경험을 바탕으로 마지막 장편 『대리석 목신』을 발간했다. 1864년 프랭클린 피어스와 여행 도중 플리머스에서 사망했다.

주홍 글자
The Scarlet Letter

1850

집안 형편으로 인해 연금술에 빠진 나이든 칠링워스와 영국에서 결혼한 뒤 신대륙의 청교도 사회로 이주한 헤스터 프린은 먼저 떠난 남편이 인디언들에게 잡혀 실종된 뒤 혼자 생활한다. 젊은 목사인 딤즈데일과 불륜에 빠지는 바람에 아이를 낳게 되고, 이로 인해 청교도 사회에서 치욕의 상징인 A(간통을 뜻하는 Adultery)를 달고 아이와 속죄의 생활을 하게 된다. 불륜 상대인 딤즈데일 목사를 보호하기 위해 귀환한 남편인 칠링워스의 존재를 비밀로 하겠다는 맹세를 한다. 딤즈데일은 자신의 죄까지 대신 속죄하는 헤스터에 대한 미안함과 자기 자신의 우유부단함에 대한 자학의 나날을 보낸다. 칠링워스는 딤즈데일 목사가 헤스터의 불륜 상대임을 직감하고 그를 정신적인 파멸로 이끌어가기 위한 복수극을 행한다. 극도의 혼란에 빠진 딤즈데일의 상태를 알게 된 헤스터는 남편의 존재를 알리고 딤즈데일과 밀항하여 유럽에서 새로운 삶을 시작하기로 약속한다. 그러나 이들의 탈출계획은 칠링워스에게 발각되어 무산되고, 딤즈데일 목사는 고통 끝에 자신의 죄를 자백하고 목숨을 끊는다. 칠링워스의 복수극은 허무하게 끝나고, 헤스터와 그녀의 딸 펄은 유럽으로 떠난다. 몇 년 후 홀로 귀환한 헤스터는 청교도 사회에 복귀하여 A를 가슴에 달고 고통받는 여성들의 대모가 되어 봉사의 삶을 살며 생을 마감한다.

강우성

서울대학교 영문학과와 비교문학과에서 가르치고 있다. 청교도 문학에서 시작하여 19세기까지의 미국문학을 전공했으며, 특히 19세기 미국문학 작품들이 보여주는 문체의 특징을 연구한 박사논문을 썼다. 비평이론에 특히 관심을 기울여서 현재는 현대비평이론가들을 집중 연구하고 있으며, 최근에는 아시아 영화를 비롯하여 영화이론에 관심을 기울여 공부하며 가르치고 있다. 전공분야인 미국문학에 대한 다수의 연구논문들이 있고, 데리다에 관한 이론서인『어리석음』을 우리말로 번역했다. 현재『인문주의자 프로이트』와『문학비평가로서의 데리다』를 집필 중에 있으며 들뢰즈의 철학과 정신분석의 상관관계에 대한 책을 구상 중이다.

이
병
훈　선
생
님
이　말
하
는

하루의 의미

알렉산드르 솔제니친

솔제니친의 많은 작품 중에서도 그의 대표작이자 가장 유명한 작품인 『이반 데니소비치의 하루』를 중심으로 솔제니친의 작품 세계를 함께 살펴보도록 하겠습니다. 솔제니친은 20세기 소설가이고요. 파란만장한 삶을 살았던 작가였습니다. 평범한 삶을 살면 작가로서 성공할 수가 없는 건지, 기구한 운명을 갖고 태어나는 것만 같습니다. 심지어 어떤 연구자들은 19세기 작가였던 도스토옙스키와 솔제니친을 비교해서 연구할 정도로 두 사람 인생의 역경이 매우 흡사합니다. 서로 다른 세기에 살았던 작가인데 인생 역정이 비슷한 걸 보면 놀라운 느낌이 들기도 해요. 저는 연구자로서 어떻게 이렇게 비슷한 삶을 살아갈 수 있었을까 놀라면서 한편으로는 이런 생각도 해봤습니다. 러시아는 19세기나 20세기나, 절대 권력의 국가라는 점에서 한 세기 동안 달라진 게 없구나. 이렇게 단순하게 단정 지을 수는 없겠지만 말입니다.

민중인 작가,
민중의 작가

알렉산드르 솔제니친은 90세를 살았습니다. 흔히
천수를 누렸다고들 말하죠. 위대한 작가들 중에
90세까지 산 사람은 많지 않은데요. 파란만장한 삶을
살았음에도 불구하고 상당히 장수했다고 볼 수 있죠.

2008년에 솔제니친이 타계했을 때 그의 문학을
사랑하는 전세계의 독자들도 그렇지만 러시아인들은
정말 큰 슬픔에 빠졌어요. 대체 솔제니친이 그들에게
어떤 의미이길래 그랬을까요. 그에게는 20세기 작가
중 누구보다 뛰어난 면이 있었습니다. 비인간적인
이데올로기와 정치체제를 비롯하여, 모든 사회적인
부조리를 비판하면서 민중의 편에 섰던 가장 대표적인
작가거든요. 러시아 민중들 입장에서 보면 솔제니친의
죽음은 굉장히 상징적인 사건이라고 할 수가 있습니다.

모스크바에 가면 돈스키 수도원이라는 유서
깊은 수도원이 있습니다. 솔제니친은 그곳에 딸린
공동묘지에 묻혔습니다. 저는 이 소식을 듣고 처음엔
의아했다가, 역시 솔제니친답다는 생각을 했어요.
사실 모스크바에는 노보데비치 수도원이라는
아주 유명한 수도원이 있습니다. 그곳은 유네스코

문화유산이거든요. 굉장히 큰 규모의 공동묘지도 딸려
있고요. 바로 그 노보데비치 수도원에 딸린 공동묘지에
러시아 역사 속 위인이란 위인은 다 묻혀있습니다.
정치가부터 시작해서 학자, 예술가, 작가에 이르기까지
소위 러시아 역사의 한 페이지를 장식했던 사람들은
대부분 노보데비치 수도원의 공동묘지에 묻히는 게
관례였다고 할까요. 하지만 솔제니친은 자신이 죽으면
돈스키 수도원의 묘지에 묻어달라는 유언을 남겼어요.
저도 돈스키 수도원에 가봤는데 유서 깊은 곳이기는
하지만 화려하고 웅장한 노보데비치 수도원과
비교하면 규모도 작고 남루해요. 솔제니친은 대작가로
일컬어진 사람이지만 죽음을 앞둔 그 순간까지도
자신이 민중이라는 의식과 그 풍모를 잃지 않고
죽었구나 싶었습니다.

저는 모스크바 국립대학에서 석박사 과정을 밟던
시절에 솔제니친을 직접 본 적이 있습니다. 1998~99년
무렵이었는데요. 모스크바 국립대학에서 3박 4일
동안 열린 러시아 문학 심포지엄이었습니다. 전 세계의
러시아 문학 전공 학자들과 만나는 기회였죠. 첫날에
기조연설을 하기 위해 솔제니친이 모스크바 국립대학을
방문했습니다. 저는 수업도 빼먹고 청강을 했습니다.
제가 낯을 가려서 사인을 못 받은 게 조금 아쉬워요.
생전에 한번 노작가를 뵙고 육성으로 연설을 들어본
적이 있어서인지, 개인적으로 더욱 애착이 가고
존경하는 작가 중 하나입니다.

아무튼, 솔제니친이라는 사람의 고집은 유명합니다.

평생 자신의 신념을 위해서 모든 걸 걸었습니다.
목숨까지도요. 옳다고 생각하는 것을 위해서는 말 한
마디, 단어 하나 양보하지 않았던 대단한 작가였습니다.

진짜 러시아를
보았다

솔제니친은 1918년 카프카스 지방의 조그마한
소도시에서 태어났어요. 유서 깊은 귀족집안은
아니었지만 소도시에서 자라나면서 부모님들로부터
상당히 수준 높은 교육을 받았던 것으로 전해지고
있습니다. 아버지는 소위 인텔리였고, 어머니도
자식들을 위해 교육에 정성을 쏟았다고 합니다.

솔제니친은 부모가 결혼한 다음해에 태어났습니다.
그런데 불행하게도, 태어난 해에 솔제니친의 아버지가
사냥터에서 사고로 죽고 맙니다. 홀어머니 밑에서
자라게 된 거죠. 워낙 명석한 데다 어마어마하게
독서하는 학생이었어요. 로스토프대학교의 물리-
수학학부를 다니면서 공부를 열심히 합니다. 대학을
졸업한 것이 1941년입니다. 2차 세계대전이 발발했던
시기죠. 당시에는 러시아 젊은이들이 모두 참전을
했어요. 솔제니친도 군대에 동원되어 1945년 1월까지
포병부대의 장교로서 실제 전투경험을 하기도
했습니다.

여기까지가 솔제니친이 젊었던 시절의 가장 중요한
사건들인데요. 도스토옙스키와 상당히 비슷해요.
도스토옙스키는 어릴 때 어머니가 먼저 돌아가셨어요.

훌륭한 분이었는데 일찍 돌아가시고 아버지도 불의의
사고로 잃게 돼요. 비슷하지요. 도스토옙스키는
공병학교에 들어가 장교로 임관 하게 되는데요.
군인이라는 신분을 가졌다는 점도 비슷합니다.

솔제니친이 2차 세계대전에 참전하게 되었을 때,
문제가 생겼습니다. 그는 소비에트 체제에서 공부하여
대학을 가고 군대도 갔는데요. 물론 이전에도
전체주의적인 사회에 비판적인 시각을 가지고 있기는
했지만 특히 군대에 가서 소비에트 관료주의에 대해
심각한 환멸을 느끼게 됩니다. 아시는 분도 계시겠지만
군대라는 곳에서는 온갖 부조리를 체험하게 되잖아요.
더군다나 2차 세계대전 당시는 더욱 심했을 거예요.

러시아가 나중에 전승국이 되기는 합니다만 사실 2차
세계대전에서 얻은 게 별로 없어요. 오히려 잃은 것이
너무 컸죠. 수천만 명이 죽었거든요. 정작 전쟁을 일으킨
독일보다 더 많은 국민들이 죽었어요. 스탈린그라드
전투 같은 경우에는 얼마나 죽었는지 통계가
잡히지도 않을 정도로 많이 죽었어요. 결과적으로는
승전국이 되고 점령국의 지위를 차지하지만 피해가
무지막지했습니다.

그렇게 엄청난 전쟁피해를 보게 된 가장 큰 원인은
바로 소비에트 관료주의였습니다. 특히 스탈린이라는
사람으로 대표되는 전체주의 체제가 민중들의 희생을
강요한 탓이죠. 그래서 전후에 러시아 사회에는 전쟁
때문에 다 죽고 없어서 남자들이 모자라 별별 일이 다
생겼다고 합니다. 솔제니친은 이렇게 전시에 군생활을

하면서 소비에트 관료주의의 가장 심각한 문제점들을 목격하고 경험하게 되었습니다.

그가 동료들한테 쓴 편지를 보면 체제를 비판하는 내용들이 많았어요. 러시아 당국은 그것까지 검열을 했습니다. 편지를 샅샅이 뒤져서 문제적인 내용을 골라냈죠. 그래서 솔제니친은 체포되고 8년의 수용소 생활과 종신 유형을 선고받게 됩니다. 젊은 나이에 찾아온 엄청난 위기였죠. 절벽 앞에 서있었다고 말할 법한 경험을 하게 됩니다. 반체제 인사라는 이유로 당국의 유형 선고를 받는 것도 도스토옙스키와 똑같습니다. 삶의 단계마다 두 작가들이 겪은 일들이 마치 평행선을 걷는 것처럼 비슷하지 않나요?

솔제니친은 수용소에 수감된 기간 동안 암을 얻게 되는데요. 1950년에 큰 수술을 받고 기적적으로 살아납니다. 솔제니친의 작품들 중 장편들이 많은데요. 대표작 중 하나가 바로 『암병동』입니다. 1952년에 종양을 치료하기 위해서 암병동에서 생활하면서 겪었던 경험담들을 쓴 작품이에요. 의미가 있고 또 무척 잘 쓴 작품이고요.

1953년에는 수용소에서 풀려나서 카프카스에서 유형 생활을 시작했습니다. 그런데 이때 기적적으로 살아난 솔제니친에게 한 줄기 구원의 빛이 왔어요. 스탈린의 죽음입니다. 만약 스탈린이 죽지 않았으면 유형 생활에서 풀려나지 못했을 거예요. 그랬다면 작가로서 솔제니친이 이 정도로 성공할 수 없었을지도 모릅니다. 러시아의 유형 생활이란 정말 끔찍하기 때문이죠.

사형선고나 마찬가지예요. 살아서 돌아오지 못하게
하려고 보내는 거거든요.

스탈린이 1953년에 죽은 후, 솔제니친은 종양
수술의 후유증으로 요양을 하게 되는데요. 현재
우즈베키스탄의 수도인 타슈켄트로 옮겨가게 됩니다.
스탈린이 죽은 뒤 새로운 국면을 맞아 정치계의
경직되었던 분위기가 전환이 되는데요. 그때 많은
반체제 인사들이 석방되어서 일상으로 복귀하게
됩니다. 솔제니친도 그 과정에서 작가로서 꿈을 실현할
수 있는 기회를 얻게 됩니다.

복권이 되고 난 후 솔제니친은 여러 작품을 쓰기
시작합니다. 작품 활동 초기의 히트작이 오늘날
고전이 되었는데요. 오늘 주제로 삼은 중편소설
『이반 데니소비치의 하루』도 그중 하나입니다.
1959년에 쓴 작품이에요.

그러나 제대로 발표되지 못하고 있다가
1962년에서야 세상에 나옵니다. 『노브이 미르』라고
하는 굉장히 유명한 문학잡지를 통해 소개가 됩니다.
아직까지도 발행되고 있는 문학잡지입니다. 노브이
미르는 '새로운 세계'라는 의미입니다. 20세기 러시아
문학의 굉장히 중요한 작품들이 이 잡지를 통해서
소개가 됩니다. 여기에 자신의 경험을 바탕으로 해서 쓴
『이반 데니소비치의 하루』를 발표하게 됩니다.

지면에 발표되기까지의 과정도 순탄치는 않았어요.
주변의 지인들이 도움을 줘서 작품이 빛을 보게
됩니다. 그런데 잡지에 발표되자마자 러시아가 발칵

뒤집힙니다. 인기가 아주 폭발적이었어요. 잠을 자고
아침에 일어났더니 하루아침에 스타가 되어 있더란
말입니다. 물론 원래도 주목받는 작가 중 하나였지만
이 작품을 통해 러시아 현대문학의 새로운 심벌로,
새로운 기수로 등장하게 되었습니다.

　뿐만 아니라 이 작품이 당대 러시아 사회와
독자들에게 미친 영향은 엄청납니다. 금기시되었던
주제를 문학적으로 형상화해서 발표한 일대의
사건이었기 때문이죠. 러시아의 지식인들과 특히
젊은 대학생들은 솔제니친의 작품을 통해서 '진짜
러시아'를 목격하게 되었습니다.

　일종의 고발이었던 것입니다. 이전까지는 권력에
의한 부조리가 일어나도 '누가 그랬다더라' 하는
풍문에만 그쳤습니다. 반기를 들고 목소리를
내려는 반체제 인사들이 모조리 수용소에
끌려가버렸으니까요. 그런데 실제로 수용소에서의
삶을 직접 보는 것처럼 생생하게 전달한 것이
솔제니친이었습니다. 문학 작품을 통해 이런 사실을
접하면서 사람들은 충격을 받습니다.

　뿐만 아니라 유럽과 전 세계 독자들에게 퍼져나가며
솔제니친은 세계에서 주목받는 스타 작가가 되었지요.
스탈린의 억압체제를 수용소의 삶이라는 가장
상징적인 소재를 가지고 잘 그려냈다고 말할 수
있겠습니다.

갇힌 곳에서
쓰는 남자

솔제니친의 문학 세계는 다양하지만『이반
데니소비치의 하루』에서 시작된 전체주의 사회에
대한 심층적인 해부와 비판이 그를 구성하고 있는
가장 중요한 지주 중 하나입니다. 이런 일련의 테마를
가진 규모가 큰 작품들이 연이어서 독자들에게
선보여집니다.

솔제니친의 대표적인 장편소설로『수용소 군도』를
떠올리는 분들도 계실 텐데요.『수용소 군도』도 위의
주제와 밀접한 관련이 있는 작품입니다. 전체주의
사회를 묘사하는 문학적인 방법에 약간 차이가 있긴
하지만요.

조금 전에 여러분들한테 말씀드렸던『암병동』에서는
병동이라는 폐쇄적인 공간이 배경이 됩니다.『수용소
군도』의 수용소, 암병동, 그 다음에 이반 데니소비치가
살던 감옥까지 모두 일상적 공간이 아닌 특수한
공간들이죠. 공통점은 폐쇄되어 있다는 겁니다.
전체주의 사회를 비판하는 상징으로서 폐쇄된 공간을
다양하게 사용하고 있음을 알 수 있습니다.

그런데 그의 1960~70년대 작품들은 소비에트 체제를
비판하는 내용을 담고 있기 때문에 러시아 국내에서
출간할 수가 없었습니다. 알레고리를 사용하거나
은유적으로 비판하는 것도 아니고 드러내놓고
직접적으로 비판하는 작품들이었기 때문에 더욱
그랬습니다. 때문에 외국에서 먼저 출간되곤 했는데요.

특히 프랑스에서 솔제니친의 작품에 주목했고 후원을 많이 해줬습니다. 프랑스의 여러 작가들이 도움을 주어서 나중에는 솔제니친이 노벨문학상을 받는 데도 기여하게 되죠.

다른 얘기인데요. 2015년에 러시아 작가가 노벨문학상을 받았죠. 우크라이나의 체르노빌 사태를 직접 취재하고 고발하는 소설을 쓴 스베틀라나 알렉시예비치입니다. 이 작가의 작품 성향도 크게 보면 20세기 작가인 솔제니친의 문학적인 전통과 매우 가까운 관계에 있다고 할 수 있습니다. 아마 제가 예상해보기로 스베틀라나 알렉시예비치는 솔제니친에게 큰 영향을 받았을 겁니다. 러시아 문학사적으로 보면 같은 계보에 있는 작가들이거든요. 19세기부터 21세기 현대에 이르기까지 러시아 문학에는 크게 두 흐름이 있어요. 작품 세계의 분위기로 구분하는데요. 한쪽이 햇빛이 비치는 밝은 분위기라면 한쪽은 굉장히 암울한 분위기라고 할 수 있어요. 전자의 가장 대표적인 사람이 푸시킨이라는 천재 시인이에요. 그리고 투르게네프, 톨스토이 같은 작가들입니다.

후자는 고골이나 도스토옙스키, 솔제니친 같은 작가들이죠. 200여 년 동안 러시아 문학에서 이어져온 계보죠. 이들은 음울한 작품들을 통해서 세상의 진리와 삶의 지혜를 전달하려고 했습니다. 빛보다 어둠에 가까운 작품 세계를 가지고 있는 작가들입니다.

솔제니친은 노벨문학상까지 받았지만 소비에트에서 살지 못하고 주로 러시아 바깥의 유럽에서

지냈습니다. 러시아 당국의 탄압이 심해 작품 발표를
못 하게 했으니까요. 1976년부터는 미국에서 기나긴
망명생활을 하게 됩니다. 테러 위험이 있으니까 미국
정부에서 보호해줬습니다. 아무도 모르는 산 속 깊은
곳에 주거지를 마련해주고 거기서 생활할 수 있도록
도움을 줍니다. 그렇게 아주 오랫동안 미국에서
지내다가 1994년에 다시 러시아로 돌아오게 됩니다.
20년 가까이 떠나있는 동안 과거만큼 주목받는 작품을
쓰지는 못합니다.

   1994년에 러시아로 돌아온 이후에는 민중들의 편에
서서 자신의 신념을 설파합니다. 당시에도 러시아
정치가들의 권력은 막강했습니다. 고르바초프나 옐친
같은 정치가들이 있었죠. 그런데 솔제니친은 옐친
대통령에게 대놓고 비판을 쏟아내는 사람이었습니다.
왜 이 따위로 정치를 하느냐는 말을 TV나 잡지에서 할
수 있는 사람이었죠. 수위가 높은 비판을 직설적으로
하는, 흔치 않은 지식인 중에 하나였습니다.

   솔제니친이 한마디를 하면 바로 신문이나 방송에
나오니까 정치가들은 그가 상당히 미웠겠죠. 그럼에도
불구하고 섣불리 손댈 수 없을 만큼 위상이 높은
작가였죠. 러시아의 후진적인 정치 체제와 정치가들의
부패며 관료주의를 치열하게, 날 선 육성으로
비판했습니다.

   파란만장한 삶을 살면서도 끝까지 자신의 신념을
굽히지 않고 민중의 편에 서서, 좀 더 나은 인간 사회를
위해서 기여했다는 사실을 우리가 알 수 있습니다.

알아줘야 하고요.

솔제니친의 생애를 얘기하면서 마지막으로 드리고
싶은 얘기가 있어요. 그가 미국에서 20년 가까이 망명
생활을 하다가 1994년에 러시아로 돌아올 때 아주
감격했다고 합니다. 러시아 사람들은 자신이 태어난
대지, 러시아 땅에 대한 신앙이 무척 강한 사람들이에요.
솔제니친도 그랬고, 도스토옙스키도 그랬습니다.

도스토옙스키는 여러 가지 이유 때문에 1860년대
후반에 유럽에 나가서 4년 동안 살게 돼요. 주로 독일의
드레스덴에서 지냈는데 긴 외국 생활에도 러시아를
잊지 못해서 계속 돌아가려는 노력을 해요. 매일매일
우체국이나 도서관에서 러시아 신문과 잡지를 읽는 게
소일거리 중 하나였다고 합니다. 그렇게 4년을 외국에서
지낸 후 다시 고국의 땅을 밟게 되는데요. 그것이 그의
정신세계나 작품 세계에 굉장히 큰 영향을 미쳤어요.

이런 면도 솔제니친과 도스토옙스키가 닮았죠.
솔제니친은 18년 동안 미국에서 거의 갇혀 있는 상태로
살았잖아요. 냉전시대였기 때문에 공개적으로 생활할
수 없었어요. 그런 상황에서 고국으로 돌아가고 싶은
마음, 러시아의 대지에 대한 애정은 거의 종교적인
차원이었어요.

조국의 땅과 조국의 현실에 발을 딛고 살지 않는
작가는 아무런 의미가 없으며 이미 끝났다는 식의
생각을 했던 겁니다. 조국의 대지에 자신의 삶의 모든
것이 뿌리를 내리고 결합되어 있어야 한다고 말이죠.
이렇듯 조국애를 종교적인 차원으로 승화시킨

가장 대표적인 작가가 바로 19세기의 도스토옙스키,
20세기에는 솔제니친입니다. 망명 생활이 몸은
편했을지언정 정신적으로는 너무나 괴로웠다고 스스로
고백하기도 합니다.

이반 데니소비치의
시간

이제 작품에 대해서 살펴봅시다. 먼저
『이반 데니소비치의 하루』라는 작품의 간단한 내용을
요약하고요. 작품 속 시간과 공간이 어떤 의미가 있는지
살펴보도록 하겠습니다.

주인공은 이반 데니소비치입니다. 풀 네임은
이반 데니소비치 슈호프이고요. 슈호프가 성(姓)이고
이름은 이반입니다. 데니소비치는 아버지의 이름인
데니소프에서 파생된 부칭(父稱)입니다. 그러니까
슈호프 집안의 데니소프의 아들인 이반이라는
뜻입니다.

바로 이반 데니소비치가 강제 수용소에 갇힌 이후의
하루 일과를 다룬 작품입니다. 특별히 복잡한 풀이가
필요한 작품은 아니에요.

슈호프는 스탈린 시대에 강제 수용소에 갇히게
됩니다. 농민 출신인 슈호프는 2차 세계대전에
참전했다가 독일군의 포로가 되었는데요. 사실 전쟁이
나면 포로가 될 수도 있는 일인데 독일군의 포로였다는
사실 때문에 반역죄로 몰리게 됩니다. 말도 안 되는
상황이죠. 재판도 제대로 받지 못한 상태에서 수용소에

간히게 된 겁니다.

　이 작품은 강제 수용소의 하루 일과를 새벽부터 잠들 때까지 시간의 흐름에 따라 쭉 서술하는 구조를 가지고 있습니다. 수용소의 하루라는 것이 새벽 기상부터 시작되는데요. 말 그대로 '하루'이기 때문에 새벽에 일어나서 저녁에 잠들 때까지의 이야기입니다.

　저는 개인적으로 이 작품을 분석하는 입장에서 주목하고 싶었던 부분이 있습니다. 소설 속에서 시간에 대한 언급이 계속해서 나오는데요. 그중에서도 아주 구체적으로 몇 시 몇 분이라고 분 단위까지 명시한 순간들은 좀 더 의미가 깊은 게 아닐까 생각합니다.

　작품에서 명시적으로 시간을 제시하는 부분만 따로 정리해볼게요. 새벽 다섯 시에 하루가 시작됩니다. 그리고 밤 열 시에 소등이 되어 하루가 끝납니다. 그러니까 깨어있는 시간은 열일곱 시간입니다. 정확하게 적으면 이반 데니소비치의 하루가 아니라 이반 데니소비치의 열일곱 시간인 거죠.

　아침 점호는 여섯 시 반입니다. 그 다음에 수용소를 나와서 작업장으로 향합니다. 작업장에 도착하는 시간은 여덟 시에서 여덟 시 오분입니다. 노동을 하다가 점심을 먹는 시간은 오후 한 시입니다. 점심 후에는 오후 작업이 있습니다. 그게 끝나면 다시 수용소로 돌아오는데 인원점검을 하는 시간이 저녁 일곱 시입니다. 인원 점검 뒤에 저녁을 먹고요. 취침 점호는 밤 아홉 시에 있습니다. 모든 게 끝나고 잠자리에 드는 시간이 밤 열 시입니다.

정확하게 구분된 이 시간들은 하루 일과의 가장
기본적인 뼈대라고 볼 수 있습니다. 수용소의
하루 속에서 다음 일과로 넘어가는 기준점이자
변곡점들이죠. 구체적으로 명시된 이 시간들이
수용소의 삶 혹은 이반 데니소비치의 하루가 어떻게
바뀌고 있는지 전달해주는 하나의 지표가 되는 겁니다.
시간 단위로 일일이 서술하지 않고 필요할 때만
구체적으로 명시하는데 그것이 효과적으로 보입니다.

소설 속 시간을 하루, 일주일, 한 달, 계절로까지
확장해보면 또 눈에 띄는 지점이 있습니다. 예컨대
이반 데니소비치의 하루가 새벽 다섯 시에 시작해서
밤 열 시에 끝나지만 계절이 화창한 봄이거나 아주
근사한 여름이었다면 이 작품은 달라졌을 것입니다.
작가로서 솔제니친은 전체주의 사회를 비판하려는
목적이 있었고, 폐쇄성의 상징인 강제 수용소를 통해서
형상화를 했잖아요. 이런 의도를 가장 적나라하게
드러낼 수 있는 시간을 선택을 할 수밖에 없었겠죠.
그러니 배경은 필연적으로 겨울입니다. 수용소에서
살아남으려는 이들에게 가장 혹독한 시간이 바로
겨울이기 때문이죠. 그래서 큰 단위로서의 시간 배경 즉
계절은 이 작품 속에서 큰 의미를 가지고 있습니다.

저는 러시아에서 여섯 번의 겨울을 났는데요. 정말
형용할 수 없는 고난의 계절입니다. 상대적으로 봄과
여름은 상당히 지내기 좋아요. 특히나 여름은 무척
근사합니다. 덥기는 해도 건조하기 때문에 그늘에만
들어가 있으면 좋아요. 습하거나 끈적거리지 않거든요.

그런데 러시아 대륙의 겨울은 대책이 없어요.

그 대책 없는 겨울을 배경으로 수용소의 삶이
얼마나 엄혹하고 참담한지 전달하는 것은 매우 의도된
일이었겠죠. 한 대목을 소개하면 이렇습니다.

벌써 일주일 동안이나 눈이 내리지 않았다. 길에
덮인 눈은 발에 다져져서 돌처럼 딱딱하다. 수용소를
우회해서 돌자 바람이 비스듬하게 몰아쳐서 사정없이
얼굴을 친다. 손을 뒤로 하고, 얼굴을 가능한 한
숙이고 대열이 행진하고 있다. 마치 장례식 행렬을
보는 듯하다.

눈에 들어오는 것은 앞에 걸어가는 두세 사람의
발꿈치와 꽁꽁 다져진 발밑의 눈뿐이다. 지금은
자신이 그 눈을 밟고 있는 것이다. 얼마 동안은 이따금
경호병들이 "유-48번! 손을 뒤로 돌려!"라든가,
"베-502번! 대오를 맞춰!" 하고 소리를 질러댄다.
그러나 조금 지나면 경호병들의 고함소리도
뜸해진다. 강한 겨울바람이 시야를 가려 눈을 뜰
수 없기 때문이리라. 그들은 마스크를 쓰는 것조차
금지되어 있다. 경호병 노릇도 쉬운 일이 아니다.

이런 묘사들을 읽고 있으면 러시아의 칼바람이
느껴지는 듯합니다. 그리고 작가는 경호병들의
고달픈 현실을 묘사하면서 간접적으로 수용소 생활을
하는 죄수들의 삶을 전달하고 있습니다. 죄수뿐

아니라 그들을 관리하는 경호병들도 팍팍하다는
거죠. 경호병이 이 정도면 수용소에 수감된 죄수들은
오죽할까, 이런 생각을 우리가 하게끔 말이죠.
겨울이라는 시간적 배경의 의의는 이렇습니다.

이반 데니소비치의
공간

또 하나, 공간적 배경도 중요합니다. 어쩌면 시간보다
공간이 더 중요한 문학적 의미를 가지고 있다고 봅니다.
소설 속 공간의 변화를 체크해봅시다. 이 소설은
수용소 막사 안에서 시작해 막사 안에서 끝납니다.
수용소의 하루는 그럴 수밖에 없잖아요. 한 바퀴 빙
돌아 제자리로 돌아가는 구조죠. 그 공간에서 일어나는
주요 사건을 보다 보면 이 폐쇄되고 특수한 공간이
현실적으로 느껴지기 시작합니다. 수용소에 갇힌
삶의 실체를 이해할 수 있게 되죠. 막사에서 시작해서
막사에서 끝난다는 건 굉장히 상징적인 의미를 지니고
있습니다.
　　이곳은 크게 두 가지 공간으로 구분이 됩니다.
하나는 수용소라고 하는 생활공간입니다. 그것을 과연
생활이라고 할 수 있느냐는 이견이 있을 수 있지만
아무튼 사적인 삶이 계속 유지되는 곳입니다. 다른
하나는 수용소 바깥에 있는, 죄수들이 강제 노역을
하는 작업 공간입니다. 안은 생활공간이고 밖은 노동의
공간으로 구분되어 있습니다.
　　솔제니친은 중편소설이라는 구조물을 지어나가며

공간을 의도적으로 배치하고 의미를 부여하고
있습니다. 이 또한 전체주의 사회를 상징하는 폐쇄된
공간을 조금 더 부각시키기 위한 장치라는 것을 알 수
있습니다.

그런데 여기서 곁다리로 몇 가지 에피소드를
교묘하게 끌어들이면서 수용소와 수용소 밖이라는
단순한 공간 배경에 약간의 변화를 줍니다. 예컨대
이반 데니소비치가 어떻게 수용소에 갇히게 됐는지
얘기하는 에피소드하고 가족 이야기를 떠올리는
부분입니다.

가족 이야기는 이반 데니소비치에게 온 편지를
통해서 들어오게 되는데요. 수용소 실내의 생활도
아니고 수용소 바깥의 강제노동도 아닌, 가족이 사는
고향이라는 어떤 따뜻하고 동떨어져 있는 공간,
일상적인 삶이 유지되는 공간이 살포시 끼어듭니다.
편지라는 형식을 통해서 단순화된 수용소의
삶 안에다가 바깥의 공간을 살짝 집어넣는 겁니다.
주요 공간은 아니지만 이것이 작품 안에서 적지 않은
역할을 하고 있습니다. 폐쇄된 공간 안으로 그 바깥의
생활을 끼워 넣을 수 있는 장치는 여럿 있겠지만
솔제니친이 선택한 방법은 편지였습니다.

이 공간을 작품 속에서 어떻게 활용하고 있는지를
보면 솔제니친의 재능이 대단하구나 싶습니다.
천재적인 작가들은 형식에 대한 본능적인 감각을
타고 났구나 생각이 들 정도예요.

아주 짧은 에피소드지만 살포시 들어온 바깥 세상의

공간이 이 작품의 세계를 굉장히 다양하게 만듭니다.
만약에 이반 데니소비치가 받은 편지의 내용을
빼버리면 이 작품은 어떻게 될까요? 상상할 수 없어요.
아주 사소한 디테일이라도 작품 안에서 차지하고 있는
의미는 큽니다. 그걸 정확히 계산해서 감각적이면서도
자연스러운 장치로 넣는 것은 대단한 일이죠.

이번에는 인물을 살펴봅시다. 주인공 슈호프는
농부입니다. 나이는 40세이며 사고와 행동이
민첩합니다. 수용소 생활을 한 지는 만으로 8년이
됐습니다. 고향에는 아내와 딸이 살고 있습니다.
　체자리라는 인물이 나오는데 모스크바 출신입니다.
슈호프와는 출신 성분이 다른 지식인입니다. 직업은
영화 연출가고요. 아무튼 귀족적이라서 수용소
안에서도 나름대로 일반인하고 차이가 나는 생활을
하는 것으로 그려지고 있어요. 슈호프와 가장 대조적인
인물이라고 할 수 있죠. 슈호프는 러시아 민중을
대표하는 상징적인 인물이고, 체자리는 지식인을
대표하는 상징적인 인물이기 때문입니다.
이반 데니소비치와 체자리는 소설 속에서 서로 상반된
임무를 부여받고 있는 인물이라고 할 수 있습니다.
　그런데 체자리가 어려운 일을 당하고 있을 때
슈호프가 도와주거든요. 굉장히 의미 있는 장면입니다.
슈호프는 민중의 상징인데, 민중인 슈호프가 어려울
때 지식인 체자리가 도와주는 게 아니고 반대로
지식인이 어려움에 빠졌을 때 민중이 도와주는 것이죠.

솔제니친은 왜 이렇게 그리고 있을까요? 그저 단순한 관계 설정이 아닙니다. 기본적으로 민중과 지식인의 관계는 러시아 문학에서 역사가 깊은 주제 중에 하나입니다. 모든 작가들이 애착을 가지고 있었던 주제라고 할 수 있죠. 솔제니친도 그것을 놓치지 않고 이 두 인물의 관계를 통해서 중요한 메시지를 전달하고 있습니다.

작품에는 주요 인물들 외에도 많은 단역들이 등장합니다. 그들을 묘사하는 방식이 재미있습니다. 이름 앞에 그를 설명하는 형용어구를 반드시 붙이는 거예요.

예를 들면 전직 해군 중령 부이놉스키, 늑대라는 별명을 가진 페추코프, 토실토실하고 얼굴이 불그스레한 라트비아 출신의 칼리가스, 키가 멀대처럼 큰 쉬쿠로파젠코, 까만 눈에 키가 크고 호리호리한 이반. 사실 이들은 스쳐지나가는 인물이지만, 독자로 하여금 그가 어떤 외모와 직업과 배경과 성격을 가지고 있는지를 그릴 수 있게 해주죠.

가령 늑대라는 별명을 가진 페추코프의 경우에는 여러 가지 연상을 하게 만듭니다. 생긴 게 늑대처럼 생긴 건지 아니면 성격이 늑대처럼 사납거나 날렵한지 궁금하잖아요? 하나의 비유고, 그 인물이 작품 안에서 큰 역할을 하는 것도 아니지만 그럼에도 불구하고 인물들 하나하나에 생명력을 불어넣는 작업을 하고 있는 겁니다. 그래서 전체적으로는 주요 인물들뿐만 아니라 주변 인물들까지 모여서 하나의 앙상블을

이루고 있습니다. 폐쇄된 공간 안에서 인물들이 제각기
생생하게 살아있다는 것은 우리에게 역설적인 메시지를
전해주죠. 작가는 그들이 자신만의 성격을 가지고
있게끔 도와주고 있습니다. 솔제니친의 작가적 능력을
확인할 수 있는 대목입니다.

그럼에도 불구하고
아직은

이런 인물들이 만들어내는 에피소드들을 살펴볼까요.
작가가 가장 많이 다루고 있는 장면은 밥 먹는 것하고
노동하는 거예요. 수용소에서의 삶이 그 두 개로
이루어지니까 어찌 보면 당연하죠. 아침 먹고 저녁 먹고
바깥에서 노동하니까요. 그런 면에서는 수용소에서의
삶이나 그 바깥에 있는 일반인들의 삶이나 똑같습니다.
아무튼 식사와 노동, 크게 두 개의 활동을 통해
독자에게 수용소의 삶을 전달하고 있는데요. 식사하는
장면도 아주 리얼하게 그려지고 있지만 특히 노동
장면은 식사 장면과는 또 다른 의미를 가지고 있습니다.
바로 강제노동이 이 작품의 주제와 직접적인 연관이
있기 때문입니다.

강제노동이라는 것, 말만 들어도 힘들잖아요. 강도
높은 육체노동을 눈이 오나 비가 오나 매일같이
억지로 해야 하니까요. 그런데 솔제니친은 어이없게도
그것을 좀 다르게 씁니다. 슈호프의 오후 일과인 집단
강제노동에 일견 전혀 어울리지 않는 감정을 그려내고
있단 말이죠. 상식적으로 수용소의 강제노동에서 삶의

즐거움이나 행복을 찾는 이야기를 누가 쓰겠습니까.
더군다나 이 작품이 어떤 작품인가요? 소비에트
전체주의 사회를 비판하는 폭로 문학 아니겠습니까?
그런 주제를 전달하는 주인공, 수용소에 8년이나 갇혀
노동을 하는 인간이 즐거움을 느끼더란 말입니다.
이 작품에서 가장 열광적인 반응을 일으켰던 게 바로
이 대목입니다. 아무도 기대하지 못했던 거예요.
사회 체제를 비판하는 어떤 작가도 솔제니친처럼
그리지 않았기 때문에.

  이건 굉장히 다층적인 의미를 가지고 있는
지점입니다. 강제노동이라는 건 말 그대로 인간의
자유 의지와는 상관없이 진행되는 무엇이죠. 대가를
주는 것도 아니고, 즐거워서 자발적으로 하는 일도
아니잖아요. 무임금에 식사도 빈약하고 잠자리도
불편하고, 혹독한 노동까지 시키는데 어디에 즐거움이
있겠습니까. 그러니 이 강제노동이라는 것이 작가의
직접적인 의도에 따르면 소비에트 전체주의 사회,
관료주의 사회 체제를 가리키고 있는 것이죠. 체제를
비판할 목적으로 쓴 작품의 주인공이 거기서 힘겨워만
했다면 현실 폭로에는 매우 직접적으로 기여를
했겠지만 비슷한 유형의 여타 소설과 크게 다르지
않았을 거예요. 그런데 솔제니친은 거기서 한 발
더 나아갑니다. 멍청하게도 즐거움을, 삶의 행복을
느끼도록 그려놨던 겁니다.

  이런 얘기입니다. 인류의 역사를 멀리서 보면 말이죠.
전체주의라는 시스템이 어떻게 인간의 자유를 억압하든

간에, 너희들 지배 권력이 아무리 수용소에 가둬놓고
10년, 20년 동안 인간성을 파괴하고 착취해도 그들
자체의 본성, 자신을 인간이라고 믿는 자들의 힘은 절대
이길 수 없다는 얘기입니다. 만약에 이 지점이 없었다면
『이반 데니소비치의 하루』는 그저 훌륭한 다큐멘터리가
되었을 겁니다.

그런데 이 한 대목을 창조한 덕분에 이 작품은
20세기의 가장 위대한 소설이 됐습니다. 이것 이상으로
깊이 있고 심오한 비판이 어찌 가능하겠습니까? 있는
그대로를 폭로하는 문학도 물론 있죠. 하지만 그건
아주 수준 높은 르포르타주(기록문학)가 될 뿐입니다.
만약 훌륭한 고발문학과 세계적인 고전을 구분해야 할
순간이 오면 이 작품을 예로 드세요. 이 대목을 설명할
수 있다면 누구든 이해할 것입니다.

그만큼 『이반 데니소비치의 하루』를 통해 솔제니친이
이뤄낸 문학적 성취는 20세기 문학사에서 획기적인
것이었습니다. 중편소설 분량 안에서 몇 안되는 인물,
열일곱 시간이라는 짧은 시간, 단지 몇 개의 에피소드를
통해서 이렇게 강력한 메시지를 전달한 사례가
없었어요. 20세기 최고 문학 작품 중 하나라는 사실을
인정하지 않을 수 없습니다.

하루가 끝나고 이반 데니소비치가 잠에 들려는
그 순간, '의외로 나쁘지 않았다. 오늘 하루를 돌아보면
공친 날은 아니다. 나름대로 의미가 있었다.' 이렇게
독백을 합니다. 수용소에서 9년 째 살아가고 있는
한 인물이 잠들기 전에 하는 생각입니다. 국가라는

거대하고 견고한 체제가 이반 데니소비치라는
개인을 가둔 지 9년 째 되지만, 그러나 얼마가 지나든
우리의 멍청한 이반 데니소비치는 아직도 인간으로서
살아있다는 얘기입니다.

반(反)하는
사람들

솔제니친과 도스토옙스키가 닮았다는 얘기를 중간
중간 드렸는데요. 삶의 곡절뿐 아니라 사상 또한
흡사한 측면이 있는데, 어떻게 보면 솔제니친이
도스토옙스키를 이어갔다고 할 수 있습니다. 세 가지로
정리를 해볼 수 있습니다.

첫 번째는 Anti-Socialism, 반사회주의입니다.
아이러니한 것은 그들이 젊은 시절에 사회주의자였다는
사실입니다. 그런데 결국 사회주의라는 이념과
시스템이 실제로 인간 사회에서 작동하는 동안 인간의
진정한 구원, 행복, 자유를 억압하는 체제로 귀결될
수밖에 없다는 결론에 이르게 됩니다. 그래서 두
사람은 자신의 문학 속에서 강력한 Anti-Socialism을
표현했죠.

두 번째는 Anti-Capitalism, 반자본주의입니다.
19세기 작가 중에서 도스토옙스키처럼 자본주의
사회를 증오했던 사람이 없어요. 자본주의를
철두철미하게 증오하고 비판했던 대표적인 작가인데
솔제니친 또한 현대의 자본주의 사회가 인간을
얼마나 황폐하게 만드는지에 대해서 기회가 될 때마다

신랄하게 비판했습니다. 미국에서 18년 간 망명생활을
하는 동안 미국이 얼마나 말도 안 되는 사회인지
비판하는 많은 글을 남기기도 했습니다.

마지막 세 번째는 Anti-Humanism, 반인간주의라고
할 수 있습니다. Anti-Anthropocentrism이라고도
하는데요. 굉장히 복잡한 테마 중에 하나입니다.
종교적인 맥락과 닿아있죠. 두 작가에 따르면 인간
자신들이 전지전능하다는 듯 모든 걸 인간 위주로
만들어버렸다는 것입니다. 그 결과가 서구 자본주의
사회라는 것이고요. 그러니 인간은 점점 오만해지고
자기 자신을 포함해 모든 것을 파괴할 수밖에 없다,
즉 사회시스템이 바로 인간을 파괴하는 근원이고
악의 원천이라고 보는 시각이죠. 이렇게 인간
중심주의는 곤란하다고 믿은 사람들이 각각 다른
세기를 살았던 도스토옙스키와 솔제니친입니다.

앞으로 도스토옙스키와 솔제니친의 작품을 접할
때 이런 테마들이 어떻게 작품 속에 녹아있는지
눈여겨본다면 좋겠습니다. 작품 세계를 이해하는 데
큰 도움이 될 테니까요.

저는 사실 자본주의와 사회주의는 근대사회가
만들어 놓은 쌍생아라고 생각합니다. 때문에
근대사회를 넘는다는 것은 자본주의 사회를
극복하면서 동시에 사회주의 사회를 넘어야만
가능하다고 봅니다. 매우 다르게 구분되곤 하지만
두 체제가 사실 일맥상통한다는 인식은 굉장히 중요한
출발점이 될 수 있습니다.

이 작품의 주인공인 이반 데니소비치처럼
자유인으로서 이데올로기나 자본 같은 것들
사이에서도 자신의 자존과 가치를 잃지 않고 독립된
자신을 추구하는 자세가 중요하다고 봅니다.
이반 데니소비치가 우리 현대인들의 가슴에 뿌린
씨앗이 있다면 그것이 아닐까요? 아무리 거대한 권력이
순진해빠진 농부를 징벌해도 '나 아직 괜찮아'라고
굴복하지 않았던 것처럼 말입니다.

알렉산드르 이사예비치 솔제니친

Алекса́ндр Иса́евич Солжени́цын

1918. 12. 11 ~ 2008. 8. 3

20세기 러시아를 대표하는 소설가이자 사상가. 카프카스 지방의 키슬로보츠크에서 태어났다. 아버지는 그가 태어난 해 사냥터에서 사고로 죽고 홀어머니 밑에서 자랐다. 돈 강 유역의 로스토프에서 유년기와 청년기를 보내고 로스토프대학교 물리-수학과를 졸업한다. 대학을 졸업하던 1941년 독일과의 전쟁이 일어나 참전하였다. 1945년 친구에게 보낸 서신 내용이 반체제적이라는 죄명으로 8년 강제 노동형과 3년 유형을 선고받는다. 1952년 악성 종양 제거 수술을 받고, 1955년 종양이 재발되어 타슈켄트병원 암병동에서 치료를 받는다. 1956년 복권이 되고, 1962년 『이반 데니소비치의 하루』를 발표하여 주목받는 작가가 되었다. 그 후 『수용소 군도』, 『암병동』 등을 집필한다. 이들 작품 내용이 반체제적이라는 평가를 받아 러시아에서 출판이 금지되었다. 그의 작품은 1968년 서유럽에서 출간되어 국제적인 명성을 얻게 되었다. 1969년 소비에트 작가동맹에서 제명당하고, 이듬해 노벨문학상을 받았다. 1973년 『수용소 군도』가 프랑스에서 출간되자, 시민권을 박탈당한 채 강제 추방당한다. 스위스 취리히에서 망명 생활을 하다가 1976년 미국 버몬트 주로 이주한다. 1990년 다시 러시아 시민권을 얻고, 1998년 고국으로 영구 귀국하였다. 2007년 평생의 업적을 인정받아 국가 공로 훈장을 받는다. 2008년 모스크바에서 심장마비로 사망하였다.

이반 데니소비치의 하루

Оди́н день Ива́на Дении́совича

1962

스탈린 시대의 강제수용소에 갇힌 이반 데니소비치 슈호프의 하루
일과를 다룬 중편소설이다. 농민 출신으로 제2차 세계대전에 참전
했던 슈호프는 독일군의 포로가 되었던 일로 반역죄로 몰려 재판
도 받지 못한 채 수용소에 갇힌다. 이 시기는 러시아 현대사의 암흑
기로 스탈린에 대한 개인숭배와 민중에 대한 탄압이 횡행하던 때였
다. 수용소의 하루는 새벽 5시 기상으로 시작해서 밤 10시 정도에
끝이 난다. 소설은 새벽부터 밤까지의 17시간을 다루고 있는 셈이
다. 집단 강제노동과 열악한 식사 등 스탈린 시대 수용소의 현실과
노동자의 고통을 적나라하게 묘사한다. 수감자들은 정해진 일과에
따라 움직이지만 실제로 실행되는 시간은 조금씩 늦춰진다. 수용
소에서는 예기치 못한 사건들이 터지고, 이에 따라 포로들의 수용
소 생활도 그만큼 늘어난다. 그럼에도 불구하고 슈호프는 자유가
없는 수용소의 고단한 하루를 마치고 잠자리에 들면서 오늘도 운
이 좋은 날이었다고 행복해한다. 이 소설의 진정한 메시지는 인간
을 착취하고 억압하는 어떤 제도와 체제도 결코 인간의 영혼과 도
덕적 강인함을 파괴할 수 없다는 데 있다.

송승석 선생님이 말하는

고아, 탁류에 빠져 울다

우쪄류

'타이완 400년사'란 말이 있습니다. 타이완 사람들이 스스로의 역사를 일컬어 종종 하는 말입니다. 물론, 이건 타이완의 한인(漢人) 즉 중국인의 입장에서 그렇다는 것입니다. 우리가 고산족이라 부르는 타이완 원주민의 관점에서 본다면 그 역사는 훨씬 길겠지요. 그럼에도 불구하고 그 400년 동안 타이완은 독립된 하나의 나라를 이룬 적이 한번도 없습니다. 말하자면 필요할 때만 이용됐다가 버려지는, 굴곡 많은 역사를 갖고 있습니다. 한때는 네덜란드와 스페인의 지배를 받기도 했고, 약 200년 동안은 청나라에 복속되어 있었으며 청일전쟁의 여파로 조선보다도 먼저 일본의 식민지가 되었습니다. 1895년의 일입니다.

타이완은 일본이 해외에서 획득한 최초의
식민지였지요. 1945년 일본의 패망으로 다시 중국에
귀속되었지만 그것도 잠시였습니다. 곧바로 중국이
분열되는 바람에 타이완은 중화민국이란 이름으로
장제스가 이끄는 국민당정부의 근거지로 한정되어
버렸습니다. 이렇게 보면, 타이완에 살고 있는
거주민들은 주체적이고 독립적인 공동체를 구성하지
못하고 내내 어느 한 세력의 지배를 받거나 그에
예속되어 살아왔던 것입니다. 타이완 400년사가
곧 식민사였다는 주장도 있는데 아마도 그래서일
것입니다.

목숨을 건
글쓰기

오늘 이야기해보고자 하는 소설 『아시아의 고아』는
이러한 타이완의 역사적 맥락에서 읽힐 수 있는
작품입니다. 일반적으로 타이완을 두고 '아시아의
고아'란 말을 자주 하는데, 바로 이 소설에서 그 어원이
시작된 것입니다.
    작품 내용으로 들어가기 전에 작가인 우쥐류에 대해
간략하게 소개하고 넘어가겠습니다. 우쥐류는 1900년

타이완의 신주라는 지역에서 태어났습니다. 타이완이 일본의 식민지가 되고 5년이 지나서입니다. 문단에 데뷔한 것은 그가 교사로 재직 중이던 1936년입니다. 그는 1941년에 20년간 재직하던 소학교를 그만두고 중국 난징으로 건너가 『대륙시보大陸時報』에서 약 1년 동안 기자로 지냅니다. 그리고 이듬해 다시 타이완으로 돌아와 『타이완일일신보臺灣日日新報』, 『민보民報』 등에서 기자생활을 계속합니다.

『아시아의 고아』를 집필하기 시작한 건 1943년인데, 탈고하기까지 2년이 걸립니다. 그 사이 타이완은 일제로부터 해방이 됩니다. 우리처럼 말이지요. 우쥐류는 해방 후에도 활발하게 작품 활동을 지속합니다. 1964년에는 타이완문예(臺灣文藝)란 잡지사를 만들고 1969년에는 본인의 이름을 딴 '우쥐류문학상'을 제정해 후배작가들을 양성하는 데 힘을 기울이기도 했습니다. 창작활동도 게을리하지 않았습니다. 그의 대표작에 포함되는 장편소설 『무화과』나 『타이완개나리』도 이즈음에 나왔습니다. 그러다 1976년 당뇨로 인한 합병증으로 생을 마감했습니다.

우쥐류가 『아시아의 고아』를 집필하던 1940년대 초는 전쟁으로 인한 일본군대의 횡포와 일본 경찰의 감시 그리고 '황민화프로젝트'에 따른 언론 통제와 작품 검열이 극심하던 때입니다. 따라서 글쓰기라는 행위 자체가 자칫 생사를 가를 수도 있는 그야말로 엄혹한 시기였다고 할 수 있습니다. 이른바 친일파였던 황민작가(皇民作家)들 말고 대다수 타이완의 작가들은 붓을 꺾었던 시대였죠. 그렇지 않으면, 원치 않더라도 식민정책에 순응하고 전쟁을 고취하는 글들을 쏟아내야 했기 때문입니다. 우쥐류도 자신이 이 작품을 완성한다 하더라도 출판되기는 힘들 것이라 예상했을 것입니다. 그럼에도 불구하고 그는 온갖 감시의 눈을 피해 소설을 완성했습니다. 어쩌면 목숨을 걸고 쓴 작품이라고도 할 수 있겠습니다. 『아시아의 고아』가 타이완에서 일본식민주의에 저항하는 거의 유일한 문화적 실천으로 찬사를 받는 것도 바로 이 때문입니다.

작가는 타이완인, 소설은 일본어

이 소설은 1946년에 일본에서 출간됩니다. 본래 초판을 발행할 당시의 제목은 『아시아의 고아』가 아니라 주인공 이름을 딴 '후즈밍(胡志明)'이었습니다. 우리 발음으로 하면 '호지명'인데, 호지명하면 누군가 떠오르는 인물이 있을 것입니다. 그렇습니다. 베트남의 국부로 칭송받는 그 유명한 사회주의자 호치민입니다. 그래서 1956년에 일본에서 재출간할 당시 우쥐류 본인은 이렇게 말합니다. "공교롭게도 누군가의 이름과 같아 혹여 괜한 오해를 불러일으킬까 봐 제목을 아시아의 고아로 바꾸어 출판한다."라고요. 주인공의 이름도 후즈밍이 아니라 후타이밍(胡太明)으로 바뀌게 됩니다.

　　그런데 이 대목에서 뭔가 이상한 점이 있다고

우쥐류 — 고아, 탁류에 빠져 울다

느끼시는 분이 계실 것입니다. "타이완 작가의 소설인데 왜 타이완이 아닌 일본에서 출판된 거지?"하고 말이죠. 이유는 단순합니다. 일본어로 쓴 소설이기 때문이지요. 그렇다면, 또 이런 의문이 드실 수도 있습니다. "아니, 타이완 작가라면 중국어로 소설을 써야지 왜 일본어로 쓴 거야?"라고요. 당연한 질문이겠지만 여기에는 복잡한 사정이 개입되어 있습니다.

우선, 타이완이 일본의 식민지가 되기 이전에 타이완 사람들은 대체 어떤 말과 글을 썼을까요? "중국 영토였으니까 당연히 중국어겠지."라고 생각하실지도 모르겠습니다. 물론 그들은 중국어를 썼습니다. 그런데 정확하게 말하면, 우리가 아는 중국말이 아니라 타이완 사람 대다수의 고향인 중국 푸젠성(福建省)의 방언인 민남어(閩南語)입니다.

중국은 땅덩어리가 넓은 만큼 말도 다양합니다. 심지어 그 말들은 상호 간에 소통이 전혀 되지 않을 만큼 다른 언어체계를 갖고 있습니다. 더 큰 문제는 자신들의 말을 제대로 옮길만한 글이 마땅치 않았다는 것입니다. 물론 한자라는 공통의 문자가 있었지만 이것으로 자신들이 하는 말을 그대로 문장으로 만들기는 불가능했습니다. 한마디로 말과 글이 일치하지 않았기 때문이지요. 이렇듯 언문일치가 되지 않는 상황에서 타이완 사람들은 식민지 백성으로 살면서 일본어를 새로운 국어로서 받아들이게 된 것입니다. 이때부터 타이완 사람들은 새로운 언어인 일본어를 배워야 했고 일본어로 교육을 받아야 했으며 공적인 장소에서는 일본어로 말할 것을 강요받았습니다.
일본어가 공식어이자 일종의 문화어가 된 셈이지요.
따라서 일제강점기에 교육을 받은 타이완 사람들에게
일본어는 보다 친숙한 언어였고, 반대로 중국어는 꽤나
낯선 언어가 되고 말았던 것입니다.

　당시 타이완 작가들도 예외는 아니었습니다. 조선의
작가 김사량이 그랬듯, 그들 대부분은 일본어로
창작을 시도했고 그것이 훨씬 수월했습니다. 더군다나
1930년대 이후에는 중국어로 창작한 작품이 실릴
지면조차 거의 사라진 상황이었습니다. 애초부터
자신들의 언어를 가지고 있던 조선의 작가들과는
그 경우가 달랐다고 볼 수 있습니다. 우쥐류 또한
일본어가 훨씬 익숙했기 때문에 『아시아의 고아』도
일본어로 창작하게 되었는데, 해방이 된 이후에는
일본어로 쓴 소설이 실릴 수 있는 공간이 일본 밖에
없었기 때문에 일본에서 출판하게 된 것입니다.

**나는
타이완인이 아니다**

식민지 시절 타이완의 젊은 지식인은 자신을
일본인이라고 생각하는 경향이 짙었습니다. 나는
과거의 타이완 민족하고는 다르다는 자의식이 있었던
것이죠. 그런데 생각을 좀 해봐야 할 것 같습니다.
일제강점기에 식민지에서 태어나 자신을 일본인이라
여기고 있는 청년은, 과연 일본 사람인가요? 혹은 일본

사람으로 인정을 받고 있는 걸까요? 만약에 인정을

받는다면, 인정해주는 주체는 누구일까요? 아마 일본 본토에 사는 일본인들일 것입니다. 그런데 그들이 과연 그랬을까요?

1940년대에 일본이 내세운 것이 '대동아공영권'입니다. 2차 세계대전 당시에 일본이 아시아의 여러 국가를 침략하면서 걸었던 슬로건입니다. 뜻만 그대로 풀어쓰면 동아시아, 동남아시아가 힘을 합쳐서 다같이 번영할 수 있도록 서구 제국주의를 몰아내자는 뜻입니다. 문제는 그러기 위해 자기들 일본을 중심으로 제국을 형성하자는 것이었습니다.

제국이라는 개념의 기본은 '다양한 민족들이 같이 사는 것'입니다. 동아시아 전체로 보자면 중국인도 있고 한국인도 있고 타이완인도 있고 많겠죠. 그들이 일본이라는 하나의 제국 내에서 동등한 대우를 받아야 하고, 언어와 문화가 다르다면 각자가 가지고 있는 고유한 언어와 문화를 인정해줘야 하는 것입니다. 그러면서 공동의 번영을 이룩하자는 것이 제국의 원론적인 이념입니다.

그런데 우리도 잘 알다시피 실제로는 그러지 않았습니다. 일본은 야마토 건국주의를 가지고 순혈주의, 순수한 혈통에 집착했습니다. 식민지를 지배할 때에도 단일민족을 강조했습니다. 야마토 종족이 아니면 척결대상이 되는 겁니다. 그러다보니까 통치가 순탄치 않고 자꾸 전쟁이 일어났습니다. 중국과 전쟁을 일으키고, 태평양에서 영미연합군과 싸우죠.

전쟁을 일으킨 이상 식민지에서 뭐든지 동원을 해야
됩니다. 그게 여성이든 남성이든 동원해야 사는 겁니다.
그렇다면 동원할 명분은 무엇이었을까요? "너도
일본인이야"라는 것입니다. 그전까지 일본이 내세웠던
건 순혈주의입니다. 다른 말로 혈통민족주의입니다.
그렇게 다른 민족들을 항상 배제해왔는데
전쟁통에 상황이 급해지니까 내세우기 시작한 것이
언어민족주의입니다. "그래도 우리는 같은 언어를
쓰잖아. 일본어를 쓰잖아." 결국 식민지의 국민들을
동원시킬 명분이었던 것입니다.

그런데 당하는 사람들은 어땠을까요? 치졸하다고
거부했을까요? 아니었습니다. 『아시아의 고아』에
나오는 젊은이들처럼 일본인이 되려고 했습니다.
그러자 이번엔 일본인들이 슬쩍 쳐냅니다. 너무 가까운
척 하지 말라고 경계했던 것이죠. 다시 제국주의적인
사고가 발동하기 시작합니다.

통치국인 일본이 다른 언어를 쓰지 말고 일본어만
쓰라기에 그렇게 합니다. 그러면 너희들도 일본인이
될 수 있다는 말만 믿고 따라간 사람들이 있습니다.
그런데 사실 일본인들은 그렇게 생각하지 않는 겁니다.
그런 현실에 부딪쳤을 때 느끼는 좌절과 열패감.
타이완 사람들은 그런 심정을 가지고 있었던 것입니다.

타이완인들은 왜 그토록 일본 사람이 되고 싶어
했을까요? 일본의 지배를 인정하고 단지 그 아래에서
편하게 살기 위해서였을까요? 물론 그런 측면도 없지는
않겠지요. 그런데 다른 이유도 있습니다. 식민지 교육을

통해서 이 사람들이 배운 게 있습니다. 바로 일본의
선진화된 문화입니다.

　일본은 학교라는 근대적인 시스템 속에서 서구화된
교육을 합니다. 자기들이 미국과 같은 서구에서
받았던 교육들 말입니다. 소위 근대적이고 발전적이고
문명화된 것들이었죠. 자기들이 배워온 것들을 다시
교육시켰습니다. 타이완의 식민지 지식인들이 거기서
눈을 뜹니다. '그래 맞아. 이게 옳은 것인데 우리는
그동안 뭘 했지?' 낡은 관념과 봉건적인 사회 안에서
살아왔던 지난날에 대해 절망에 가까운 감정을
느낍니다. 이 상황에서 다시 일어나려면 서구의 것을
배워야 한다는 당위가 생긴 것입니다. 이건 타이완뿐만
아니라 우리나라도 그랬고 중국도 마찬가지였습니다.
사실 어떻게 보면 우리는 아직도 그 시기를 지나지
못했는지도 모릅니다. 오로지 서구가 세계 질서의
중심이며 그 안으로 들어가 끊임없이 배워야 한다고
말이죠. 이 당시도 마찬가지로 사람들의 궁극적인
목표는 근대 서구 문명을 취하는 것이었습니다.
과학이나 민주주의 같은 것들 말입니다. 자기들에게는
일찍이 없었던 발전된 문명이라고 생각하니까 흔쾌히
배우려 하는 겁니다. 제대로 배우려면 식민지 종주국에
가서 배울 수밖에 없으니 일본에 대한 동경이 생기는
겁니다. 일본은 계속해서 식민지를 개척하며 서구
열강과 어깨를 나란히 하는 강대국이 되고 있었습니다.
자신들을 그런 강한 나라의 국민이라 여기면서 기꺼이
배우고 동경하게 됩니다.

실어증의
시대

그런데 결코 올 것 같지 않던 해방의 날이 오고야
말았습니다. 영원한 안식의 울타리가 되어 주리라
믿었던 제국 일본은 패전했고 1945년에 타이완을
떠났습니다. 그렇다면 동시에 제국주의와 전체주의도
타이완을 떠났을까요? 그렇지만도 않았습니다.
일본은 떠났지만 다시 새로운 제국주의, 새로운
전체주의가 등장하게 됩니다. 바로 중국인들이 이 땅에
들어왔습니다.

  해방 후 가장 먼저 타이완을 접수한 것은
국민당이었습니다. 그런데 국민당이 타이완 본토에
와서 보니까 생각과는 달랐나 봅니다. '이들은 50년
간 일본의 지배를 받았으니 거의 일본인이 아닌가?
우리는 대륙에서 일본하고 8년 동안 싸우며 항일을
했는데 이들은 노예의 경험을 가지고 있지 않은가? 안
되겠다. 우리가 접수할 테니 너희들은 가만히 있어라.'
했던 겁니다. 그래서 해방 전에 공직에 있으면서 일본의
통치를 받았던 타이완인들을 모두 배제시킵니다.

  그런데 타이완 인구의 자그마치 80퍼센트가 식민
지배를 받았던 사람들입니다. 남은 20퍼센트 정도가
해방 후 중국에서 새로 들어온 사람들이었습니다.
1945년을 기점으로 해서 그 이전부터 타이완에 살았던
사람들을 본성인(내성인)이라고 부릅니다. 그리고
1945년 이후에 새롭게 들어온 사람들을 외성인이라고

합니다. 국민당과 함께 들어온 외성인들은 본성인을
억압합니다. 둘 다 뿌리는 한족이지만 본성인은 과거에
타이완에 자리를 잡아 일본의 지배를 받으며 신문물을
받아들인 이들이고, 외성인은 그냥 중국인이라고 보면
됩니다.

　　당시 경제상황은 매우 안 좋았습니다. 쌀값이
수 백 배 폭등했습니다. 농사는 풍작이었는데 쌀을
모두 중국 본토로 반출한 탓에 쌀값이 어마어마하게
오른 것이었습니다. 공직자들은 공직자대로 뇌물을
주고받았습니다. 본성인들의 눈으로 보자면
구태의연한 옛날 관습이 다시 부활해버린 겁니다.
식민지 교육이기는 했으나 그 안에서 배웠던 서구의
근대적인 시스템에서 너무 퇴행해버린 것입니다. 때문에
내성인들, 특히 젊은이들은 봉건적이고 낡은 통치에
질려 반감을 키우기 시작합니다.

　　그러한 변화들과 함께 세상이 바뀌었다는
걸 단적으로 실감하게 만드는 게 바로 언어의
변화였습니다. 외성인들은 새로운 국어를
강요했습니다. 바로 중국어였죠. 50년의 식민통치기
동안 타이완 사람들에게 국어는 일본어였습니다.
그런데 하루아침에 정권이 바뀌면서 중국어가 국어가
된 것입니다. 국어의 교체는 타이완 사회에 엄청난
혼란을 가져오게 됩니다.

　　1989년에 개봉된 타이완의 대표적 리얼리즘 영화라
할 수 있는 허우 샤오시엔의 「비정성시」를 보면, 영화의
주요 무대 중 하나인 병원에서 간호사들이 중국어를

배우는 장면이 나옵니다. 발음하는 법부터 아주
초보적이고 간단한 문장에 이르기까지 간호사들은
매우 진지한 얼굴로 중국어 선생의 입모양을
따라합니다. 보기에 따라서는 약간 우스꽝스러운
대목이기도 합니다. 중국어를 전혀 할 줄 모르는데
국어라고 하니까 새로 배워야 되는 상황이지요.
어쩌면 이건 타이완 사람들에게 굉장한 폭력으로
다가왔을 것입니다. 특히 글을 써서 벌어먹고 사는
전업 작가들 같은 경우에 이런 무형의 폭력은 난감함을
넘어 생계를 위협하는 상황까지 초래하게 됩니다.
이들은 일본국민으로서 50년간 산 사람들입니다.
1900년에 태어났다면 1945년에는 마흔다섯 살입니다.
이미 반평생을 일본인처럼 일본어를 구사하면서
살았습니다. 그런데 어느 날 갑자기 "이제 국어가
바뀌었으니 중국어를 써야 돼!"라는 것입니다. 중국어
솜씨가 초등학생 수준도 안될 텐데 어떻게 작품을
창작할 수 있었겠어요? 그래서 결국 일제강점기에
일본어로 활발하게 창작활동을 했던 대부분의 타이완
작가들은 해방 이후 문단에서 종적을 감추게 됩니다.
일종의 문학적 공백과 언어적 단절이 일어난 것이라고
볼 수 있습니다. 오늘 함께 읽는 우쩌류는 비교적
활발하게 활동을 이어나갔지만요.

　　이러한 언어적 단절을 상징적으로 보여주는 또
다른 타이완 영화 한 편이 있습니다. 1994년에 개봉한
「또우상」이란 영화입니다. '또우상'은 아버지를 뜻하는
일본어인데, 지금의 타이완 사람들도 자주 쓰는

말입니다. 타이완의 저명한 극작가인 우녠전(吳念眞)이
감독한 이 영화는 할아버지, 아버지, 아들 이렇게 가족
3대가 빚어내는 세대 간의 갈등을 그려내고 있습니다.
그 갈등의 단적인 예가 바로 언어상의 차이에 따른
소통불능입니다. 일제 강점기인 1929년에 태어난
할아버지는 일본어와 민남어만 할 줄 알고 중국어는
전혀 모릅니다. 한편 아버지는 일본어를 모르고
민남어와 중국어만 할 줄 압니다. 그래서 아버지와
할아버지가 이야기할 때에는 민남어로 소통합니다.
반면 중국어만 할 줄 아는 아들은 아버지와의 대화에서
중국어를 사용합니다. 그런데 문제는 할아버지와
손자가 소통할 수 있는 언어가 없다는 것입니다. 이것이
세대 간의 갈등을 부추깁니다.

　그렇다면, 일본어로 창작하던 일제강점기
작가들이 떠난 자리는 누가 대신했을까요? 당연히
장제스 국민당정부와 함께 중국 대륙에서 건너온
사람들입니다. 외성인이라 부른다고 말씀드렸죠.
그런데 공교롭게도 이들 외성인 대부분은
군인이었습니다. 이른바 군중문학(軍中文學)이 해방 이후
타이완문단에 횡행하게 된 이유입니다. 이들은 대부분
자신들과 대립하고 있는 중국 대륙의 공산주의 세력을
물리치자는, 반공이데올로기에 근거한 허무맹랑한
작품들을 마구 쏟아냅니다. 이것이 1950~60년대
타이완의 문단상황입니다.

아시아를
떠도는 고아

『아시아의 고아』는 식민지 타이완의 백성들이
자신의 고향인 타이완, 식민 종주국인 일본 그리고
선조들의 땅인 중국 대륙을 횡단하는 광대한 여정을
그리고 있습니다. 또 시간적으로는 타이완이 일본의
식민통치를 경험하게 되는 50년의 세월을 쉼 없이
종단하고 있습니다.

식민주의(Colonialism)를 상징하는 일본,
민족주의(Nationalism)를 대표하는 중국 그리고
본토주의(Localism)를 대변하는 타이완이 상호 충돌하는
이 종횡의 시공간 속에서, 주인공 후타이밍은 그
어느 곳에도 구속받지 않을 자유와 어느 한쪽으로
기울지 않는 평등 그리고 소소한 인간의 행복을 찾아
아시아를 유랑합니다. 그런데 결론부터 말하면,
이는 극히 당연하고 일상적인 것이지만 동시에 결코
실현될 수 없는 것이었습니다. 적어도 후타이밍에게는
그랬습니다.

주인공 후타이밍은 어려서부터 할아버지에게서
한학(漢學)교육을 받아 '중용'의 정신을 필생의
신념으로 삼고 있는 인물이기도 했지만 동시에 일본식
근대교육을 통해 서양 학문을 접하며 성장한 이른바
식민지형 지식인이기도 합니다. 그런 그가 처음으로
사회에 첫발을 내딛게 된 것은 궁벽한 어느 시골
초등학교에서 교편을 잡기 시작하면서부터입니다.
그는 그곳에서 첫사랑에 빠져 애틋한 사모의 정을

키우게 됩니다. 그녀가 바로 나이토 히사코라는 일본인
동료 여교사였습니다. 그녀에 대한 후타이밍의 마음은
이렇습니다.

　"오! 저 순백의 새하얀 다리!"
　타이밍은 눈앞이 아찔한 게 금방이라도 현기증이 날
것 같아 자기도 모르게 두 눈을 꼭 감고 가벼운 탄성을
내질렀다. 눈을 감았어도 그 새하얀 옥빛 종아리는
여전히 아름다운 곡선을 그리며 그의 동공 속에서
요염하게 춤을 추고 있었다. 저게 바로 풍만하고
매끈한 일본 여성의 다리구나! 저 우아한 율동! 아,
바람결에 춤추듯 날아가는 하얀 나비가 아니런가!
순간 타이밍은 언젠가 학예회에서 히사코가 순백의
무의를 입고 천녀무를 추던 모습이 떠올랐다. 그녀의
그 아름답고 나긋나긋한 몸매와 날렵한 춤 솜씨는
객석을 꽉 메운 관중들을 물을 끼얹은 듯 단숨에
고요하게 만들 정도로 완전히 매료시켰다. 또 가끔씩
눈부시게 아름다운 기모노에 오타이코를 매고
산책하는 히사코를 본 적이 있는데, 그 아리따운
모습은 지금도 타이밍의 마음속에서 그녀에 대한
끝없는 애모의 정을 샘솟게 했다.

상사병에 걸려버린 타이밍은 결국 히사코에게 자신의
마음을 전하기로 마음먹습니다.

　"히사코 선생님! 저……절 어떻게 생각하세요?"

타이밍은 단도직입적으로 이렇게 물었다. 잠깐의 침묵이 흘렀다. 그마저도 타이밍에게는 한없이 긴 시간처럼 느껴졌다. 타이밍의 가슴은 두근거리고 있었다. 이윽고 히사코의 끊어질 듯 이어지는, 그러나 분명하고 단호한 대답이 흘러나왔다.

"전, 아주 기뻐요. 그리고 정말 고마워요. 하지만 그건 불가능해요. 왜냐하면 저와 당신은……다르니까요."

도대체 무엇이 다르다는 말이지? 그녀의 말이 무얼 뜻하는지 타이밍이 알기까지는 그리 오랜 시간이 걸리지 않았다. 이건 굳이 이 자리에서 그녀의 설명을 듣지 않아도 알 수 있는 것이었다. 그녀가 말하고 싶은 건 바로 피차 민족이 다르다는 것이다.

"오, 하느님!"

타이밍은 절망했다. 세상이 일순간에 무너지는 기분이었다. 이 얼마나 가혹하고 절망적인 선고인가! 이제 더 이상 히사코는 도저히 가까이 할 수 없는 존재가 되어버렸다.

타이밍이 히사코를 감히 건드릴 수 없는 금단의 존재로 생각하는 건 결국 일본과 타이완 사이에 존재하는 '종족적 위계관념'과 그에 따른 열등감의 소산이라고 할 수 있습니다. 즉 자신이 사랑하는 여성은 주인인 일본인이고 자신은 그의 종인 타이완인이라는, 결코 극복할 수 없는 종족적 주종관계가 현실적인 벽으로 존재하고 있었던 것입니다. 타이밍에게 이 실연의 아픔은 식민체제로부터 맛본 최초의 쓴맛이었습니다.

그는 어쩌면 히사코에게 차이기 이전에 이미
자신이 거부당하리라는 것을 예감하고 있었는지도
모르겠습니다. 왜냐하면 사랑고백 이전에 그는 이렇게
뇌까린 바 있었습니다.

'그녀는 일본사람이고 나는 타이완 사람이라는 이
현실. 그래! 이건 그 누구도 부인할 수 없는, 그 누구도
바꿀 수 없는 엄연한 사실이다.'

실연에 빠져 허우적대던 타이밍은 이제 더 이상
타이완에 있고 싶지 않았습니다. 결국 그는 일본 유학의
길을 떠나게 됩니다. 그리고 그곳에서 다시 츠루코라는
일본 여성을 만나게 됩니다. 이번에는 사랑이
이루어졌을까요? 아닙니다. 내성적이고 유약하기만
한 타이밍은 히사코와는 달리 자신에게 먼저 호감을
보이며 다가온 츠루코에게 적극적으로 반응하지
못합니다. 그는 오히려 '이게 정말일까? 그녀가
진정으로 나를 사랑하는 걸까?'라고 끊임없이 의심하며
끝내 그녀에게 다가가지 못했던 것입니다. 종족적
굴레와 식민자─피식민자의 서열 관념이 여기에서도
어김없이 발현되고 있는 것입니다. 저 유명한 프란츠
파농의 『검은 피부, 하얀 가면』을 보면 인종적 차이라는
굴레 때문에 쟝 브뉘즈라는 흑인 남성이 백인 여성인
앙드레 마리엘의 사랑을 받아들이지 못한다는 내용이
있습니다. 이와 아주 흡사한 경우라 할 수 있습니다.
　일본에서도 타이밍은 종족적 굴레와 피식민자의

신분에 따른 열등감을 극복할 수 없었습니다. 결국 그는
식민 당국의 차별과 폭압을 겪지 않아도 되는 새로운
희망의 땅을 찾아가기로 합니다. 바로 중국입니다.
중국으로 떠나면서 타이밍은 이제 다시는 이 식민의
땅으로 돌아오지 않으리라 마음먹습니다.

중국 대륙에 대한 그의 첫인상 역시 중국의 여성을
통해서입니다.

> 우아하고 아름다운 상하이식 여성용 구두, 양말,
> 핸드백, 상의에서부터 하의까지 각자의 취향에 따라
> 알맞게 배색된 색상까지 모두가 나름의 개성을
> 잘 표현해주고 있었다. 소위 유교에서 말하는
> 중용지도의 영향 탓인지 극단으로 치닫지 않으면서도
> 구미의 문화를 무조건 그대로 받아들이지 않고
> 자신의 전통을 되살리고 있음에 중국 여성의 이성이
> 돋보였다. (…) 어쩐지 그녀들이 자신의 사회적
> 신분보다도 훨씬 높은 귀족 집안의 아가씨들인 것만
> 같았다.

중국 상하이의 여성들로부터 그가 받은 인상은
그야말로 고전적인 우아함을 근대문명 속에서
적절하게 활용한, 중국과 서양을 지혜롭게 융합한
'중용'의 그것이었습니다. 한마디로 타이밍에게
있어 중국 여성들은 근대적인 일본 여성과도 다르고
원초적이고 육감적인 타이완 여성과도 다른, '전통'과
'근대'를 모두 갖춘 새로운 여성상으로 다가왔던

것입니다. 그리고 실제로 그는 그러한 중국 여성인
슈춘을 만나 사랑에 빠지게 되고 결혼까지 이르게
됩니다. 그가 보기에 슈춘은 일본 여성들이
간직하고 있는 고상하고 지적인 문화적 교양은 물론,
타이완 여성의 육체적 아름다움까지 겸비한 그런
여성이었습니다. 게다가 그녀는 같은 피를 나눈
모국의 여성이었기 때문에 종족적 동일성까지 느낄
수 있었습니다. 그런데 어땠을까요? 슈춘과의 결혼은
행복했을까요? 타이밍은 달콤한 신혼의 밀월이
끝나자마자, 그녀의 참모습을 발견하게 됩니다.
낮에는 남녀평등과 여성해방을 외치고 다니지만,
밤에는 물질만능주의와 퇴폐적 생활에 젖어있는
표리부동한 그녀를 새삼 발견한 것입니다. 어쩌면
그가 처음 상하이에 발을 내딛었을 때 받았던 상하이
시가지에 대한 인상에 이미 그 복선이 깔려
있었는지도 모르겠습니다.

상하이는 구미인, 중국인 그리고 일본인까지
한데 뒤섞여 공존하는 부조화의 조화를 형성하는
곳이었다. 특히, 공동 조계지에 발을 들여놓았을 때
타이밍은 그런 느낌이 구체적인 현실로 다가오는
것을 체감할 수 있었다. 인간성을 말살한 금권주의의
상징이라 할 수 있는 괴물 같은 고층 건물들이 주변
풍경을 압도하고 있었고, 그 건물들 사이를 인간과
차량의 광분한 격류가 지칠 줄 모르고 출렁대며
흘러가고 있었다. 그 물결이 너무도 어마어마해

맞은편 쪽으로 건너가는 일에도 목숨을 걸어야 할
지경이었다.

한마디로 근대의 충격을 받아 균형을 잃고 휘청거리는
또 다른 중국의 모습을 상징하는 것이라 볼 수
있습니다.

중국 대륙에 대한 환상이 환멸로 바뀌는 순간,
타이밍은 중국을 떠날 결심을 하게 됩니다. 게다가
그는 타이완 출신이라는 이유로 일본이 보낸 간첩으로
오인되어 중국의 감옥에 갇히는 수모를 당하는데
겨우겨우 탈출해 타이완으로 갑니다. 다시는 돌아오지
않으리라 생각했던 고향으로 돌아오게 된 것이죠.
그러나 타이밍은 중국에서 왔다는 이유만으로 다시
식민 당국의 감시와 미행에 시달리게 되고 결국에는
중일전쟁의 장기화로 인해 중국 남방의 전장으로
징집되기까지 합니다. 일본 군인으로 말이지요.
전장에서는 동족인 중국의 항일유격대와 다시 적으로
조우하게 됩니다.

이런 일련의 힘든 여정은 그에게 심한 정신적 충격과
육체적 고통을 가져왔고 급기야 돌이킬 수 없는
정신분열로 이어지게 됩니다. 소설은 이렇게 비극적인
결말로 끝을 맺게 됩니다.

**이 이야기는
타이완이다**

소설『아시아의 고아』에는 세 부류의 인간이

출현합니다. 일본인, 중국인 그리고 타이완인입니다.
우쥐류는 그들에게 각기 이렇게 묻습니다. "일본인이여!
보아라, 너희가 어떻게 우리를 기만하고 착취했는지?"
"중국인이여! 보아라, 너희가 얼마나 우리를 무시하고
경멸했는지?" "타이완인이여! 보아라, 너희가 얼마나
무지하고 한심한 존재인지?" 그러나 대답은 없고
공허한 메아리만이 돌아올 뿐입니다. 그 누구도
사과하고 반성하고 각성하지 않습니다. 버려지고
배반당하고 배제되는 고아의 사념은 여기서 시작되는
것입니다.

근대적 이성과 유교적 중용으로 무장한 후타이밍은
식민주의와 민족주의의 굴레 속에서 끊임없이
미끄러지고 어긋납니다. 그가 생존할 수 있는
공간은 흑색지대도 아니고 백색지대도 아닌 모호한
회색지대일지도 모릅니다. 하지만 그러한 독립된
공간은 어디에도 허락되지 않습니다. 이성과 중용의
입장에서 중간의 목소리를 내고자 하지만, 양 극단의
줄기찬 유혹과 구애 그리고 그에 대한 자신의 끊임없는
동경과 기웃거림 탓에 그마저도 온전한 말이 되어
목구멍을 통과하지 못합니다. 그는 실어증에 걸린
고아가 되어버린 것입니다.

미국의 마르크스주의 비평가 프레드릭 제임슨은
'모든 제3세계 텍스트는 필연적으로 민족적 알레고리로
읽힌다'고 했습니다. 그렇다면 『아시아의 고아』야말로
타이완의 근대적·식민주의적 정체성을 여실히
보여주는 가장 설득력 있는 알레고리가 아닐까

생각합니다. 더구나 작품 전반에 깔려 있는
그 지긋지긋한 고아의식은 지금도 타이완 근현대사를
사고하고 정의하는 가장 강력한 메타포라고
생각합니다.

고아는 디아스포라와도 구별되는 처절한
단어입니다. 디아스포라가 물리적으로 단절되어
있을지언정 문화적·심리적으로는 여전히 조국과
연결되어 있다면, 고아는 한마디로 돌아갈 곳도
의지할 곳도 없는 결석의 존재들인 것입니다. 버려지고
배반당한 고아가 가질 수밖에 없는 분노와 슬픔
그로 인해 앓게 되는 정신적 트라우마가 곧 타이완의
현대사를 구성하고 타이완의 집단 무의식을 빚어내는
것입니다.

그렇다면 이 고아의식은 과연 극복 가능한 것일까요?
그리 녹록지 않은 것 같습니다. 오늘날 타이완의 현실이
직접 보여주고 있지요. 반대로 이 고아의식은 과연
극복되어야 마땅한 것인가? 오히려 우줘류는 우리에게
이렇게 되묻고 있는 것 같기도 합니다. 『아시아의
고아』 말미에는 두 개의 식물이 등장합니다. 무화과와
타이완개나리가 그것입니다. 주인공 후타이밍은
무화과와 타이완개나리의 강인한 생명력에 경의를
표하면서 동시에 그 자신의 삶의 목표를 맡겨둡니다.
무화과는 주변에 묻혀 눈에 잘 띄지도 않고 더군다나
꽃의 화려함도 갖추지 못했지만, 남모르는 곳에서
슬며시 열매를 맺습니다. 타이완개나리는 종횡으로
뻗은 무성한 가지들과는 달리 나무밑동부터 커다란

213

나뭇가지 하나만을 유지한 채 울타리 중간을
뚫고 나와 파릇파릇한 새잎을 틔웁니다. 이들은 스스로
중심을 자처하지도 않고 동경하지도 않습니다. 그저
은하계에 있는 수많은 별들처럼, 묵묵히 열매와 꽃을
맺으며 자신의 생존방식을 찾는 것입니다.『아시아의
고아』속 후타이밍과 같이 생각해봅니다. 무화과와
타이완개나리의 생존방식이 곧 타이완의 존재방식이
될 수도 있지 않을까 하고 말입니다.

우줘류
吳濁流

1904. 12. 26 ~ 1980. 4. 24

타이완의 소설가. 1900년 타이완 신주에서 태어났다. 1920년에 타이완총독부국어학교 사범부를 졸업하고 약 20년간 소학교 교사로 근무하다가 1941년 중국으로 건너갔다. 중국 난징에서 약 1년 동안『대륙시보大陸時報』기자로 있다가 1942년 다시 타이완으로 돌아왔다. 타이완에서도『타이완일일신보臺灣日日新報』와『민보民報』등에서 기자생활을 계속했다. 교사로 재직 중이던 1936년 단편소설「수월水月」로 등단한 뒤,「시궁창 속의 황금잉어どぶの鯉魚」,「천대인陳大人」,「의사선생의 어머니先生媽」등 일본어 소설을 잇달아 발표한다. 장편소설『아시아의 고아』는 1943년 집필을 시작해 2년 후인 1945년에 탈고했다. 그사이 타이완은 해방되고 일본어로 쓰인『아시아의 고아』는 1956년 일본에서 출간되었다. 1959년에는 중국어로 번역되었고 이후 여러 차례 재판되었다. 1964년에 잡지사 타이완문예(臺灣文藝)를 세우고 1969년에는 본인의 이름을 딴 '우줘류문학상'을 제정했다. 광복 이후에도 일본어 장편소설『타이완개나리臺灣連翹』등을 발표하는 등 활발한 창작 활동을 지속했다. 당뇨로 인한 합병증으로 고생하다 1976년 77세의 일기로 생을 마감했다.

강연자 **송승석**

인천에서 태어나 연세대학교 중문과를 졸업하고 동대학원에서 박사학위를 받았다. 현재 인천대학교 중국학술원 교수로 재직 중이다. 주로 타이완문학과 화교문화를 연구하고 있다. 번역서로는『식민주의 저항에서 협력으로 : 일제시기 타이완 일본어소설선』, 『아시아의 고아』, 『식민지문학의 생태계 : 이중어체제 하의 타이완문학』, 『그래도 살아야 했다』등이 있으며 주요 저서로는『인천에 잠든 중국인들』, 『동남아화교와 동북아화교 마주보기』등이 있다.

우 석 균 선 생 님 이   말 하 는

악마에게 관용을 묻다

가브리엘 가르시아 마르케스

가브리엘 가르시아 마르케스라는 작가를
어떻게 기억하고 계십니까? 아마
많은 분들의 마음 속에 남은 가르시아
마르케스는『백년의 고독』이라든지
『콜레라 시대의 사랑』같은 작품이 아닐까
합니다. 노벨문학상을 받은 대작가로
알고 계시기도 할 테고요. 오늘은
그 유명한 작품들을 모두 제쳐두고,
조금 생소할지도 모를 소설 한 편에 대해서
얘기해보고자 합니다. 함께 여행을 떠나는
기분으로 낯선 도시 하나를 소개하며
시작하겠습니다.

카르타헤나 속의
아프리카

콜롬비아 북단 카리브 해안에 카르타헤나라는
도시가 있습니다. 우리나라에는 별로 알려져 있지
않지만 브라질의 리우데자네이루와 우루과이의
푼타델에스테와 더불어 남미 3대 미항으로 꼽히는
도시입니다. 빼어난 풍광과 유서 깊은 식민지시대
건축물들이 잘 어우러져 있는 덕분이죠.

카르타헤나
풍경

콜롬비아 문학은 물론 라틴아메리카 문학을
대표하는 작가인 가브리엘 가르시아 마르케스의
아우라가 더해진 도시이기도 하고요. 그가 살았고,
또 영원한 안식을 취하고 있는 도시거든요.

사실 카르타헤나는 젊은 시절의 가르시아

마르케스에게 호의적이지 않았습니다. 전통의
도시랍시고 출신지역이나 신분이나 피부색에 따라
은근히 사람을 차별했어요. 젊은 날의 가르시아
마르케스처럼 아무런 배경 없는 깡촌 청년이 대접받기
힘든 곳이었습니다. 그래서 가르시아 마르케스도
젊은 시절에는 카르타헤나보다는 바랑키야라는
또 다른 도시를 더 사랑했습니다. 그러나 후에 결국
그 유서 깊은 도시와 화해했고, 멕시코와 콜롬비아를
오가며 사는 삶 속에서 콜롬비아에 머물 때면
카르타헤나를 택했습니다. 그러다가 마침내 저택을
짓고, 카르타헤나를 배경으로 한 소설도 쓰게 됩니다.
이 자리를 빌려 다루게 될『사랑과 다른 악마들』이라는
중편소설입니다. 그리고 멕시코에서 사망한 지
2년이 지난 2016년에는 가르시아 마르케스의 유해도
이 도시로 이장되었습니다.

카르타헤나의
가르시아 마르케스
저택

　가르시아 마르케스가 살던 저택은 카르타헤나의
구시가지 해안도로변에 위치해 있습니다. 좁은 차로를
건너면 식민지시대에 만들어진 해안 포대가 있고,
그 너머로 푸른 카리브해가 펼쳐져 있습니다. 저택을

끼고 골목에 들어서면 그 다음 건물은 마콘도라는
이름의 작은 호텔입니다.『백년의 고독』의 배경이 된
허구의 마을이 바로 마콘도죠. 호텔 외벽에 웃고 있는
가르시아 마르케스 캐리커처가 인상적입니다.

호텔 마콘도의
외벽

골목은 산디에고 광장으로 통합니다. 비록 앙증맞은
광장이지만 골목과 광장이 만나는 지점에는 식민지시대
풍의 5성급 호텔이 있습니다. 식민지시대에 그 부유함과
자선사업으로도 유명했던 산타 클라라 수녀원을
개조한 호텔입니다.『사랑과 다른 악마들』의 주무대 중
한 곳이 바로 이 수녀원이었습니다.

호텔로 변한
산타클라라 수녀원

가르시아 마르케스의 저택도 이 수녀원도
식민지시대에는 성곽으로 둘러싸여 있었습니다.

가깝게는「캐리비안의 해적」이라는 영화 시리즈를 탄생시켰고 멀게는 아동문학의 고전이 된『보물섬』을 낳았을 정도로 해적의 바다로 뜨르한 명성을 지닌 곳이 카리브 해였다는 점을 환기시켜 주는 성곽입니다. 성곽 너머에는 웅장한 산펠리페 성채도 있습니다.

산펠리페 성채

시가지를 둘러싼 성벽만으로는 안심이 안 되어 쌓은 성채입니다. 그도 그럴 것이 카르타헤나는 여러 차례 영국인들의 공격에 시달렸습니다.

1586년에는 프랜시스 드레이크가 무려 20척의 사략선을 동원해 카르타헤나를 쑥대밭으로 만들기도 했습니다. 드레이크는 원래 해적이었지만, 1581년 엘리사베스 1세가 기사 작위까지 하사한 인물이었죠. 카르타헤나를 비롯해 여러 스페인 식민지 도시를 공격했고, 마젤란에 이어 두 번째로 세계일주를 한 사람입니다. 대 식민지 교역의 중심도시였던 스페인의 카디스 항구를 기습할 정도로 대담무쌍했고, 영국 해군 제독이 되어 무적함대를 격파한 인물이기도 합니다. 스페인 사람들은 드레이크의 공격 이후 1588년부터 아바나, 산후안, 산토도밍고, 카르타헤나 등 카리브 해

식민지의 주요 거점에 성곽을 쌓습니다. 앞서 언급한
산디에고 광장 주변의 성곽도 이때 쌓은 것이죠. 그리고
카르타헤나의 경우에는 추가로 1657년에 시가지
밖에 새로운 성채를 짓습니다. 완공 때까지 무려 43년
동안이나 공사가 진행되었다고 하네요.

그렇게 해서 완공된 산펠리페 성채는 스페인
사람들이 아메리카 땅에 남긴 최대 규모의
건축물입니다. 카르타헤나가 그만큼 중요한 도시였기
때문이겠죠. 1533년에 창건된 카르타헤나는 스페인과
아메리카의 교역에 중간 기착지 역할을 했습니다.
스페인 사람들은 인류 역사상 최대 은광이 있던
포토시(볼리비아)에서 생산한 은을 태평양 해안으로 나른
뒤 배로 북쪽으로 운반했습니다. 그리고 파나마 태평양
해안에 하역해서 육로로 대서양의 포르토벨로 항으로
보냈습니다. 이곳부터는 스페인 선단이 다시 해로로
은을 본국으로 수송했습니다. 이 선단이 스페인에서
포르토벨로 항으로 올 때 중간 기착지 중 한 곳이
카르타헤나였습니다. 그때마다 카르타헤나에서는
대규모 교역이 이루어졌습니다. 덕분에 도시는 경제적
번영을 누리고 유럽의 문물도 비교적 신속하게
접할 수 있었습니다. 또 보고타를 비롯한 콜롬비아
내륙지방으로 들어가기 위한 관문 역할도 했습니다.
카르타헤나가 중간 기착지로 낙점된 이유는
자연적으로 형성된 방파제가 감싸고 있는 오목한
지형이라 풍랑과 해적의 공격에서 보호받을 수 있는
곳이라는 판단에서였다고 합니다. 허리케인의 영향을

거의 받지 않는 곳이기도 하고요.

성채에서 내려다보는 구시가지 풍경은 확실히
매력적입니다. 대성당의 돔 지붕, 올망졸망한 구시가지
골목들, 문화적 향취가 있는 식민지시대 건물, 푸르른
바다…… 카르타헤나가 남미 3대 미항으로 꼽히는
이유를 다시 한번 체감하게 해줍니다. 그러나 저처럼
여름에 카르타헤나를 방문하면, 성채를 오르는 일도
또 나무 그늘도 없는 넓은 성채를 돌아다니는 일도
쉽지 않습니다. 우리나라 여름보다 더 고온다습하기
때문입니다. 그래서 성채 공사에 43년 동안이나
투입되었을 선주민들의 고초에 마음이 쓰이기도
했습니다. 그런데 구시가지 중심에 갔다가 보행로
한가운데에 있는 조각상을 보고 진실을 알게
되었습니다.

카르타헤나 구시가지의
클라베르 성자 동상

예수회 선교사 페드로 클라베르를 기리는
조각상으로 누군가와 대화를 나누고 있는
모습이었습니다.

그 누구란 무명의 흑인노예였습니다. 클라베르는
흑인노예들의 수호자로 이름을 떨쳐 성인으로

226

추존되기까지 한 인물이거든요. 그의 몸짓에는
자상함이 묻어 있고 뭔가 위로의 말을 건네는
듯했습니다. 그 조각상 덕분에 비로소 알게 되었습니다.
산펠리페 성채에 투입된 인력은 선주민이 아니라
흑인노예들이었다는 사실을. 또 조각상 덕분에 깨닫게
되었습니다. 오래 전 번역한 가르시아 마르케스의
『사랑과 다른 악마들』의 진정한 의미를 말입니다.

카리브 사람
가르시아 마르케스

가르시아 마르케스는 아르헨티나의 대문호 보르헤스와
칠레의 대시인 네루다와 더불어 우리나라에 가장 많이
알려진 라틴아메리카 문인입니다. 그러나 대체로
라틴아메리카를 대표하는 소설가, 마술적 사실주의를
대표하는 소설가로 소개되어 왔습니다. 그러다보니
가르시아 마르케스가 콜롬비아의 카리브 해안지대
사람들의 정서를 근간으로 작품을 썼다는 점,
즉 뚜렷한 지역색을 띤 작가였다는 점은 별로 주목받지
못했습니다.

　　콜롬비아는 오랜 세월 동안 지역 간 왕래가
쉽지 않았습니다. 안데스 산맥이 국토를 서부, 동부,
카리브 연안 일대로 삼등분하고 있는 지리적 조건
때문이었습니다. 안데스 산맥이 너무 험준하다보니
근대에 접어들어서도 철도나 도로 건설조차 용이하지
않았습니다. 1930년대까지도 주요 2대 도시인
보고타와 메데인 사이에 철도가 없었어요. 그래서

1950년대 초반에 가르시아 마르케스가
카리브 해안지대에서 내륙의 보고타로 가기 위해서는
뱃길로 여드레를 가야 했습니다. 그래서 콜롬비아
교통은 노새에서 비행기로 건너뛰었다고 이야기들
하죠. 그러다보니 지역마다 지역색이 뚜렷할 수밖에
없었습니다.

특히 가르시아 마르케스는 자신을 카리브인으로
규정하곤 했습니다. 일단 태어난 곳이 아라카타카라는
곳입니다. 카리브 연안에서는 좀 떨어져 있는
내륙마을이기는 하지만 연안지대와 마찬가지로
아열대 지방입니다. 주민들도 전형적인 카리브 해
사람들이고요. 역사가 아주 오랜 곳은 아니라 주민
대부분은 가르시아 마르케스의 외조부처럼 외지에서
온 사람들입니다. 그 일대에 바나나 플랜테이션
농장들이 들어서면서 생긴 마을이기 때문입니다.
아라카타카는 작은 도시로 성장할 정도로 번영을 누린
시절도 있었습니다. 바나나 플랜테이션이 쇠락하자
다시 별 볼 일 없는 시골 마을이 되었지만요. 아무튼
아라카타카에는 보고타와 메데인 사이에도 없던

아라카타카를 지나는
기차

철도가 일찌감치 1908년에 만들어질 정도였습니다.

영국인들이 만든 철도였지만 그 덕을 톡톡히
본 것은 유나이티드 프루트라는 미국의 다국적
농업기업이었습니다. 이 회사는 아라카타카 일대의
바나나 플랜테이션을 독점하다시피 했고, 철도를
이용해 카리브 연안의 산타마르타 항으로 바나나를
수월하게 보낼 수 있었습니다.

가르시아 마르케스의 아버지는 아라카타카 출신은
아니었습니다. 우체국 전신수로 이 마을에 와서 일하던
중 가르시아 마르케스의 모친과 눈이 맞아 결혼하게
되었습니다. 오래지 않아 부부는 더 나은 삶을 찾아
마을을 떠나게 되었는데, 자리 잡을 때까지 큰아들
가르시아 마르케스를 외조부모에게 맡깁니다. 그러나
사정이 여의치 않아 가르시아 마르케스는 여덟 살까지
계속 아라카타카에 살게 되었습니다. 보수주의자와
자유주의자들 간의 천일전쟁에서 그 일대의
자유파 군대를 이끈 경력이 있는 외조부, 손자에게
옛날이야기를 들려주곤 하던 외조모, 지금은 가르시아
마르케스 문학관이 된 외조부모의 집을 드나들던

가르시아 마르케스
문학관

특이한 이력 혹은 별난 성격의 지인과 친척들, 바나나 플랜테이션과 관련된 지역의 번영과 갈등과 쇠락의 이야기 등은 어린 가르시아 마르케스에게 깊은 흔적을 남겼습니다.

바로 이 이야기들을 풀어낸 작품이 그의 대표작 『백년의 고독』이었고요. 다시 말해 『백년의 고독』은 철저히 지역의 이야기에 입각한 작품입니다. 다만 그 이야기에 철도와 다국적 기업으로 상징되는 세계체제의 모순, 보수파와 자유파의 내전으로 상징되는 콜롬비아와 라틴아메리카의 정치적 모순 등이 함께 녹아 있다는 미덕 덕분에 세계성을 획득할 수 있었을 뿐입니다.

카리브 해안지대의 몇몇 도시에서 부모와 함께 혹은 기숙학교에서 몇 년 동안 생활한 가르시아 마르케스는 1940년부터 보고타 인근의 소도시 시파키라의 기숙학교에서 중고등학교 시절을 보내고, 1947년에는 콜롬비아국립대학 법학부에 입학합니다. 그러나 1948년 '보고타소'(보고타 소요)라고 불리는 콜롬비아 현대사의 참극이 벌어지면서 카르타헤나로 피신하게 됩니다. 1954년부터 이듬해까지 '엘 에스펙타도르'라는 신문사에 근무할 때 다시 보고타에 거주하기도 했지만, 가르시아 마르케스에게 보고타는 영 정이 가지 않는 도시였습니다. 해발 2,640미터의 고도에 위치한 이 도시의 기후는 카리브 사람 가르시아 마르케스에게는 너무 추웠습니다. 게다가 보고타 사람들도 그에게는 쌀쌀맞고 폐쇄적이고 의뭉스럽게만 느껴졌습니다.

카리브 사람으로서의 가르시아 마르케스의 정체성이
확립된 시점은 아무래도 바랑키야 시절입니다.
이 도시에 그는 1950년부터 4년 정도 거주합니다.
그리고 언론인으로 생계를 유지하는 한편, 콜롬비아
문학사의 한 획을 그은 바랑키야 그룹의 일원으로
활동합니다.

1950년 바랑키야
그룹을 찍은 사진이
라 쿠에바 식당
벽면에 걸려 있다.

이 도시는 카르타헤나와는 분위기가 달랐습니다.
가르시아 마르케스가 그 시절 경험했듯이,
카르타헤나는 식민지시대 때부터의 유서 깊은
도시라는 자부심이 지나쳐 개방적인 분위기는
아니었습니다. 물론 바랑키야도 카리브 해로
흘러드는 마그달레나 강이라는 큰 하천을 끼고 있어서
식민지시대 때부터 일찍감치 발전한 도시이기는
합니다. 그러나 전성기는 그 후인 19세기 중반에서
1930년대 사이였습니다. 콜롬비아의 주산품인 커피도
주로 바랑키야를 통해 수출되던 시절이었죠. 물론
가르시아 마르케스의 바랑키야 시절은 도시의 전성기
이후이기는 하지만, 그래도 바랑키야는 여전히 교통의
요지로 북적대는 도시였습니다. 즉 사람과 물자가
돌고, 전통의 무게에 짓눌려 있지는 않았던 도시가

가브리엘 가르시아 마르케스 — 악마에게 관용을 묻다

바랑키야였습니다.

『백년의 고독』을 언급하면서, 지역사에 입각한 소설임에도 불구하고 콜롬비아, 라틴아메리카 그리고 세계의 정치·경제적 모순을 꿰뚫어보았다는 이야기를 했습니다. 그런데 이는 바랑키야 그룹의 개방적 태도, 이 태도를 낳은 당시 바랑키야의 개방적 분위기가 없었다면 불가능했을 것입니다. 오늘날의 용어를 사용하자면 바랑키야 그룹은 세계화를 지향한 그룹이었습니다. 콜롬비아 중앙에 위치한 보고타에서 보자면 카리브 해안은 콜롬비아의 북쪽 끝자락에 불과합니다. 그러나 바랑키야 그룹은 오히려 보고타를 오지로 간주했습니다. 이들에게 당시의 보고타는 분위기도 문학도 보수적이다 못해 폐쇄적으로 여겨졌습니다. 그래서 이들은 보고타 대신 바다 너머로 시선을 돌렸습니다. 카리브 해를 세계에서 콜롬비아를 격리시키는 장애물이 아니라, 세계와 만나는 통로로 인식한 것이죠. 가르시아 마르케스의 자서전에서도 보고타는 일국의 수도답지 않게 뭔가 폐쇄적인 분위기의 도시로, 반면 콜롬비아 북단은 자메이카, 쿠라사오, 베네수엘라 카리브 해안지대 등과 교류가 일상적이었던 사통팔달의 공간으로 서술되고 있습니다. 이러한 독특한 지리적 상상력은 바랑키야가 해외의 최첨단 문물을 수입해 보고타에 전해준다는 자부심을 바랑키야 그룹에 부여하였습니다. 지방도시가 수도를 선도한다니, 중앙과 지역의 관계에 대한 일반적인 통념을 뒤집는 특이한 자부심이요,

특이한 지리적 상상력이 아닐 수 없습니다.

22미터 11센티의
머리카락

『사랑과 다른 악마들』은 일종의 프롤로그와 5장으로
구성된 중편소설입니다. 프롤로그에는 집필 동기가
서술되어 있습니다. 이에 따르면, 가르시아 마르케스는
1949년 10월 26일 편집국 국장에게 산타클라라
수녀원의 납골당 파묘 공사를 취재하라는 지시를 받고
작업현장으로 향합니다. 그런데 비석에 '시에르바
마리아 데 토도스 로스 앙헬레스'라고 적혀 있는 무덤을
파낸 순간 놀라운 광경이 펼쳐집니다. 두개골에 무려
22미터 11센티에 달하는 생생한 머리카락이 달린
200년 된 유해가 모습을 드러낸 것이었습니다.
프롤로그는 이렇게 끝이 납니다.

공사 감독이 담담하게 설명을 해 주었다.
인간의 머리카락은 죽은 후에도 한 달에 1센티씩
자라기 때문에, 200년이 된 시신의 머리카락이
22미터면 지극히 평균적으로 자란 셈이라는 것이다.
그러나 내게는 그 일이 대수롭게 여겨지지 않았다.
어렸을 때 할머님이 머리카락을 웨딩드레스처럼
땅바닥에 끌고 다니던 열두 살 먹은 후작 딸에 대한
전설을 이야기해 주곤 했기 때문이다. 그 소녀는
개한테 물려 광견병에 걸려 죽었고, 많은 기적을
행하여 카리브 해 일대에서 숭배를 받았다.

나는 그날 그 무덤이 후작 딸의 것일지도 모른다는
기사를 썼고, 그런 생각이 이 책의 기원이 되었다.

가브리엘 가르시아 마르케스
카르타헤나에서, 1994

이 대목을 읽은 독자들은 가르시아 마르케스가 실제
사건에 입각해 상상의 나래를 펼친 결과물이『사랑과
다른 악마들』이라고 믿기 마련입니다. 그러나 사실
이 프롤로그는 허구입니다. 따라서 집필 동기는 진짜가
아닙니다. 작가가 대놓고 가짜 정보를 제공하다니
대체 이건 무슨 경우일까요? 그런데 이것이 바로
가르시아 마르케스로 대표되는 마술적 사실주의
특유의 기법입니다. 이를 이해하려면 먼저 '마술적
사실주의'라는 용어를 주목할 필요가 있습니다.
묘한 조합의 용어가 아닐 수 없습니다. 사실인데
마술이라니 어불성설이죠. 그래서 마술적 사실주의
작가들은 독자가 마술 같은 일을 사실처럼 받아들이게
만드는 소설적 장치를 절실하게 필요로 합니다.
쉽게 이야기하자면 구라를 쳐도 그럴싸한 구라를
쳐야 한다는 것이죠.『사랑과 다른 악마들』의 허구적
프롤로그가 바로 그런 장치에 해당합니다. 서명,
탈고 장소, 탈고 시점까지 적시하며 구구절절 집필
동기를 밝히는 글이 가짜 정보라고는 쉽게 생각할 수
없으니까요. 포인트는 프롤로그처럼 진실을 담보하는
형식을 사용한다는 점이 아니라 천연덕스러움입니다.
거짓 정보들을 나열하면서 떡하니 서명까지 하는

천연덕스러움 말입니다. 천하의 사기꾼 같은
뻔뻔스러움이 있어야 마술적 사실주의 작가로 성공할
수 있는 것 아닐까 하는 생각이 들 정도입니다.

가르시아 마르케스가 즐겨 구사하는 또 다른 마술적
사실주의 기법도 이 프롤로그에서 발견할 수 있습니다.
정확한 숫자의 사용입니다. 가령, 파묘 일화는 1949년
10월 26일에 일어났고, 시신의 머리카락 길이는 22미터
11센티였다고 서술하고 있습니다. 1949년 10월에
일어난 일이라거나 머리카락 길이가 22미터쯤 되었다고
서술하는 것과는 확연히 다른 느낌을 주죠. 정확한
숫자를 대면 사람들은 보통 정확한 근거를 지닌 이야기,
따라서 사실적인 이야기라고 믿게 되거든요.

마술적 사실주의에 대해서는 맛보기로 이 정도 하고
작품으로 들어가 보죠. 핵심 내용은 18세기의 귀족
소녀 시에르바 마리아가 악령 축출 의식에 시달리다가
죽는다는 내용의 소설입니다. 자초지종이 황당하기
짝이 없습니다. 소녀는 미친개에 물리는 바람에
광견병에 걸렸다는 의심을 받습니다. 돌팔이 의사들의
무리한 치료에 심신이 지쳐 있는데, 어느 날 주술사가
푸닥거리까지 해대자 소녀는 더 이상 참지 못하고
발악을 하며 저항합니다. 그런데 이 일 때문에 소녀가
악마에 씌었다는 소문이 돕니다. 카르타헤나 주교는
소녀를 산타 클라라 수녀원에 가두고 관찰하라는
명을 내립니다. 소녀의 음식 취향, 놀이, 언어, 장신구
등이 '요상'해서 더 의심을 삽니다. 사실은 그것이

흑인노예들의 풍습입니다. 지체 높은 후작의 딸이지만
부모의 방치로 흑인노예들이 양육하는 바람에
습득하게 된 행동양식입니다. 하지만 귀족 소녀에게
아프리카 풍습이 몸에 배었다는 사실 자체도 악마에
씌었다는 또 하나의 증거인 양 치부됩니다. 다행히
주교의 최측근으로 관찰 책무를 맡은 카예타노
델라우라라는 젊은 사제는 소녀가 악마에 쓴 것이
아니라고 판단합니다. 그러나 주교를 납득시키는
데는 실패합니다. 사제는 죄책감과 연민에 시달리고,
소녀는 기댈 사람 하나 없이 극한상황에 처해 있습니다.
그러면서 두 사람 사이에 사랑이 싹틉니다. 콜롬비아가
독립을 선언한 1811년까지도 종교재판소가 존재했을
정도로 보수적인 이 도시에서 사제가 규율을 어긴
이 사건은 악마의 꼬드김으로 규정됩니다. 주교는
사제를 한직으로 내쫓고 직접 혹독한 퇴마 의식을
집전합니다. 그리고 심신이 쇠약해진 소녀는 가련한
최후를 맞습니다.

　이 소설을 우리말로 번역하면서, 저는 주로 종교적
집착 때문에 기독교인의 관용, 인간에 대한 관용을
실천하지 못하는 우매한 군상에 주목했습니다. 특히
고귀한 지위에 있으면서도 보통 사람들과 다를 바
없이 우매한 군상에 말이지요. 가령 퇴마 의식 집행을
결정하고 나중에는 직접 집행한 주교의 경우가
대표적인 사례입니다. 주교는 원래 살라망카대학교의
저명한 신학 교수였습니다. 당시 스페인의 최고 명문
대학, 특히 신학으로 유명했던 대학이죠. 그러다가

말년에 "소돔의 타락과 우상 숭배와 식인 풍습의 위협을
받는" 신대륙 포교의 뜻을 품게 되었고, 유카탄 지방(고대
마야 문명이 번성했던 곳)의 주교로 임명됩니다. "기독교
문명의 미덕을 강제로라도 이식하고 사막에서도
능히 설교를 할 만한 전사들이" 절실하게 필요했고,
처음 사제지간이 되었을 때부터 "당대 기독교 세계를
아름답게 치장하고 있는 보기 드문 미덕"을 지녔다고
느낀 델라우라 사제에게 함께 갈 것을 종용합니다.
델라우라의 꿈은 고위 도서관장이 되는 것이었지만
스승의 뜻을 따릅니다. 그러나 주교와 델라우라는
조난을 당해 유카탄으로 가지 못하고, 우여곡절 끝에
카르타헤나에 부임하게 됩니다. 12년이 지나 73세가
된 주교는 유카탄에서 포교의 뜻을 펼치지 못한 회한,
겉으로만 개종한 척하는 이교도들, 무더위, 고령의 나이,
천식으로 삶의 목표를 잃었습니다. 제자 델라우라를
엉뚱한 곳에서 썩히지 않고 바티칸으로 보내는 것만이
유일하게 남은 소원입니다. 그때 시에르바 마리아
소문을 듣게 되었고, 전혀 적임자라고 볼 수 없는
델라우라에게 소녀 문제를 처리하라고 명합니다.
제자가 공을 세우면 바티칸으로 보낼 길이 혹시 열리지
않을까 싶어서였습니다. 주교에게 소녀의 안녕은 전혀
관심사가 아니었습니다. "음탕한 몸짓으로 바닥을
뒹굴고 우상 숭배자들의 알아들을 수 없는 언어로
짖는" 소녀가 있다는 말을 듣자마자 악마가 씌었다고
단정할 정도로 종교적 관용과는 거리가 먼 인물이었기
때문입니다. 앞서 언급했듯이, 시에르바 마리아는

주술적 치료에 너무 놀라 저항했을 뿐인데 말입니다.

　주교가 증거로 들이댄 것 중 하나가 아브레눈시우라는 인물의 개입입니다. 후작이 시에르바 마리아가 진짜 광견병에 걸렸는지, 그렇다면 어떤 치료책이 있을지 자문을 구한 의사 중 한 사람입니다. 소녀를 진찰한 아브레눈시우는 이성적인 진단을 내립니다. 광견병 징후가 전혀 없고, 미친개에게 물렸다고 다 광견병에 걸리지는 않는다고 말입니다. 하지만 자상하게 소녀를 살펴주라고 각별히 당부합니다. 뒤늦게 발병하는 사례도 있고, 발병하면 백약이 무효이니 남은 인생이라도 행복하게 해주라는 뜻에서입니다. 그런데 주교는 아브레눈시우의 연루 자체를 악마의 소행이라고 의심합니다. 아브레눈시우는 죽은 사람을 되살렸다는 의혹으로 종교재판에 회부되었다가 무죄로 풀려난 이력의 소유자입니다. 이는 유대계 포르투갈인이라는 원죄가 작용하여 뒤집어쓴 누명이었습니다. 1492년, 스페인은 8세기 동안 이베리아 반도에서 진행된 무슬림과의 전쟁에서 승리하자마자 유대인들까지 추방합니다. 일종의 성전에서 승리했으니 하나의 종교 정책을 펼친 것이 당연한 수순이었다고나 할까요.

　1497년에는 포르투갈도 유대인 추방을 단행합니다. 그런데 유대인들 중에서는 기독교로 이미 개종한 사람들도 있었고, 덕분에 추방을 면한 이들도 있었습니다. 똑같이 추방을 단행했지만, 포르투갈이 스페인보다 상대적으로 관용적이었던 모양입니다.

라틴아메리카 식민지시대 역사를 보면, 스페인이
포르투갈을 접수한 스페인―포르투갈 연합왕국
시대(1580~1640)에 라틴아메리카로 건너간 일부 유대계
포르투갈인들은 유대계 스페인인들과 달리 제법
흔적을 남겼거든요. 하지만 『사랑과 다른 악마들』의
아브레눈시우처럼 유대인이라는 굴레 때문에 늘 종교적
의혹의 대상이 되는 것은 피할 수 없었습니다.

　흥미로운 대목은 사제 델라우라와 아브레눈시우의
대화 장면입니다. 혹시나 시에르바 마리아를 구할
길이 있을까 싶어 아브레눈시우를 방문한 델라우라는
서재에서 프랑스어판 볼테르 전집과 라틴어로
번역된 그의 『철학 서간』을 발견하고 열광합니다.
아브레눈시우도 델라우라도 계몽주의에 경도된
인물이었던 것입니다. 이 장면에서 왜 하필 볼테르를
언급했을까요? 혹시 비교적 최근에 그의 『관용론』이
프랑스에서 다시 베스트셀러 순위에 올랐다는 뉴스를
접하신 분들이라면 그 이유를 짐작하실 것입니다.
프랑스 독자들이 『관용론』을 찾게 된 계기는 2015년
1월에 발생한 샤를리 에브도 테러입니다. 주간지
『샤를리 에브도』 사옥에 이슬람 원리주의자
두 명이 난입해 총기를 난사해서 22명의 사상자가
난 사건입니다. 당연히 이슬람 원리주의자들에 대한
강력한 규탄이 뒤따랐지만, 프랑스 국민 역시 스스로를
되돌아보게 되었습니다. 『샤를리 에브도』가 지나치게
반종교적인 좌파 성향의 주간지인지라, '프랑스는
톨레랑스(관용)의 나라'라는 프랑스 국민의 자부심에도

금이 갔거든요. 가르시아 마르케스 역시 무관용을
비판하기 위해 볼테르를 끌어들인 것입니다.

다만 가르시아 마르케스가 종교 문제 때문에
『사랑과 다른 악마들』을 쓴 것은 아닙니다.

이 소설을 집필할 무렵의 가르시아 마르케스는
역사가 퇴보하고 있는 것 아닌가 하는 비관적
인식을 갖고 있었습니다. 국내적으로는 정부군과
FARC(콜롬비아 무장혁명군) 사이의 갈등이 더욱 고조되어
해결의 기미가 전혀 보이지 않았습니다.

FARC은 1964년 결성된 좌파 혁명단체인데,
정부군과의 무장충돌이 내전으로 비화된 지 이미
오래였습니다. 게다가 마약 마피아들까지 극성을
부리던 시절이었죠. 1989년 베를린 장벽 붕괴 이후의
세계와 라틴아메리카에 대해서도 가르시아 마르케스는
비관적이었습니다. 냉전의 종식으로 그에게 일어난
좋은 일이라고는 1991년에 정상적인 비자를 받아
미국을 방문할 수 있었다는 점뿐이었습니다. 좌파이자
열렬한 쿠바혁명 지지자였던 탓에 무려 30년 동안
비자 발급을 거부당했거든요. 1982년 노벨문학상
수상 이후에도 그랬다니 놀라울 따름입니다. 가르시아
마르케스가 베를린 장벽 붕괴 이후의 세계에 대해
암울하게 생각한 것은 기본적으로 그의 시각과 관련이
있습니다. 그는 인류 역사는 프랑스혁명과 계몽주의 →
라틴아메리카 독립 → 소비에트혁명 → 쿠바혁명으로
이어지며 발전해 왔다고 보았습니다. 그래서 사회주의
진영의 붕괴를 역사적 퇴보로 보았습니다. 인류 역사가

240

200년 만에 처음으로 퇴보하는 장면을 목격한 셈이니 얼마나 충격이 컸겠습니까? 세계가 미쳐 돌아간다고 느꼈을 겁니다. 그래서 그가 보기에 인류 역사의 진보의 시발점에 서 있었던 볼테르를 소환한 것입니다.

누가
진짜 악마인가?

우리나라 사람들 입장에서는 가르시아 마르케스의 이런 인식이 이해되지 않을 겁니다. 소비에트혁명이나 쿠바혁명에 대한 그의 여전한 신뢰가 철지난 이념적 집착으로 보이겠죠. 그러나 라틴아메리카 좌파는 서구 좌파와 달리 반제국주의에 입각한 민족주의 노선이 주류였습니다. 쿠바혁명 지도부처럼 말입니다. 따라서 서구 진영의 승리는 가르시아 마르케스 입장에서 제국주의의 부활, 혹은 적어도 비서구에 대한 수탈 체제의 강화가 우려되는 사건이었습니다. 실제로 1990년대의 라틴아메리카, 즉 가르시아 마르케스가 『사랑과 다른 악마들』을 집필할 무렵의 라틴아메리카는 신자유주의의 실험장이 되어 다시금 서구의 다국적 기업들에 의한 경제적 종속이 심화되고 있었고요.

물론 그렇다 해도 오늘날의 시점에서 가르시아 마르케스의 시각에 전적으로 찬성하기는 어렵습니다. 그렇지만 『사랑과 다른 악마들』을 이념에 의거한 진영 논리의 산물 혹은 철지난 민족주의의 산물로만 평가할 일은 결코 아닙니다. 저는 카르타헤나를 여행하고 난 뒤

이 소설에 대한 새로운 시각을 얻게 되어 더 그런 생각이
들었습니다. 미리 결론을 이야기하자면 가르시아
마르케스가 베를린 장벽 붕괴 이후의 세계, 특히 서구의
행보를 못마땅하게 생각한 것은 좌파 이념의 산물이
아니라 '강자의 선의'를 신뢰하지 않기 때문이었습니다.

　　아무튼 카르타헤나 풍경이 제 시야를
넓혀주었습니다. 그 계기는 숙소 근처의 자그마한
광장들에 더러 있는 쿠바식 레스토랑이나 바였습니다.
쿠바 국기라든가 전통 의상, 시가, 사탕수수 칵테일
모히토 등과 어렵지 않게 조우할 수 있었습니다. 물론
어느 측면으로는 관광객을 상대로 한 상술의 일환일
겁니다. 쿠바혁명의 대의가 사라진 지 오래지만 '쿠바'는
여전히 매력적인 브랜드이거든요. 그러나 카르타헤나가
카리브 지역의 도시가 아니었다면, 그리고 실제로
카리브 도서 지역과 왕래가 잦지 않았다면 불가능했을
풍경이기도 합니다.

카르타헤나 카페의
쿠바 마케팅

　'카리브' 하면 저절로 아프리카가 연상됩니다. 이는
여러분도 마찬가지일 겁니다. 특히 카리브의 흑인계
음악에 익숙한 분들은 말입니다. 흑인계 음악이 카리브

음악의 주종을 이루게 된 이유는 간단합니다. 수많은 흑인노예가 유입된 곳이기 때문입니다. 미국보다 훨씬 더 많이요. 스페인 정복자들의 잔혹한 지배로 카리브 지역에서는 이미 식민지시대 초기에 원주민 노동력의 씨가 말랐습니다. 그런데 대규모 노동력을 필요로 하는 사탕수수 플랜테이션이 지역의 주요 산업이 되면서 아프리카 노예들을 많이 수입할 수밖에 없었습니다. 카르타헤나는 사탕수수 플랜테이션에서 주도적인 지위를 점한 적은 한 번도 없습니다. 그럼에도 불구하고 오늘날 카르타헤나의 흑인계 인구는 36퍼센트를 웃돕니다. 한때 남미 최대 규모의 노예시장이 있었던 탓입니다.

노예 매매가 이루어지던 광장에서
좌판을 벌인 흑인 여인.
뒤로 카르타헤나의 창건자
페드로 데 에레디아의 동상이 있어
묘한 아이러니를 불러 일으킨다.

식민지시대에는 카르타헤나에서 다소 떨어진 곳에 도망노예들이 만든 산바실리오라는 마을이 생겨나기도 했습니다. 브라질의 킬롱부 도스 팔마레스라는 곳 다음으로 규모가 컸던 도망노예 부락이었다고 합니다.

『사랑과 다른 악마들』은 노예 매매에 대한 언급으로 시작됩니다. 시에르바 마리아는 물라토(흑인과 백인의 혼혈) 하녀와 함께 자신의 생일잔치에 쓸 물건을 사러 나갑니다. 그런데 하녀가 노예 매매가 진행 중인 항구의 떠들썩한 소리에 혹해 소녀를 데리고 빈민가 시장을 지나게 되었고, 이때 시에르바 마리아가 미친개에게 물립니다. 그러나 한동안 후작 부부는 이 사실을 알지 못합니다. 사랑 없이 한 결혼이라 두 사람 모두 딸에게 애정이 없었습니다. 후작은 원래 정신적으로 문제가 있었고, 후작 부인 베르나르다는 메스티소(인디언과 백인의 혼혈) 가문의 여인이었는데 신분상승을 노리고 스물세 살 젊은 나이에 29년 연상의 후작과 결혼한 터였습니다. 이런 연유로 후작 부부로부터 방치된 시에르바 마리아는 흑인노예들의 손에 크게 되었고, 급기야는 잠도 노예 움막에 해먹을 걸어놓고 잘 정도에 이르렀습니다.

시에르바 마리아가 미친개에게 물린 사실을 알자 후작은 처음에는 나름대로 부성애를 발휘하여 굳은 각오로 딸을 치료할 방도를 찾습니다. 그러나 원래 심신미약 상태의 인물인지라 딸을 교회에 맡기라는 주교의 한 마디 말에 각오를 접어버립니다. 개에게 물린 지 석 달 넘게 아무 징후가 없던 딸을 주교가 지정한 수녀원에 홀라당 맡겨버립니다. 다만 죄책감이 생겨서 두문불출합니다. 특히 노예들과 생활하게 딸을 방치한 것을 천추의 한으로 생각하죠.

아이를 노예의 뜰에 아무렇게나 내버려두었다는
죄책감이 후작을 괴롭혔다. 몇 달이나 지속된 적도
있었던 딸의 침묵을 그 일 탓으로 돌렸다. 비이성적인
폭력을 분출했던 것도, 소매에 묶어 놓은 방울을
고양이에게 달아 어머니를 골려 먹던 교활함도 그
탓으로 돌렸다. 아이를 파악하는 데 최대의 걸림돌은
재미로 거짓말을 하는 버릇이었다.

과연 아버지가 맞는지 모르겠습니다. 딸의 품행을
침묵, 폭력, 교활함, 거짓말로 규정하고 있으니까요.
현상에만 매달려 본질을 놓치고 있다는 점이 더 큰
문제입니다. 가령, 방울은 어머니 베르나르다가 딸이
기척도 없이 다니는 바람에 깜짝 놀라는 일이 빈번해서
달아놓은 것입니다. 기척도 없이 다니는 습관이
몸에 밴 이유는 흑인노예들에게 배웠기 때문입니다.
노예 처지에 주인 눈에 띄어봤자 좋을 일이 없으니까
습득한 행동양식이죠. 소녀 역시 자신을 성가시게
생각하는 어머니 눈에 띄어봤자 좋을 일이 없으니
그렇게 했을 뿐이고요. 소녀가 재미로 거짓말을
한다는 것도 본질적인 이유를 간과한 판단입니다.
거짓말이 흑인노예들의 습관인 것은 맞습니다.
그러나 『사랑과 다른 악마들』에서도 적고 있듯이,
그들끼리는 습관적으로 거짓말을 해대지 않습니다.
그 습관은 주인과 노예라는 주종 관계에서 생긴
습관입니다. 주인이 언제든 무자비한 폭력을 행사할
수 있는 관계에서 필요하면 거짓말을 해서라도

순간순간을 모면하는 것이 노예 입장에서 최선의 선택
아니었을까요?

아무튼 아버지조차 딸의 품행이 나쁘다고 생각하는
판에 주교 같은 이들은 어떻게 판단했겠습니까?
아버지야 그나마 지난 일들을 아니까 흑인노예들
때문에 애를 버렸구나 싶지만, 남들은 지체 높은
백인 소녀가 흑인노예처럼 행동하는 것을 괴이하게
생각하지 않겠습니까? 그러다보니 한 발 더 나아가
이를 악마의 장난으로 여기는 사람들까지 나온
것입니다. 시에르바 마리아를 악마에 씐 소녀로 단정한
수녀원의 보고서는 다음과 같았습니다.

기록에는 소녀가 자신의 손으로 목을 딴 새끼 산양을
발기발기 찢으면서 즐거워했으며, 센 불로 조리한
고환과 눈알을 먹었다고 되어 있었다. 소녀는
아프리카의 모든 나라 사람과 의사소통이 가능하고,
심지어 아프리카인끼리보다 더 원활하게 의사소통을
하는 언어 능력이나 온갖 동물과 이야기할 수 있는
재주를 뽐냈다고 되어 있었다. 소녀가 수녀원에 온
다음 날 아침에는 20년 전부터 정원을 장식해 온
금강앵무 열한 마리가 아무런 이유 없이 죽어 나갔다.
목소리를 바꿔가며 부른 악마의 노래로 하인들을
혹하게 만들었다. 수녀원장이 자신을 찾는 것을
알았을 때는 그녀에게만 모습이 보이지 않도록 환술을
부렸다.

과장과 허위가 다분한 악의적인 보고서입니다. 마치 마술적 사실주의 작가처럼 천연덕스럽게 거짓말을 늘어놓기도 하고, 흑인노예들의 처지를 전혀 이해하지 못해 발생한 편견도 또다시 개입되어 있습니다. 허구한 날 굶주리는 노예들 처지에 산양을 잡으면 얼마나 신명났을까요? 평소에 얼마나 고기를 못 먹으면 고환과 눈알까지 앞다퉈 먹을 정도일까요? 계몽주의에 경도된 델라우라는 이 보고서를 믿지 않았고 소녀가 흑인 풍습에 물든 것뿐이라는 이성적인 의견을 주교에게 냅니다. 그러나 그를 설득할 재주는 없었습니다. 주교의 인생 경험으로는 백인 이외의 인종들은 언제든 하느님을 저버릴 종자들이기 때문입니다.

"우리뿐만 아니라 스페인 전체가 함정에 빠졌죠. 우리는 그리스도의 계율을 전파하려고 대서양을 건넜습니다. 그리고 미사와 종교행렬과 수호성인을 기리는 축제에서는 이에 성공했습니다. 그러나 영혼에 계율을 심는 데는 실패했습니다."

주교는 유카탄에 대해 말했다. 그곳에서는 이교도들의 피라미드를 은폐하려고 웅장한 성당을 지었다. 그러나 원주민들이 미사에 참석하는 이유가 그들의 성전이 은 제단 아래 계속 건재하기 때문이라는 것을 미처 깨닫지 못했다. 주교는 또한 정복 때부터 이루어진 혼혈에 대해 이야기했다. 스페인 사람의 피와 인디오의 피가 섞이고, 스페인 사람과 인디오가 각각 온갖 흑인들, 심지어

이슬람교도로 개종한 만딩고 여인들과 피를 섞었지만,
주교는 그런 공생이 신의 왕국에서도 가능할지
자문했다.

가톨릭 사제이니만큼 오직 그리스도의 계율만이
진리라고 믿는 것은 존중해야겠죠. 하지만 주교처럼
그토록 믿음이 깊은 사람이, 심지어 믿음을 인정받아
교회의 고위직까지 오른 사람으로서 구원이 아예
불가능한 종자들이 있다고 생각하다니 그의 믿음은
위선일까요? 아니면 허위의식? 그러나 주교는 지극히
평범한 사람일 뿐이었습니다. 식민지시대 초기인
16세기에 형성된, 타 인종에 대한 불신을 마치 진리인
양 200년 동안 충실하게 답습한 보통 백인 말입니다.
그렇다 해도 같은 백인, 그것도 시에르바 마리아 같은
어린 소녀, 게다가 델라우라처럼 나름대로 종교적
권위를 지닌 이까지 옹호하고 있는 소녀를 언제든지
척결 대상으로 삼다니요. 이 정도의 집단적 광기를
표출하는 것을 대체 어떻게 이해해야 할까요? 후작의
평소 행태를 보면 그 답을 구할 수 있습니다. 다음은
베르나르다 이전의 첫 부인이 사망한 후 홀로 대저택에
남게 된 후작의 행태입니다.

후작은 처음으로 조상의 음산한 저택에 홀로
남게 되었고, 잠을 자다가 노예들에게 살해될지도
모른다는 크리오요 귀족 특유의 선천적인 두려움
때문에 어둠 속에서 잠을 거의 이루지 못했다.

채광창을 들여다보는 신들린 눈이 사람 눈인지 귀신
눈인지 몰라 갑자기 잠에서 깨어나곤 했다. 후작이
발뒤꿈치를 들고 문가에 다가가 갑자기 문을 열면
열쇠 구멍으로 안을 엿보던 검둥이를 발견하곤 했다.
그러면 몸을 붙잡지 못하게 야자유를 덕지덕지 바른
벌거숭이 검둥이들이 복도를 표범처럼 성큼성큼
내달렸다. 오만 가지 두려움에 사로잡혀 혼비백산한
후작은 동이 틀 때까지 불을 밝혀 두라고 명령하고, 빈
곳을 조금씩 조금씩 점령하던 노예들을 쫓아내고는,
싸움에 능숙한 사냥개들을 처음으로 집 안에
끌어들였다.

후작이 자신의 흑인노예들에게 극도의 두려움을 품고
있다는 것을 알 수 있는 대목입니다. 이 대목의 내용만
보면 그럴 법하다 생각할 수도 있겠습니다. 오밤중에
누군가가 잠이 든 자신을 엿보면 무섭지 않을 사람이
없으니까요. 하지만 실제로 후작이 신변에 위협을 느낄
일은 아니었습니다. 세상만사가 귀찮았던 후작이 집을
돌보지 않아 생긴 일일 뿐입니다. 흑인노예들이 비좁고
더럽고 무더운 노예 움막대신 더 쾌적한 잠자리를
찾아 밤중에 주인 저택에 몰래 잠입한 것뿐이고, 몰래
잠입했으니 들키지 않으려고 주인 동태를 엿보기도
하고 소리 없이 다니는 것뿐이고, 그러다 들키면 냅다
도망치는 것뿐입니다. 그 정도로 살해 위협을 느끼는
후작이 오히려 비정상이죠.
　　그런데 이 인용문을 보면 그것은 후작만의 두려움이

가브리엘 가르시아 마르케스 ― 악마에게 관용을 묻다

아니라 식민지 백인인 크리오요, 특히 상류층인
"크리오요 귀족 특유의 선천적인 두려움"이라고
서술하고 있습니다. 흑인노예들이 잠재적 척결 대상인
동시에 잠재적 살인자인 셈입니다. 닭이 먼저일까요,
달걀이 먼저일까요? 다시 말해, 흑인노예들이 잠재적
살인자가 될 소지가 다분했기에 척결 대상으로
여겨지게 되었을까요, 아니면 흑인노예들을 평소에
척결 대상으로 여겼기 때문에 이들이 잠재적 살인자로
돌변할지도 모를 위험분자가 된 것일까요? 후작 부인의
말은 후자가 맞다고 강력하게 암시하고 있습니다.
후작 부인은 자신에게 무관심한 남편 때문에 정부를
둡니다. 그러나 정부가 술집에서 시비 끝에 사망하자,
낙담하여 방탕한 생활을 합니다. 교외에 있는
사탕수수 농장 겸 제당소에 틀어박혀 흑인노예들을
성적 노리개로 삼았습니다. 노예들이 도망노예 부락인
산바실리오로 집단 도주할 정도로 횡포가 극에
달했습니다.
도주 사실을 안 후작 부인은 그때의 심정을 "그때
내가 그들을 낫으로 쳐 죽일 수도 있는 사람이라는
것을 알았죠"라고 술회합니다. 이처럼 노예들의 생명을
언제든지 빼앗을 수 있는 주인이 있는데, 노예들이
고분고분하기를 기대할 수 있을까요?
　"크리오요 귀족 특유의 선천적인 두려움"에
대해서는 생각해 볼 점이 또 있습니다. 후작 부인의
일화에서 보듯, 흑인노예들은 폭동보다 도주를
선호합니다. 그들이 평화주의자라는 이야기를

하려는 것이 아닙니다. 아마도 폭동을 일으켜봤자 무력 수준의 차이 때문에 돌아올 것은 무차별적 진압이라는 것을 역사적으로 경험했기 때문일 겁니다. 이처럼 흑인노예들이 보통 도주라는 소극적 저항을 선택하는데도 크리오요 귀족들이 '선천적인 두려움'을 지니고 있는 것은 무엇 때문일까요? 기본적으로 식민지시대에는 식민지 백인이 지극히 소수였기 때문입니다. 어쩌다 진짜 흑인노예들이 대거 들고 일어나는 날이 오면 아무리 압도적인 무력의 우위에 있다 해도 감당하기 벅찰 테니 두려울 수밖에 없죠. 그러나 두려움의 근본 원인은 다른 데 있습니다. 후작 부인처럼, 겉으로는 고결한 척해도 자신들이 지은 죄가 크다는 것을 알게 된 사람이라면 노예들의 보복 가능성을 염두에 두지 않을 수 없었을 겁니다. 물론 대다수 백인 식민 지배자들은 자신들의 잘못을 전혀 인정하지 않았습니다. 하지만 그래도 은근히 켕기지 않았을까요? 그래서 주교나 수녀원장처럼 고작 어린 소녀의 흑인풍 '기행'에도 히스테리컬한 반응을 보이게 된 것이 아닐까요? 수녀원장의 악의적인 태도에 대해 델라우라는 평정심을 잃고 "온갖 악마에 다 씐 사람이 있다면 호세파 미란다입니다. 원한의 악마, 관용을 모르는 악마, 백치 악마"라고 저주에 가까운 비난을 늘어놓습니다. '점잖기 그지없는' 주교 앞에서요. 그리고 점잖기 그지없는 주교가 1차 퇴마 의식을 거행했을 때, 시에르바 마리아는 몰래 수녀원에 잠입한 델라우라에게 그가 악마 같았다고 말합니다.

시에르바 마리아는 예배당에서의 끔찍한 경험을
이야기해 주었다. 전쟁의 포성을 방불케 하던
성가대의 굉음, 주교의 신들린 고함 소리와 뜨거운
숨결, 격정으로 이글거리던 주교의 아름다운 초록색
눈을 언급했다.

"마치 악마 같았어요."

그렇습니다. 악마는 소녀도, 또 소녀의 '기행'을 야기한
흑인노예들도 아닙니다. 타자를 관용으로 대하지
못하는 주교나 수녀원장입니다. 그런데 그들만
문제일까요? 시에르바 마리아는 델라우라에게
도망노예 부락 산바실리오로 도망가자고 애원하게
됩니다. 수녀원 잠입이 가능하니 충분히 가능한
일이겠죠. 하지만 델라우라는 후작을 설득해 소녀가
악마에 씐 것이 아니라는 증거를 제출하게 하고,
주교의 용서와 허락을 구해 시에르바 마리아를
구출하리라고 뜻을 정합니다. 제도권 안에서 강자의
관용을 기대한 것이죠. 그래서 소녀의 애원을 들어주지
않고 달래주다가 자신만 수녀원에서 다시 몰래
빠져나갑니다. 이 장면에 카르타헤나의 흑인 성자
클라베르의 조각상이 오버랩되었습니다. 자상한
태도로 흑인노예를 대하는 듯한 그 모습 말입니다.
클라베르 성인이야말로 강자의 관용을 모범적으로
실천한 인물이겠죠. 미천한 노예들의 영혼을
구원하고자 전력을 다했으니까요. 그렇지만, 그렇게

해서 흑인노예들의 삶이 본질적으로 달라졌나요?

묻지 않을 수 없습니다. 강자의 이해를 구해야만 얻어지는 관용, 불의한 세상에 영혼만 위로해주는 것으로 그치는 관용이 과연 진정한 관용인지. 그래서 또 다른 질문을 던지게 됩니다. 혹시나 델라우라와 클라베르 성인이 더 문제가 아닐까 하는 질문 말입니다. 관용의 선결조건인 정의가 존재하지 않는 세상에서 관용만 부르짖음으로써, 마치 언제든 관용적인 처우가 가능한 세상인 것처럼 호도하는 결과를 빚었으니까요. 그래서 마지막 질문을 던지게 됩니다. 그들의 선의를 깡그리 무시하는 것은 지나친 일일 수 있겠지만, 그들이야말로 진정한 악마가 아닐까 하고요. 주교나 수녀원장처럼 겉으로 드러나는 악은 상대적으로 비판하고 바로잡기 쉽겠죠. 하지만 악이 존재하는데 악이 아닌 것처럼 은폐하는 그들의 놀라운 재주, 마술적 사실주의 기법을 연상시키는 재주야말로 신에 버금가는 능력을 지녔다는 악마의 꼬드김이 아닐까요?

가브리엘 가르시아 마르케스

Gabriel García Márquez

1927. 3. 6 ~ 2014. 4. 17

1982년 노벨문학상을 수상한 콜롬비아의 소설가이다. 라틴아메리카 소설을 세계문학의 반열에 올렸다는 평가를 받는 소위 붐 세대 작가의 일원이다. 대표작인 『백년의 고독』(1967)은 전 세계적으로 5,000만 부 이상 팔린 초대형 베스트셀러이자 스테디셀러로 세르반테스의 『돈키호테』처럼 영원히 남을 고전이라는 평가를 받고 있다. 무엇보다도 독자들을 매료시키는 스토리텔링으로 소설의 위기를 논하던 서구 문학계를 무색하게 만들었다. 또한 한 가문의 가족사를 다루면서도, 당시 콜롬비아는 물론 라틴아메리카의 신식민주의 현실을 절묘하게 압축했다는 호평도 이끌어냈다. 흔히 마술적 사실주의로 규정되는 가르시아 마르케스의 미학은 밀란 쿤데라와 존 바스 같은 서구 문인들은 물론 모옌 같은 아시아 작가들에게도 영감을 주었다. 물론 이사벨 아옌데를 위시한 무수한 라틴아메리카 문인들에게도 커다란 영향을 끼쳤다. 1990년대 세계화 국면에서는 『백년의 고독』의 허구적 무대 마콘도가 라틴아메리카에서 여전히 시의성 있는 공간인지를 두고 일대 문화 논쟁이 벌어지기도 했다. 가르시아 마르케스는 그밖에도 『아무도 대령에게 편지하지 않다』(1961), 『족장의 가을』(1975). 『예고된 죽음의 연대기』(1981), 『콜레라 시대의 사랑』(1985) 등 여러 매력적인 작품을 남겼으며, 국내에도 많은 작품이 번역, 소개되어 있다.

우석균

서울대학교 라틴아메리카연구소에서 HK교수로 재직 중이다. 동
대학 서어서문학과를 졸업하여 페루가톨릭대학교에서 히스패닉문
학을, 마드리드콤플루텐세대학교에서 중남미문학을 전공했으며
칠레대학교, 부에노스아이레스 국립대학교에서 수학하였다. 주요
저서로는 『라틴아메리카를 찾아서』, 『바람의 노래 혁명의 노래』,
『잉카 in 안데스』 등이 있으며 역서로 『부에노스아이레스의 열기』,
『네루다의 우편배달부』, 『야만스러운 탐정들』 등이 있다.

심원섭 선생님이 말하는

가난 속의 비가와 송가

이시카와 다쿠보쿠, 센게 모토마로

일본의 옛 시나 시인들을 낯설게 느끼는 분들이 많을 겁니다. 교육과정에 포함되는 일도 별로 없고, 전공자가 아니라면 접할 기회도 많지 않으니까요. 저는 제가 좋아하는 일본 시인 몇 분을 가급적 편안한 방식으로 소개드리고 싶습니다. 이 분들의 생애와 작품을 직접 맛보신 다음, 가급적이면 여러분의 마음속에 간직되어 있는 '시 지형도' 속에 이 시인들도 영입될 수 있기를 기대하고 있습니다.

오늘 소개하고자 하는 두 시인은, 메이지 시대 말기와 다이쇼 시대에 활약한 이시카와 다쿠보쿠와 센게 모토마로입니다. 이시카와 다쿠보쿠(石川啄木)는 일본 문학에 흥미가 있는 분들에게 잘 알려져 있는 이름입니다.

다른 한 사람인 센게 모토마로(千家元麿)는 비교적 낯선 이름일지도 모르겠습니다. 한국에는 연구자도, 소개된 책도 거의 없는 것으로 압니다.

이시카와 다쿠보쿠,
고집과 빈궁 속의 인생 역정

이시카와 다쿠보쿠는 일본의 국민시인이라 불리고
있습니다. 한국에서는 김소월과 문학적 관련성이
깊고, 작품의 테마나 정서 같은 것들도 꽤 유사한
부분이 있어요. 활동 시기는 메이지시대 말기입니다.
메이지시대가 끝날 무렵 다쿠보쿠도 세상을
떠났습니다. 젊은 나이인 27세에 말이죠. 많은 고생을
하다 갔습니다.

　그는 고집이 세고 사회성이 좀 부족한 사람이었다고
전해집니다. 물론 위대한 예술가들의 성격은 왜곡되어
전달되는 경우도 많지만, 그는 오만하고 고집이 센
스타일이어서 직장 생활을 제대로 하지 못했다고
하네요. 평생 가난을 호소한 것으로도 유명합니다.
빚이 1억 5천이나 됐는데 갚은 것은 1천만 원밖에
안됐다고 해요. '빚마귀'라고 불릴 정도였습니다. 벗의
증언에 의하면 꾼 돈을 유흥비로도 탕진했다고 하네요.
그러나 그 빈궁과 방탕과 고단함으로 점철되었던
인생살이 속에서 아름답고 감동적인 시편들이
수없이 탄생했으니 신기한 일이지요.
　메이지 시대 말기는 일본의 국가 권력이 자기의

악마적인 모습을 본격적으로 드러내던 시기였습니다. 번벌(정부와 국군의 각 요직을 장악한 정치 세력)독재 정부였던 메이지 정부는 나라 안에서는 근대 자본주의국가 건설을 서두르면서 나라 바깥으로는 철저히 침략을 진행해나갔습니다. 전제권력을 강화하는 데 방해가 될 만한 양심적이고 진보적인 세력들은 박멸하다시피 했습니다. 그 상징적인 사건이 1911년의 고토쿠 슈스이(幸德秋水) 처형사건인데요. 사회주의자였던 고토쿠 슈스이는 제국주의를 비판하는 논조의 글을 쓰는 기자였습니다. 이런 인물들을 잡아들인 것이죠. 20여 명을 체포해서는 그중 12명을 일거에 처형했습니다. 이시카와 다쿠보쿠는 이 메이지 말기의 공포정치 시대를 살다 간 사람입니다.

그가 동경에서 활동하던 때의 얘기를 잠시 해볼게요. 메이지 시대 중기와 말기에 문단을 지배하던 것은 낭만주의입니다.『명성明星』이라는 잡지를 중심으로 한 낭만주의 시대였죠. 이시카와 다쿠보쿠는 소년기에 문인으로 출세하겠다는 야망을 가지고 도쿄를 오르내렸어요. 신동이라고 불린 적도 있지만, 자기 자신을 과신한 면도 있는 것 같아요. 잡지『명성』의 창간인은 요사노 뎃칸(与謝野鉄幹)이라는 유명한 낭만주의 문인이었습니다.

17세 소년이었던 다쿠보쿠는 도쿄로 상경해 그를 만났어요.『명성』으로 데뷔를 하고자 했던 것이지요. 일이 뜻대로 되지 않아 그의 데뷔는 다음해로 미뤄집니다. 결핵에 걸려 잠시 낙향하기도 하구요.

요사노 뎃칸과 그 부인이자 유명한 문인인 요사노
아키코(与謝野晶子)가 다쿠보쿠를 보고 평가를 내린 적이
있어요.

이시카와 다쿠보쿠

여러분이라면 소년 다쿠보쿠를 어떻게
평가하시겠습니까? 아키코 여사는 이마가 넓고
눈빛이 맑아서 총명해 보인다고 그랬어요. 결과적으로
말하자면 그는 뛰어난 문재를 가지고 있었지만
세속적인 의미에서 그의 인생은 복이 없는 것이었다고
할 수 있을 겁니다.

이시카와 다쿠보쿠는 조동종 승려의 아들이었습니다.
일본 불교는 한국과 달라서 대처승(결혼하여 아내와
가정을 둔 승려)이 주를 이루고 있죠. 승려의 장남으로
이와테현에서 태어났습니다. 이와테현은 일본
북단의 홋카이도 아래에 있는 추운 지역입니다. 냉해
때문에 농작물 피해가 많고 주민의 삶이 곤궁한
곳이었어요. 그래서인지 작가는 많이 배출됩니다만.
다쿠보쿠는 현재의 모리오카시에 있는 작은 마을에서
출생했습니다. 3녀 1남 가정의 장남이었습니다.

다쿠보쿠는 태어날 때부터 병약했습니다. 얼굴이 창백하고 키도 작았어요. 그의 부모는 과잉 애정을 퍼부었다고 하네요. 그 탓에 오만불손하게 성장하여 평생 사회생활에 적응하지 못해 고생했다는 이야기도 있습니다.

태어난 이듬해에 시부타미촌이라는 마을로 이주하게 됩니다. 이곳에서는 이와테산이라는 명산이 잘 보이는데요. 시인이 유년시절을 보낸 이 공간은 그에게 있어서 아주 중요한 장소가 됩니다. 그의 작품 중에 향수에 젖어 고향을 노래하는 시들이 있습니다. 낯익은 강변, 버드나무, 이와테산, 그런 고향의 모습을 그리면서 울고 싶어진다고 썼지요.

응석받이로 성장한 다쿠보쿠는 모리오카에서 중학교를 다녔습니다. 그 시절에 문학을 처음 시작했습니다. 수년 후에는 당시 시단을 지배하던 잡지 『명성』에 단가를 발표하지요. 시의 천재라고 불렸어요. 정작 학교 생활에는 매우 불성실해서 컨닝을 하다가 정학을 당하기도 했습니다. 밤늦게까지 쏘다니고 책만 읽고 수업은 거의 안 받았거든요. 결국에는 학교를 자퇴합니다.

그러고는 문학으로 먹고 살겠다며 도쿄로 상경합니다. 문인들과 교류를 갖기도 합니다. 하지만 현실은 녹록지 않았습니다. 문학으로 먹고 산다는 것이 얼마나 어렵습니까. 당시는 문학청년들 중에 이런 사람들이 굉장히 많았어요. 곤궁한 생활을 나몰라라하고 글만 쓰겠다고 덤비는 사람들 말이죠.

이런 낭만주의 시대에는 시인을 굉장히 특수한 존재로
보았습니다. 시인들 스스로도 자기를 그렇게 보았고요.
그래서 일상의 모든 난관을 '초월'해서 문학만 하며
사는 것을 고귀하고 가치있는 삶이라고 보았어요.
무모하게 문학에 도전하는 문학청년들이 많았죠.
낭만주의라는 독특한 시기에 유행한 문인들의 삶의
방식이 이것이었습니다.

도쿄에 자리를 잡으려니 돈 나올 데가 있어야겠죠.
다쿠보쿠가 꿈꾸던 것은 문학 작품을 발표하고
원고료를 받아 사는 생활이었습니다. 그게 뜻대로
되지 않았죠. 결국 생활고와 당시 덮친 결핵으로
귀향을 선택합니다. 그때 다쿠보쿠의 아버지가 자신이
주지로 있던 절의 밤나무를 내다팔았어요. 그 돈을
여비 삼아 도쿄에 와 자식을 데리고 내려가는데요.
그런 것이 빌미가 되어 나중에 아버지가 파면됩니다.
그 다음부터는 극심한 생활고가 시작되었습니다.
그때 다쿠보쿠의 나이 스무 살이었습니다. 스무 살
청년에겐 가족 부양의 책임이 엄청난 무게였을 겁니다.
그 무렵 시집『동경憧憬』을 출간하고 결혼도 했습니다.
안타깝게도 첫 시집은 전혀 주목을 받지 못했습니다.

『동경憧憬』, 1905

그러다 가난 때문에 가족이 헤어지게 됩니다. 같이 있으면 몽땅 굶어죽는 수밖에 없으니 흩어져 살 방도를 마련하자는 거죠. 홋카이도의 하코다테, 오타루, 구시로 같은 지역에서 여러 직장을 전전하며 1년 남짓을 보냈는데요. 직장에 들어가면 몇 개월 있다가 싸우고 뛰쳐나오곤 했어요. 지금은 홋카이도나 이와테 지역에서 다쿠보쿠가 전전했던 지역을 여행상품화해서 홍보도 하고 외부 사람들이 탐방하러 오기도 하지요. 곤궁의 극을 달리던 사람이어서 신접살림도 벽이 까맣게 그을은 집에서 치뤘답니다.

그러다 다시 가족을 남기고 상경을 합니다. 먹고 살기도 힘들지만 어떻게든 작가로서 살아가려고 말이죠. 문학에 과도할 정도의 열망을 가지고 있었던 청년의 광기를 느낄 수가 있습니다.

이시카와 다쿠보쿠는 평생 생계와 가족 부양이라는 문제에 짓눌린 사람이었어요. 그렇다고 그 문제를 해결하기 위한 현실적인 노력을 했느냐 하면 전혀 아닙니다. 빚으로 해결하고 문학으로 도피했어요. 그를 도와준 친구들에게도 욕을 엄청 먹었어요. 궁지에 몰릴 때마다 귀인들이 나타나 도와줬습니다. 그렇게 살다가 '작가도 벌어야 사는 거구나'하고 정신을 차린 지 2년 만에 죽었어요. 생활인으로서의 작가 생활이 시작되었을 때에는 이미 폐병이 깊어져 있었고 모친과 부인까지 세 사람이 똑같이 결핵을 앓으며 죽음을 기다리는 신세가 되었죠. 비참한 얘기예요.

다쿠보쿠는 소설을 쓰기도 했습니다. 나름대로

머리를 굴린 것이죠. 긴 소설을 쓰면 원고료를
많이 받을 것이라고 생각했으니까요. 그런데
받아주는 곳이 없어서 족족 실패를 했어요. 긴다이치
교스케(金田一京助)라는 유명한 언어학자가 그의
친구였는데 헌신적으로 자금을 대주어서 연명했죠.
그런 곤궁과 자책, 실의 속에서 후대에 명작으로
남을 다량의 단가와 현대시를 창작합니다. 오늘날
일본 국민들로부터 너무나 많은 사랑을 받고 있는
작품들이죠.

낭만주의, 자연주의를 넘어

다쿠보쿠가 작품활동을 하고 있을 그 시기에
낭만주의가 서서히 저물어갑니다. 저 유명한 잡지
『명성』이 폐간됩니다. 『명성』이 폐간된다는 것은 바로
낭만주의가 종말을 고했다는 뜻입니다. 자연주의의
시대가 온 거지요. '낭만주의가 그리고 있는 것처럼
인생은 아름답지 않다. 그 이면은 추악한 것이다.'라는
것이 자연주의의 근간을 이루는 생각입니다.
    자연주의 사조의 대표작 중 하나는 다야마
가타이(田山花袋)의 소설 「이불」입니다. 어떤 작가가 자기
집에서 하숙하며 문학을 배우던 여제자가 떠난 뒤에 그
이불에 코를 박고 엉엉 우는 내용이에요. 이렇게 인간의
있는 그대로를 보여주자는 것이 자연주의였지요.
스승이 이성의 제자에게 품는 연정, 겉으로 드러내서는
안 되는 '아름답지 않은' 인간의 내면, 이런 세계를

중시하는 자연주의가 부상하던 시대였어요.
다쿠보쿠도 이 사조에 적응합니다. 그래서 그 세계가
시 속에 스며들어요. 천재적 시인의 일탈과 모험이
찬양받는 낭만주의적 공간이 아니라, 곤궁과 절망으로
가득 찬 일상과 현실이 시 속에 드러나게 됩니다.

　다쿠보쿠가 24세가 된 1909년부터 인생이 조금
펴기 시작합니다. 도쿄아사히신문의 교정계 일을 하게
되었어요. 그곳에서 다쿠보쿠는 화류계에 드나드는
방탕 생활을 하기도 했다고 하네요. 월급과 빚이 그런
데다 쓰였다는 증언이 있어요.

　취직은 했지만 여전히 빚더미 생활을 하던 중,
시골에서 가족이 상경을 해왔습니다. 가족 부양의
의무가 다시 과중해졌죠. 이 시기에 유명한 평론을
남깁니다. 「먹고 살아야 하는 시」라는 글입니다. 내용은
이렇습니다. '낭만주의 시대는 지났다. 시인도 시도
먹어야 한다.' 작가에게도 책임져야 하는 일상생활이
있다는 자각을 진지하게 하게 된 것이죠. 자신의 곤궁과
고통이 어디에서 기인하는가도 생각하게 됩니다.

　그리고 자연주의 또한 비판합니다. 이때부터
이시카와 다쿠보쿠가 일본 문학사에 본격적으로
자기의 이름을 올리기 시작합니다. 그의 자연주의
비판의 요지를 정리하면 이렇습니다. '자연, 자연하면서
인간의 추악한 내면성을 고발한다지만 정작 국가가
일으키는 문제에는 겁이 나서 시선을 피한다'는
것입니다.

　앞에서 메이지 정부가 무정부주의자 고토쿠

슈스이를 처형했다고 말씀드렸었죠. 고토쿠 슈스이는
반전(反戰)사상의 소유자였어요. 고발성 기사들을
써서 군 장성들을 실각시키거나 하면서 정권의 미움을
듬뿍 받았어요. 메이지정부는 군인들의 시대였고
핵심 권력은 육군대장들이나 퇴역한 정치 원로들이
쥐고 있었거든요. 1910년에 고토쿠 슈스이가
체포되면서부터 다쿠보쿠가 변합니다. 정부의 탄압에
대해서 목소리를 낸 것이죠. 그의 나이 25세 때였습니다.
또한 이때부터 그는 곤궁의 원인이 개인적인 잘못에
있는 것이 아니라 사회에 있다고 생각하기 시작했어요.
일본의 연구자들은 이 시기를 굉장히 중요하게
여깁니다.

다쿠보쿠는 일본의 조선 병합을 개탄하는 시를
쓰기도 했습니다. 자국이 저지른 식민지 침략의 윤리적
문제를 지적한 일본 시인은 아주 드물지요.
또 다른 평론으로는 자연주의와 탐미주의를 비판하고
사회변혁의 필요성을 주장한 「시대 폐색의 현상」이
있습니다. 그의 이름이 문단에 널리 알려지게 된 계기가
된 평론입니다.

같은 해 12월, 제1가집 『한 줌의 모래』를
출간합니다. 이것이 바로 이시카와 다쿠보쿠를 일본의
국민시인으로 만든 시집입니다. 일상생활의 비애를
솔직하게 쓴 생활시적 내용과 현대식 단가로 명성을
얻게 되지요.

이시카와 다쿠보쿠는 27세의 나이로 죽기 전 1년
동안은 사회주의 공부를 하며 자유시를 썼습니다. 그

가집『한 줌의 모래』, 1910
『슬픈 완구』, 1912

전까지는 자유시가 아니고 단가라고 하는 일본 전통
시를 썼거든요. 형식이 정해져 있어 접근하기 편하고
낭송하기도 좋은 시들이었죠. 그러다가 사회주의를
공부하면서 작법에 변화가 온 겁니다.

1912년. 다쿠보쿠는 27세가 되었습니다. 그해
3월에 모친이 폐결핵을 진단받습니다. 다쿠보쿠
본인과 부인마저 나란히 투병을 합니다. 모친이 먼저
세상을 떠나고 한 달 뒤인 4월, 병중의 부인과 부친이
지켜보는 가운데 이시카와 다쿠보쿠도 숨을 거둡니다.
다쿠보쿠가 세상을 뜨고 두 달 뒤인 6월, 제2가집
『슬픈 완구』가 출간됩니다. 이 시점에 부인은 둘째 딸을
출산하죠. 남편의 죽음 후 친정으로 돌아갔던 그녀도
다음 해인 1913년, 숨을 거두고 맙니다.

일본 문학사에서는 다쿠보쿠의 이 마지막 시기를
아주 중요하게 여깁니다. 사회주의 시와는 또
다른, 가장 빛나는 문학적 단계에 올랐던 시기라고
평가합니다. 고통의 절규와 호소. 끊임없이 떠올릴
수밖에 없는 자신의 죽음…… 한국 시인 김소월이
여기에 반했던 것 같아요. 김소월의 작품 안에도 항상
죽음의 그림자가 어른거린다고 하잖아요. 숨 막히는

시대를 살아야 했던 두 시인의 삶이 현해탄을 건너 서로
공명하고 있었던 것인지도 모르겠습니다.

현대 단가,
서정적 사회주의 시편의 세계

다쿠보쿠의 생은 짧았지만 작품의 결은
변화무쌍했습니다. 시인의 문학적 사상의 추이를
훑어보도록 하죠. 첫 번째가 낭만주의입니다.
낭만주의가 전성기를 지나 후기에 접어들 무렵에
이시카와 다쿠보쿠가 그 차에 동승했습니다. 그는
초기에 시인에 대해 세간을 초월한 이상적 의미를
부여하는 사고방식을 가지고 있었죠. 범인들을
뛰어넘는 신비한 능력을 갖고 있는 사람이라는 인식
말입니다. 서양으로 가보면 낭만주의와 상징주의
시대에 이런 사고방식이 크게 유행했었습니다.
모름지기 시인이라면 술을 퍼먹어야 하고, 보통
사람들이 거리를 두려 하는 담대하고 파격적인 삶을
살아야 한다는 그런 사고방식 있잖아요? 그 시대는
그런 것이 특히 유행했었어요.

그 다음, 그는 자연주의로 건너가서는 인생을 보다
객관적으로 보았습니다. 거기서 한 걸음 더 나아가 삶을
더욱 객관적으로 보려 하는 게 사회주의입니다. 인생과
사회 구조와의 관계에 대해 인식하면서 다쿠보쿠의
사상이 발전되어 갔다고 연구자들이 평가하는 까닭이
이 때문입니다.

우선 제1가집을 봅시다. 삶의 고통과 애환을 노래한

생활체험 시가 『한 줌의 모래』라는 시집을 가득 채우고 있습니다. 다쿠보쿠는 전통적인 시 양식인 단가를 현대적으로 재창조시켰어요. 일본 단가의 전통 리듬 양식은 5, 7, 5, 7, 7의 음수를 유지하게 되어 있는데요. 다쿠보쿠는 이 음수를 임의로 늘이거나 줄여서 썼어요. 한 작품을 하나의 행으로 길게 쓰던 것을 3행시로 바꾼 것도 그의 특징이지요. 다쿠보쿠는 이렇게 단가의 전통 형식을 현대화시키는 데 기여했다는 공적이 있습니다.

마지막으로 서정적인 사회주의 시편입니다. 이 사람의 사회주의 시편은 후일의 프로문학(프롤레타리아 문학, 계급문학)과는 약간 달라요. 개인적인 서정성이 많이 감돌거든요. 뒤에서 보겠습니다.

다쿠보쿠의 시에는 한국 문학에서는 드문 상상력이 있다는 걸 아실 수 있어요. 『한 줌의 모래』라는 제목에도 드러나지만 모래에 대해 집착을 가지고 글을 썼어요. 시적 상상력의 원천으로서 모래라는 소재는 한국인에게는 이색적인 것일지도 모른다고 생각해요. 모래를 서정적으로 바라보자면 무슨 생각이 드세요? 유원지나 해변일까요? 모래라는 것을, 죽어서 수천 년이 지나 생명도 향기도 완전히 증발해버린 어떤 서글픈 가루라고 보신 적 있나요?

고통 속에 사로잡혀 있는 사람은 뭘 보든지 간에 고통으로 그려내게 되어 있습니다. 자신의 마음 속에 평정을 이루고 있는 사람에게 세상이 평화롭게 보이듯이 말이죠.

동해 작은 섬 모래 기슭
내사 눈물 젖어
게와 얼려 노니네

사내애가 아무도 없는 백사장에서 게 한 마리와 놀고
있어요. 김소월의 시 중에 「산유화」라는 작품이 있지요.
스무 살 넘은 청년이 야산에서 새 한 마리를 바라보고
있는 내용이에요. 아름다움을 노래한 것 같지만 실은
자기의 고독을 호소하는 거거든요. 이 작품과 아주 닮아
있습니다. 시 속의 화자는 사회적 탈출구가 전혀 없어
보이는 인물이에요.

흐르는 눈물 아랑곳없이
한 줌 모래 움켜쥐던
그녀 못 잊어

과거에 애정을 주고받았던 여성을 떠올리고 있습니다.
도쿄에 와서 죽을 고생을 하며 좌절에 빠져 있자니,
큰 소리 치고 고향을 떠나온 일이 뼈아프게 생각되는
것이죠.

큰 바다를 향해 나 홀로
일곱 여드레 울겠노라 외치고
집을 나왔더니라

나는 대시인이 될 운명의 인간이노라, 이런 얘기죠. 맞는

말이긴 합니다. 우리 시인 백석도 만주에 갈 때 '시 백 편, 만 편 얻어오겠노라.' 큰소리치고 갔습니다. 막상 가서는 죽을 고생 했지만요.

> 모래 언덕 모래 위 엎드려
> 첫사랑
> 먼 아픔 떠오르는
> 이런 날

이 시는 현재 일본에서 가곡으로 불리면서 사랑받고 있는 작품입니다.

> 목숨 다한 모래의 서러움이여
> 움켜쥐니
> 스르륵
> 손가락 사이 흘러내리네.

여기서 모래가 누굽니까? 자기 자신이죠. 시인이 바깥에 대해서 이러쿵저러쿵 얘기하는 건 전부 자기 얘기라고 보시면 됩니다. 어떤 사람이 남 얘기라며 털어놓는 말은 실은 타인의 얘기가 아니라 자기 얘기라는 거 아시죠? 그러니까 자신의 인생을 '완전히 건조되어 생명성이 없어진' 무언가로 인식한 겁니다. 그의 삶이 극도의 위기와 마주하고 있었다는 것을 읽어낼 수 있죠.

화려한 아사쿠사의 밤

속 휩쓸리다
휩쓸리다 돌아온 뒤 쓸쓸함이여

타향에 와서 빚으로 살지요, 유명 문인이 되고 싶지만
쉽지 않지요, 병은 들었죠, 돈은 없죠. 그렇다고 그대로
고향에 돌아갈 수는 없어요. 고향에 송금은 고사하고
자기 입에 풀칠도 못 하고요.

큰 대자 백 개 넘게
모래 위 쓰곤
죽을 생각 내던지고 돌아 왔다네

다쿠보쿠가 얼마나 우울했는지, 시에도 죽음의
그림자가 진하게 배어있어요.

속 시원한 일거리
내게 있으라
시원히 해치우고 죽고 싶어

청년 세대의 구직난 이야기입니다. 이 사람은 꼭
고약하게 '문학 대통령'만 지망하고 있었어요. 누가
직장을 소개해줘도 몇 개월 만에 싸우고 뛰쳐나오지를
않나, 이 사람의 극심한 생활고에는 자기 탓도 많아요.

거울을 꺼내
온갖 표정 지어보았네

울기도 지쳤을 때

이런 정서의 글은 남자 시인이 쓰기 어렵다고 봐요.
섬세하게 자기를 보는 이런 부분, 재미있지 않나요?

　화가 치밀 땐
　화분 하나 깨뜨리고
　999개 연달아 깨고 죽었으면

비슷한 시 하나 더 보시죠.

　높이서 훌쩍 뛰어내리는 기분으로
　내 일생
　마칠 수 없을까

귀엽고 앙증맞은 느낌도 들지만 참 안 됐죠. 우리도
살다 보면 이럴 때 있잖아요. 인생의 굴곡이 휘몰아쳐 올
때, 충동적인 생각이 들곤 하죠.

　돈 꾸러 갔었다
　날더러 쓸모없는 글쟁이라고
　욕하는 자에게

아이러니가 느껴지는 이런 작품을 잘 썼어요.
다쿠보쿠가 현대 단가의 개척자라고도 불리는데요.
한국어로 번역하며 제가 행갈이를 새로 해서 외형이

좀 달라지긴 했지만, 그는 행을 상당히 자유롭게
운용했습니다.

> 속속들이 털어놓곤
> 뭔가 손해 본 것 같아
> 찜찜하게 친구와 헤어졌었네

일상생활에서 자주 느끼는 심리 아닌가요? 우정을 믿고
'고해성사'를 하고 난 뒤에, 손해 본 것 같아서 돌아오는
길에 후회하며 벽에 머리를 부딪기도 하죠. 이렇게 일상
속에 있는 소소한 생활 심리를 투명하게 표현하는 데
재주가 있었어요.

> 일해도 일해도
> 내 처지 변함 없네
> 물끄러미 손바닥 들여다보네

일본 사람들은 시나 가요 등에서 자기 손바닥 들여다보는
모티프를 많이 써요. 재미있는 발상입니다. 지치고
피곤할 때, 뭔가를 회상하거나 쓸쓸한 기분에 잠기는
경우가 많지요. 손바닥은 노동의 도구이자 또 우리의
인생 역정이 남아 있는 앨범 같은 것이 아니겠어요?
그것을 물끄러미 바라보는 거죠. 손가락 끝이나
손바닥은 그런 의미에서 고단한 삶의 한 상징이 됩니다.

> 친구들이 나보다 멋져 보이는 날이여

꽃 사 들고 돌아 와

아내와 노네

이 비애감 좀 보세요. 유명한 작품입니다.

어릴 적 초등학교

판자 지붕에 던졌던 그 공

지금 어찌 됐을까

바이런이나 워즈워드를 연상케 하기도 합니다. 영국
낭만주의 시에서 자주 등장하는 테마예요. 평화롭고
아름다운 유년기 추억을 다루고 있죠. 유년기가
그렇다는 건 지금은 정반대라는 뜻입니다. 다쿠보쿠의
낭만주의 시는 그 속에 자신의 고통스러운 현재가
새겨져 있다는 특징이 있어요. 절망 속에서 시에 매달려
있던 이국의 한 시인과 오늘의 우리가 언어를 통해
연결되고 있는 듯한 느낌이 듭니다. 육체는 사라졌어도
정신으로 이야기할 수 있다는 게 이런 것일 겁니다.

눈을 감아도

아무것도 안 떠올라

서글프게 눈 떠보는 이 마음

**폭력의 시대를
지켜보는 눈**

제2가집인 『슬픈 완구』에는 다쿠보쿠의 사회주의

시편들이 담겨 있습니다. 제1가집이 단가 중심이었다면
이제 형식이 완전히 자유시로 바뀌죠. 아주 귀중한
작품들인데 다쿠보쿠가 죽고 나서 공개되었습니다.
「구월 밤의 불만」이라는 시를 보시면 다쿠보쿠가
자국 국민들에 대해 부정적인 생각을 가지고 있었다는
사실이 드러납니다. 사실 다쿠보쿠가 어렸을 때에는
러일전쟁을 동경하며 군인이 되려고도 했었습니다.
빨리 출세하고픈 마음에 철없이 말이죠. 그러다
문학가로 꿈이 바뀌었습니다만.

　　어쩐지 생김새 야비한
　　이 나라 국민 수도 위 고공에
　　가을 바람 부네

　　가을 바람
　　우리 메이지 청년
　　위기를 슬퍼하는 얼굴 위 스쳐 부누나

　　지도 위
　　조선국 위 시커멓게
　　먹칠하며 듣네 가을 바람 소리

당시 일본의 조선 합병을 슬퍼하고 그것을 말세적인
위기로 느끼는 일본 청년이 몇이나 있었을까요. 시대를
바로 보고 있었던 고토쿠 슈스이 같은 지식인은 바로
처형됩니다. 수많은 일본 청년의 목숨을 담보로 조선

침략에로 대륙 침략에로, 이렇게 거대한 국가악이
거침없이 몸집을 불려가던 시대 속에서 다쿠보쿠는
미래를 그려볼 수 없었던 것입니다. 메이지 유신이라는
게 일본 젊은이들에게 자유와 민주와 공동 번영을
약속해주는 줄 알았는데 정반대라는 사실을 알았어요.
그것을 위기라고 말하고 있는 것입니다. 일본 역사가
저렇게 흘러가다가 결국 자멸을 맞게 되었으니
다쿠보쿠는 시대를 제대로 바라보고 있었다고 해도
되겠지요.

이 예민한 청년은 자신의 방종도 하나의 원인이
되었던 삶의 고통 속에서, 국제 정세가 돌아가는 모양을
예민하게 포착하는 정신을 가지고 있었습니다. 일본에
이런 시가 더 많았다면 좋았을 텐데 말입니다.

저도 옛날 유학시절에 일본 시 공부를 좀 했습니다.
시대적 양심과 역사의 흐름에 대한 식견을 가지고 있는
시인들이 얼마나 있는지 뒤져보고 번역도 해봤어요.
아주 소수였습니다. 참 실망했던 기억이 있습니다.

우리나라의 프롤레타리아 문학과 다쿠보쿠의 것을
비교하며 시를 한 편 읽어보면 좋겠습니다. 제목은
「끝없는 토론 뒤 2」입니다.

우리가 읽고 논쟁하는 일
우리의 눈동자가 반짝이는 일
50년 전 러시아 청년에 뒤지지 않네
뭘 해야 하는가 우리는 토론한다.
그러나, 주먹 불끈 쥐고 책상을 내려치며 "브 나로드!"

외치는 이 하나 없구나

우리는 우리가 뭘 구하는지 아네
또 민중이 구하는 바도 알며
우리가 뭘 해야 하는지도 아네
오십 년 전 러시아 청년보다 많은 걸 아네
그러나,
"브 나로드!" 외치는 이 하나 없구나

여기 모인 모든 이는 청년
항상 새것을 세상에 내어놓는 청년
우리는 노인이 일찍 죽고 우리가 결국 이길 것을 안다
보라! 우리 눈의 광채를, 우리의 격렬한 토론을
그래도 누구 하나 주먹 불끈 쥐고 책상을 내려치며
"브 나로드!" 외치는 이 하나 없구나

아아 양초 갈아대기 벌써 세 번째
찻종에는 하루살이가 떠 있고
젊은 여성의 열기는 변함없건만
그 눈 속 끝없는 토론 뒤의 피곤이 감돈다.
그러나 누구 하나
주먹 불끈 쥐고 책상을 내려치며
"브 나로드!" 외치는 이 하나 없구나

내부 비판이죠. 아마 1920년대쯤 한국 프로문학
시단에서 이런 시를 썼다면 그 동네에서

제명당했을지도 모릅니다. 당시 사회주의 운동이라는
게 지식인 청년들이 모여서 입과 머리로 주고받는
운동이었고 실제로 "일하자"는 사람들은 하나도
없었다는 말이에요. 실제로 일하는 사람은 없구나, 하는
탄식의 내용이었어요.

　그런데 이게 욕할 일도 아니에요. 시대가
시대였잖아요. 공포로 얼어붙은 시기, 반동은 단박에
처형하는 메이지시대 말기 아니겠어요? 이 작품에서
메이지시대 사회주의의 한계가 그대로 드러나고
있습니다. 이 이상 나아갈 수 없었던 거죠. 시대를
정확하게 목격하고 있는 젊은이들이라도 옴짝달싹할
수 없어요. 한계 속에 갇혀있는 운동, 그 내부의 세계를
잘 포착했죠.

　　친구는 낡은 가방을 열고
　　촛불 빛 어슴푸레 어지러운 바닥에
　　이런저런 책을 꺼내놓았네
　　모두 이 나라가 금(禁)한 것들이었네

　　이윽고 내 친구는 한 장의 사진을 찾아 들고는
　　"이거네."하고 내 손 위에 얹어 놓더니
　　다시 창가에 조용히 기대 앉아 휘파람을 불기
　　시작했다네
　　예쁘다곤 할 수 없는 아가씨의 사진이었네

「낡은 가방을 열고」라는 시입니다. 다쿠보쿠는　　　　280

사회주의 운동의 답답한 현실을 비판할 뿐만 아니라
이렇게 사람 냄새 풍기는 프롤레타리아 시를 썼습니다.
그에게는 자기 안의 어떤 걸 시에 집어넣는 재능이
있었습니다. 사람 냄새나는 풍경들을 섬세하게 잘
엮어서 시 한 편으로 만들어내는 능력이 있었지요.

> 내 친구는 오늘도
> 마르크스의『자본론』
> 어려워 골머리 앓고 있겠지
> 내 주위엔
> 작고 노오란 꽃잎이
> 살랑살랑
> 공연히
> 살랑살랑 떨어지고 있네

> 벌써 삼십 넘었다는
> 키가 3척밖에 안 되는 여자가
> 빨간 부채를 꽂고 춤추는 걸
> 싸구려 극장에서 본 적이 있다
> 그게 언제 적이더라

> 어쨌든 그녀는
> 우리 모임에 단 한 번 왔다간
> 그 길로 발을 끊었다
> 그녀는
> 지금 무얼 하고 있을까

「환한 오후」라는 작품입니다. 이것도 말하자면 청년
지식인들이 진행하고 있었던 사회주의 운동의 한계와
관련이 있습니다. 시에 등장하는 여자는 키가 세
척입니다. 1미터 남짓이니 아주 작죠. 메이지시대에는
싸구려 극장인 미세모노야라는 것이 있었어요.
눈에 도드라지는 신체적 장애가 있는 사람들을
전시하고 구경하는 곳이었습니다. 미국에서는 그것을
프릭쇼(Freak Show)라고 했죠. 마치 서커스 극단처럼
키가 작다든지, 다리가 세 개라든지, 등이 이상하게
굽었다든지, 종기가 많이 났다든지…… 그런 사람들을
전시했던 겁니다. 그녀야말로 그 시대의 하층 계급,
프롤레타리아 아니었겠습니까. 자신의 세 척짜리 몸에
빨간 부채를 두르고 춤추는 키 작은 여자. 근근이 입에
풀칠하고 살아가는 그녀가 사회주의 운동 그룹에
왔다가 그 길로 발을 끊었다고 합니다. 왜일까요?
그 모임에서 자기와 무관한 얘기들만 하고 있었던
탓이겠지요.

　사회주의 운동의 주역은 프롤레타리아인데, 진정으로
그이들을 위한 운동을 하고 있느냐 이겁니다. 단지
지식인들의 소비적 논쟁이 아닌가 묻고 있습니다.
그러면서도 시에 정취가 있습니다. 다신 이러지
말자, 반성하자, 큰 소리로 외치는 것도 아니에요.
다쿠보쿠다운 것이라고 할 수 있습니다.

　　나 알겠네, 테러리스트의

그 슬픈 마음을
언어와 행동으로 나눌 수 없는
외줄기 한 마음을
빼앗긴 언어 대신
행동으로 대변하려는 마음을
자기 몸을 적을 향해 내어던지는 마음을
그것은 정직하고 정열적인 이라면 누구나 안고 있는
슬픔이지

끝없는 토론 뒤
식어버린 코코아 한 숟갈 홀짝거리며
그 심심쌉싸름한 혀의 맛
알았네. 나는. 테러리스트
슬프디 슬픈 그 마음을

이 작품은 조금 씩씩하죠? 이육사의 시 일부에서도
볼 수 있는 발상법입니다. '언어와 행동으로 나눌 수
없는' 외줄기 마음. 정신과 육체가 단 하나의 목표를
위해 완전히 통일되어 목숨을 던져버릴 각오를 끝낸
상태라고 할까요. 그이가 갖고 있는 슬픔은 코코아 한
숟갈. 그것을 '심심쌉싸름하다'고 표현을 했습니다.
제가 번역했는데 이제 보니 꽤 괜찮네요. 시가 예쁘죠?
내용은 굉장히 심각한데 이시카와 다쿠보쿠답게
예쁘게 썼어요.
　문학 연구자들은 다쿠보쿠의 사회주의시 계열
작품들을 두고 그의 생애가 도달한 최고의 문학적

단계라고 평가하고 있습니다. 그런데 정작 일본 국민은 여기엔 관심이 적어서 암송도 즐기지 않고 노래로도 불리고 있지 않은 것 같아요. 제1가집『한 줌의 모래』에 실린 작품들에 비하면 말이죠. 대중은 삶의 고달픔, 고독, 절망을 호소하는 연약하디 연약한 작품들을 압도적으로 사랑했어요. 사실 우리도 그렇죠. 우리가 사랑하는 작가 김소월도 건강한 작품들이 많지만, 우리나라 사람들의 애송시는 대체로 고독을 호소하고 눈물을 쭉쭉 짜는 그런 작품들 아니겠습니까.

강연 제목인 '가난 속의 비가와 송가'에서 '비가'는 이시카와 다쿠보쿠의 시를 가리킵니다. 삶의 연약한 부분들이 담긴 슬픈 시들이 대중의 사랑을 받았음을 상기하면서 다음 작가로 넘어가보도록 하겠습니다.

센게 모토마로,
가난 속에서 인생을 예찬하다

한국에 많이 알려져 있지 않은 이 남자.

센게 모토마로

센게 모토마로입니다. 사진은 그가 세상을 뜨기

2년 전에 찍은 것인데요. 꽤 미남이죠? 용모에 귀티가
나지 않나요? 실제로 대단한 귀족 가문의 아들입니다.

1888년에 태어나 전쟁기를 겪고 1948년까지
살았습니다. 아들이 둘 있었는데 한 명은 전쟁에 나가서
죽습니다. 그가 죽기 2년 전에 부인도 죽고요. 말년은
아들하고 단출하게 살다 갑니다.

부친이 도쿄도지사를 거쳐 법무부 장관까지
했으니 권세를 떨쳤지요. 모친은 화가였습니다.
그래서 센게 모토마로는 유소년기의 대부분을
거대한 서양식 관저에서 보냈어요. 공부는 지지리도
안 했습니다. 학원은 빼먹고 가출도 하고, 골칫덩이
도련님이었습니다. 농땡이를 치면서 서민 거리인
아사쿠사에서 자주 놀았다 합니다. 지금은 관광객들로
붐비는 거리입니다만, 그때만 해도 건달들의 집합소
같은 동네였다네요.

그때 모토마로는 하이쿠와 단가 문학수업을
받았다고 합니다. 수필, 드라마 가릴 것 없이 연습을
했대요. 당시 모토마로가 교류했던 시인들은 나가요
요시로(長與善郎), 다카무라 고타로(高村光太郎) 같은
이들인데요. 이들은 실은 다이쇼시대(1911~1925)의
이상주의 문학 조류의 한가운데서 있던 사람들입니다.

다이쇼시대는 일본에서 최초로 정당정치가
시작되었던 시기예요. '다이쇼 민주주의' 시대라고도
불리지요. 산업 발전, 경제적 번영과 더불어
보통선거운동, 여성참정권 운동 등도 전개되었습니다.
문예상으로는 이상주의, 인격주의 등 이념을 내건

백화파(白樺派)가 중심에 서 있었습니다. 모토마로가
교제하고 있었던, 아니 그 자신 역시도 서 있었던 공간이
이 백화파였습니다.

이 백화파가 지향하는 세계는 정신주의적인
것입니다. 종교와 발상이 비슷해요. '세계와 인간과
물질의 근간을 이루는 것은 정신이다. 인간은
기본적으로 선하며 수양을 거쳐 이상적 경지에 도달할
수 있다'는 것이 핵심입니다. 개인의 소유물을 주변과
나누는 면에서도 적극적이었어요. 그러니 정치·경제
시스템을 바꿔 분배와 노동구조를 공평히 하자는
생각을 갖고 있었던 프로문학자들과는 큰 차이가
있었습니다.

모토마로는 25살 때 집안의 반대를 무릅쓰고 가진
것 없는 보통 여성과 결혼을 합니다. 그러곤 부인과
함께 하숙집과 셋집을 전전했어요. 이 가난한 생활이
평생 이어졌습니다. 그의 가난은 정말 유명했답니다.
오죽하면 집안으로 짐승이 드나들었다는 이야기까지
전해 오겠어요? 빈궁이라는 상황 자체만 보면
모토마로의 경우도 이시카와 다쿠보쿠 못지않았던 것
같아요.

그런데 이 사람의 시는 어땠는지 아세요? 앞서
보았던 다쿠보쿠는 슬프고 괴롭고 죽고만 싶고, 궁상
일색이었잖아요? 센게 모토마로는 그렇지 않았어요.
예외도 꽤 있었지만, 그의 다이쇼 시대의 작품 상당수는
행복으로 가득 차 있어요. 모토마로의 주변은 이 세계를
사모해 모여든 문학청년들로 북적였습니다. 귀족가문

출신이면서 극빈 생활을 보내지요. 그러면서도 꿋꿋이
문학을 지속하고 많은 작품에서 평화와 긍정의 세계를
노래하지요. 그래서 사람들이 좋아했습니다.

시인의 인생이나 작품은 상징적인 색깔로 환원할
수도 있어요. 우리나라 사람들이 사랑하는 시인, 윤동주
시의 빛깔은 어떤 것 같나요? 김소월의 시는요? 한
가지 답을 내리기는 힘들지 모르겠습니다만, 김소월은
어두운 푸른색쯤 될까요? 윤동주라면 코발트빛
밤하늘이 생각나네요. 센게 모토마로의 시는 아마도
환하고 따뜻한 황토색 계통이 아닐까 싶습니다.

제1시집 『나는 보았다』

그는 나이 서른 하나가 되어 비로소 제1시집
『나는 보았다』를 출간합니다. 이게 대히트를
했습니다. 다음 해에 제2시집 『무지개』를 출간하고
백화파의 거점이었던 잡지 『백화』에도 꾸준히 시를
발표했습니다. 그의 대표작으로 문학사에 남은
작품 대부분이 이 시기에 발표됐어요. 이후에 다이쇼
이상주의가 쇠퇴하는 시기인 쇼와시대에도 다작을
계속했습니다.

유감스럽게도 태평양전쟁 기간 중에는 전쟁에

협력하는 작품들을 쓰기도 했습니다. 정신병으로
알려진 증상 때문에 반년 정도 병원 출입을 했던 적도
있었고요. 모토마로가 58세였을 때 부인이 먼저 세상을
떠납니다. 모토마로는 그로부터 2년 뒤, 눈이 내리는
3월에 허술한 차림으로 외출했다가 폐렴에 걸려 세상을
떠납니다.

가난 속의 낙천주의와
절대 긍정의 세계

천지도 사람도 깊이 잠든

끝없는 어둠 속

어디선가 소리 없이

희미한 달빛 내려왔네

하늘나라 거인의 옷자락이

어쩌다 미끄러져 떨어진 듯

가난한 집집 지붕마다

주렁주렁 늘어져 있네

「달빛」이라는 시입니다. 이 작품의 인상은 어떤가요?
소박하다, 목가적이다, 아름답다, 천진하다, 이렇게
말하시는 분들이 많아요. 이런 시를 쓰는 사람의 마음은
어때 보입니까? 30대가 되어가는 청년의 작품인데, 전문
시인의 정신세계라고 보기에는 좀 아동스러운 데가
있잖아요. 그 천진함이 느껴졌다면 이 작품을 바로 보신
게 아닐까 싶습니다.

셴게 모토마로의 시에 새로운 예술 기법이나 세련성,
치밀함 같은 맛은 없어요. 아주 단순하고 소박하고
읽기도 편한 것이 미덕이죠. 사실 이것도 제가 번역을
하며 약간의 멋을 부린 편이고요. 원작은 더 거칠고
소박하다고 보시면 되겠습니다.

> 서둘러 돌아오다
> 날 저물고 아내를 만났다
> 이야기 주고 받다
> 아내가 등을 돌려 아이를 보인다.
> 오호, 들여다 보니
> 아내 얼굴 밑
> 포대기 속 어둠 속에 꽁꽁 둘러 매여
> 가지에 달린 과일처럼 단단하고 조그만 얼굴이
> 가만히 웃고 있다.
> 비할 데 없이 어여쁜 얼굴, 착한 얼굴이여
> 흠뻑 기분 좋은, 포만의 얼굴이여.
> 웃는 날따라 가만히 웃는다. 그 눈빛
> 영리하고 고요한 표정, 좋은 데서 만났다.
> 아이 쪽을 잠깐 잊고 있다가
> 이야기 멈춘 김에 다시 보면
> 조용히 웃으며 두 사람의 이야기를 듣고 있다.
> 엄마 얼굴 뒤, 자꾸만 깜빡 잊고 마는 작은 얼굴이여
> 그늘 속 꽃일까, 과일처럼
> 만족스러운 풍요한 얼굴
> 어여쁘고 자그맣고 야무진 얼굴

그럼 안녕, 다녀 오세요.

안녕, 웃고 있어요.

아이의 얼굴을 들여다보는 시간이 많은 여성분들이라면
공감하는 부분이 아주 많은 거예요. 남자 분들은
'이런 세계를 그린 사내도 있구나.'라는 생각이 들지도
모르겠어요. 옛날 남자분들은 어지간해선 애에 대해
공적 발언을 하는 경우가 없었잖아요. 특이하죠?
「서서 나눈 이야기」라는 작품입니다.

행복한 사람에게는 행복한 것만 보이는 법일까요.
모토마로는 찢어지게 가난하게 사는 와중에 이런 시를
썼답니다. 가장이 바깥에서 일 보고 돌아오는 길이에요.
수입이 있었는지 없었는지도 알 수 없죠. 거리로 마중을
나온 부인과 포대기에 싸여 업힌 아기. 추울까봐
포대기로 단단히 감싸인 채 어둠 속에 꽁꽁 숨어
있던 과일 같은 그 아기의 얼굴. 아비가 온 걸 보고는
얼굴을 내밀고 방긋하고 미소짓는 거예요. 가난한
생활 속에서도 이런 식으로 세상을 보는 사람이 있었던
겁니다.

모토마로는 자신의 시「시인」속에서 이렇게 말한
적이 있습니다. '이 세상에서 아름다움과 행복과
미(美)를 찾아내어 그것을 독자에게 전달하는 것이
시인의 임무다.'라고 말이지요. 이게 모토마로의
시론이고 인생론이었습니다. 과연 이 사람의 시는 그 말
그대로였죠.

포만감과 만족감에 둘러싸인 아기가 아비를

바라보며 미소지을 때의 그 얼굴. 비할 데 없는 평화와
지복(至福)의 세계가 거기 있다고 할 수 있지 않을까요?
모토마로는 아기에 대한 시를 많이 썼습니다. 애들이
커갈 때 모습, 참 대단하잖아요. 잠시도 가만히 있지
않고 뛰고 매달리고 기어오르고…… 부드럽고 유연한
몸속에서 쑥쑥 크는, 그 예쁘고 솔직하고 자유로운 생의
에너지를 사랑한 시인이 센게 모토마로입니다.

> 비가 내린다. 평안히 근심도 없이
> 하늘에서 땅에 이른다
> 행인도 없다 나 홀로다
> 등불 내건 가게들, 앉아 있는 사람들
> 영원히 그렇게 있을 듯
> 진실로 어디에 근심과 어둠이 있는가
> 길가에 선 가로등 밑
> 비는 아름답게 빛나고
> 몽롱한 엷은 어둠 세계 속으로
> 소리 없이 사라져간다.
> 평화롭다.
> 달가닥 달가닥 짐마차 한 대
> 저편으로 건너 간다.
> 참으로 고요하다.
> 소리도 없이 비가 내린다.

「비」라는 시입니다. 비오는 저녁 풍경을 바라보고 있는
시인의 마음은 평화로 가득 차 있습니다. 그는 '어디에

근심과 어둠이 있다는 말인가'라고 반문하고 있기까지
하지요. 그의 일상생활을 아는 세인의 관점에서 보자면
이 시적 정황은 경이로울 수밖에 없습니다. 어떻게
그럴 수 있을까요? 이 시인의 천성이라고밖에는
볼 수 없을 것 같아요. 가진 것이 없으면 찌들고
열등감에 시달리거나 뒤틀리기 쉬운 데 말이죠. 심지어
그는 손쉽게 소유할 수 있었던 부유한 삶도 스스로
포기했었죠. 가난을 택해 살면서도 그 속에서 맛보는
고요와 평화의 세계를 그는 계속해서 그렸습니다.

　이 강연의 제목인 '가난 속의 비가와 송가'에서
모토마로가 '송가' 쪽을 담당하고 있는 셈이라는
게 이제 밝혀지네요. 저는 모토마로의 송가를
인생에 대한 전적인 긍정의 노래, 찬가라는 의미로
썼습니다. 물론 '비가'를 노래한 위대한 시인 이시카와
다쿠보쿠에 비하면 센게 모토마로는 시적 기교는
떨어질지 모르지만, 현재의 순간을 긍정의 마음으로
바라보았습니다. 긍정을 넘어서 찬양을 했어요.
그의 인생 찬가 주변에 청년들이 모여들었던 것도 그
때문이었습니다. 이 작가, 센게 모토마로가 다이쇼기
백화파의 대표적 시인 중 한 명입니다.

　물론 다이쇼기 백화파에도 큰 문제점이 있었습니다.
잠깐 언급했습니다만 이렇게 인간 심성의 선함을
믿고 정신 수행을 통해 자신과 세상의 평화를 이룩할
수 있다고 믿던 사람들 중에는 나중에 전쟁에 적극
협력했던 사람들도 있습니다. 다카무라 고타로
같은 시인이 대표적인 예이고, 센게 모토마로 역시도

그랬습니다.

세상 돌아가는 걸 너무 몰랐던 겁니다. 세상사에는 소박한 정신주의만으로는 이해할 수 없는 부분들이 많잖아요. 경제도 정치도 알아야 되고, 사회가 굴러가는 법칙도 공부해야 하죠. 마르크스주의는 사회가 굴러가는 법칙을 명쾌하게 제시했던 이론 중 하나잖아요. 다 맞는 이야기였는지는 의문이지만요.

다쿠보쿠가 그 과정을 거쳤듯이 흔히 '사회과학적인 지식'이라 불리는 부분에 관심이 있었다면 다카무라 고타로나 센게 모토마로 같은 사람들도 세상사를 판단할 때 좀 나았을지도 몰라요. 세상 물정을 워낙 모르는 사람들이다보니, 성전(聖戰)이니 아시아 민족의 해방이니 하는 '정의로운' 표어에 홀랑 넘어가서 전쟁을 지지하고 그랬단 말이죠.

백화파에는 개인적인 선의를 계발하고 발휘해서 세상을 긍정적으로 보고 남에게 자기 것을 적극 내주는 훌륭한 면모도 있었던 반면, 위와 같이 국가 폭력의 편에 간단히 휘말려 들어간 어리석은 측면도 있었어요. 이런 것을 관념론의 약점이라고 합니다. 의외로 종교인 중에 이런 스타일의 사람들이 꽤 있어 깜짝깜짝 놀란답니다. 제가 앞서 백화파가 종교의 발상과 닮은 점이 많다고 말씀드렸죠?

센게 모토마로의 작품, 마지막으로 하나 더 봅니다. 「아침 거리」라는 시입니다.

아침 거리엔 행복이 있다

어느 집이나
일찍 일어나는 집에서는
주인이 갈퀴와 집게를 들고 나와
이슬 젖은 집 앞 흙을 쓴다
저 맑고 작은 풍경의 아름다움
낫토 팔이 소년이 뛰어간다.
낫토를 팔고 나서 학교에 가겠지
일찍 일어나는 이들은
어제의 피로도 잊고
감사한 아침 공기를 마시면서
씩씩하게 오늘의 일터로 나간다.

서민 거리의 평범한 아침 풍경입니다. 흔히 있는 소시민적 일상의 풍경이죠. 시인은 '저 맑고 작은 풍경의 아름다움'이라고 썼어요. 아무렇지도 않은 작은 일상 속에서 아름다움을 포착해내는 능력이 있는 거죠. 많은 사람들이 그를 좋아했던 이유를 역시 알 것 같아요.

만약 다쿠보쿠가 이 시기까지 살아서 '낫토 팔이 소년이 뛰어가'는 풍경을 바라보았다면, 그 속에 자신을 투영시켰겠죠. 프롤레타리아 소년이 아침부터 희망없는 노동에 시달린다고 썼을지도 몰라요. 모토마로는 이걸 그냥 서정적으로 봤어요. '낫토를 팔고 나서 학교에 가겠지.' 이것 보세요. '감사한 아침', '씩씩하게 오늘의 일터로 나간다.' 일체 갈등이 없어요. 일상생활에 대한 순진한 긍정과 밝고 건강한 정서, 이게 바로 다이쇼 이상주의가 추구한 있는 그대로의 모습 중 일부입니다.

가난 속의 낙천주의와 절대 긍정의 세계. 센게
모토마로의 작품 세계를 이렇게 정리해 볼까요?
문학적 배경은 다이쇼기 이상주의이고, 시대적 배경은
정당정치와 현대적인 도시문화가 모습을 드러내기
시작하던 때였습니다. 근대 시민사회의 가능성을 엿볼
수 있던 시기죠. 이상하게 이 사람의 인생도 시대 배경과
맞아 떨어져요.

　　센게 모토마로에 대한 평가 속에는 작품에 대한
치밀한 분석보다도 그의 인생 자체에 대한 언급이
많았습니다. 일본의 평론가들이 센게 모토마로에 대해
어떻게 평했는지 한번 보세요.

　　'낙천성과 서민성과 빈궁, 세간의 뭇 일에 연연하지
않음에서 오는 기행(奇行) 등, 귀족 계급 출신과
거리가 멀었던 모습이 지인들 사이에 전해오고 있다.
때로는 야수처럼 탈선하지만 때로 천사의 눈물을
흘리는 고귀한 인격, 귀족의 아들로 태어났으나
반생 이상을 빈민가, 그 곤궁 속에서 살면서 낙천성을
잃지 않았던 이.'

　　수많은 일본 시인 중에 두 사람을 골라서 보여드린
저의 의도가 보이시지요? 비슷한 환경 속에 있었다고 볼
수도 있지만 인생과 사회, 또 자신을 바라보는 태도가
판이한 시인 두 사람입니다. 가난과 독재와 전쟁이
일상을 지배하던 근대 일본의 어느 시절, 시도 인생도
판이했던 이런 시인들이 역사에 남아 우리의 인생을
다시 한 번 돌아보게 만들어주는군요.

이시카와 다쿠보쿠

石川啄木

1886. 2. 20 ~ 1912. 4. 13

일본의 시인, 가인(歌人). 메이지 시대 말기에 삶의 애환과 시대적 고뇌를 노래한 명편들을 발표하여 일본의 국민시인으로 추앙받고 있다. 1886년 일본 이와테현에서 태어났다. 낭만주의 시로 출발을 하였으나 평생을 궁핍과 생활고, 결핵 투병, 메이지 전제정부의 폭력정치를 겪으며 보냈다. 좌절, 비애, 울분, 시대적 고뇌를 담은 생활시 형의 단가와 현대시를 발표하여 주목을 받았으며 많은 작품이 작곡되어 일본 국민의 사랑을 받고 있다. 전통 단가의 형식을 현대화시켰다는 문학사적 평가도 함께 받고 있다.

가집(歌集) 『한 줌의 모래』(1910), 『슬픈 완구』(1912)가 대표시집이다. 메이지 전제정치의 폭력성을 고발한 평론 「시대 폐색의 현상」(1910)도 당대를 대표하는 문학평론으로서 널리 알려져 있다.

센게 모토마로
千家元麿

1888. 6. 8 ~ 1948. 3. 14

일본의 시인. 다이쇼(大正) 시대 백화파(白樺派)를 대표하는 시인 중
한 사람이다.

1888년 도쿄에서 태어났다. 부유한 귀족 가문 출신이었으나 학업
에 무관심하고 서민 거리에서 유흥을 즐기는 한량 소년으로 성장했
다. 다이쇼기 이상주의를 대변하는 문학 유파인 백화파에 가세하
여 『나는 보았다』(1918), 『무지개』(1919) 등 20여 권에 달하는 시
집을 출간했다. 다쿠보쿠처럼 궁핍한 생활을 보냈으면서도 서민적
일상에 대한 애정과 낙천적 세계관을 담은 작품들을 발표하여 독
자들의 사랑을 받았으며 백화파 이상주의를 대표하는 시인으로 자
리하고 있다.

강연자 **심원섭**

일본 독쿄(獨協)대학 언어문화학과 특임교수. 한국현대시 및 한일 비교문학 전공. 저서에『원본이육사전집』(집문당, 1986),『한일 문학의 관계론적 연구』(국학자료원, 1998),『사진판윤동주자필 시고전집』(민음사, 1999),『김종한전집』(녹음서방, 2005),『일본 유학생문인들의 대정 · 소화 체험』(소명, 2009),『아베 미츠이에 와 조선』(소명, 2017) 등이 있다. 역서에『일본근대사상사』(문학 과지성사, 1991),『김사량평전』(문학과지성사, 2000),『사에구 사교수의 한국문학 연구』(베틀북, 2000) 등이 있다. 한일 대역 에 세이집『감춰둔 이야기』(NHK출판, 2011)도 있다.

우석균 선생님이 말하는

우리의 현실은 경이롭다

알레호 카르펜티에르

오늘 저는 조금 낯선 문학에 대해서,
그리고 여러분이 잘 모를 한 사람에 대해서
얘기하려고 합니다. 쿠바의
알레호 카르펜티에르라는 작가입니다.
작가로서 뛰어났을 뿐만 아니라 역사와
음악에도 조예가 깊었고, 문학 이론가로서도
한 시대를 풍미한 사람입니다. 하지만
아쉽게도 국내에 번역된 작품이 거의 없습니다.
그래서 『지구적 세계문학』 4호에 제가
기고했던 카르펜티에르 특집, 특히
그가 남긴 문학론 두 편을 가지고 강연을
진행하고자 합니다.

우리의
두 가지 쿠바

우리에게 쿠바는 아직 멀기만 한 나라입니다.
미수교국이어서 우리나라 사람들이 가려면 캐나다나
멕시코를 경유해야 합니다. 미국을 경유해서는
못 들어가는데, 미국과 쿠바가 서로 적대 국가이기
때문이죠. 쿠바 여행 기록이 있으면 미국 입국 시 골치가
아픕니다. 그래서 쿠바 정부에서 여권에 아무것도
안 찍어줍니다. 비자도 그냥 현금을 내면 구입할 수
있는데, 여권과 함께 지니고 있다가 출국할 때 쓰고
버리면 됩니다.

　　쿠바에 대해 사람들은 대개 두 가지 고정관념을
갖고 있습니다. 문학용어로는 오리엔탈리즘이라고
얘기하죠. 이를테면 아랍 사람들은 첩을 많이 거느리고
있다, 무지하다, 광신도다, 이런 식의 관념을 말합니다.
쿠바에 대해서도 오리엔탈리즘을 방불케 하는
시각이 존재합니다. 서구뿐 아니라 우리나라에서노
그렇습니다. '쿠바'하면 떠올리는 이미지는 보통 두
가지입니다. 하나는 혁명의 땅이라는 이미지입니다.
체 게바라로 상징되는 쿠바 혁명을 떠올리곤 하죠.
　　또 하나는 에메랄드빛 바다입니다. 해변의 야자수

밑에서 휴양하는 파라다이스 같은 곳을 머릿속에
그리곤 합니다. 사실 쿠바에 처음 발을 디딘
서양인이었던 콜럼버스도 자신의 항해기에 쿠바를
파라다이스 같은 곳이라고 묘사한 바 있습니다.

한편 쿠바에 대해 상반된 두 가지 시각도 존재합니다.
하나는 미국이 쿠바를 괴롭히고 있다는 시각입니다.
쿠바 혁명이 1959년에 일어나고 얼마 지나지 않아
경제봉쇄에 들어갔는데, 이게 아직 안 풀렸습니다.
오히려 점점 더 강화돼서 1994년 미국에서는 쿠바하고
거래를 하는 외국 기업에게도 불이익을 주는 법이
생기기도 했습니다. 이와는 반대로 쿠바는 피델
카스트로 같은 괴물이 통치하는 곳, 민주화되지 않은
공산국가라는 상반된 시각도 존재합니다. 우리나라
사람들 또한, 어쨌든 쿠바는 공산주의 국가니까 굉장히
폐쇄적일 거라고 생각합니다. 실제로 쿠바는 어떤
곳일까요? 잘 모르시는 분들이 많으리라 생각하기
때문에 문학을 얘기하기에 앞서 쿠바에 대해 얘기를
좀 해보겠습니다.

쿠바는 유럽과 아프리카 문화가 교차하는
지점입니다. 쿠바에도 원주민들이 있었지만 스페인
사람들이 정착한 지 얼마 안 돼서 완전히 멸족이
되었습니다. 그래서 스페인 사람들은 쿠바 식민지배를
위해 아프리카에서 흑인들을 끌고 와 노동력으로
이용했습니다.

페르난도 오르티스라는 사람이 있는데요. 쿠바의
유명한 민속학자이자 인류학자입니다. 1940년대에

『쿠바:담배와 설탕의 대위법』이라는 책을 쓰게 되는데,
'담배와 설탕의 대위법'이라는 말은 곧 서로 다른 두
문화가 만났다는 뜻입니다. 담배는 뭘까요. 콜럼버스가
1차 항해 때 쿠바에 왔다가, 스페인으로 돌아갈 때
가져간 게 담배입니다. 그게 전 세계로 퍼지게 되었죠.
그리고 콜럼버스는 그 다음 2차 항해 때 다시 쿠바에
가면서 유럽에서 사탕수수를 가져갑니다. 그래서
쿠바를 담배와 설탕이 만나는 곳이라고 정의했습니다.
쿠바 역사를 돌이켜보면 전통적으로 담배 농사를 짓는
지역과 사탕수수 농사를 짓기 시작한 지역 사이에
뚜렷한 문화적 차이가 있었습니다. 그런데 세월이
지나면서 두 문화가 서서히 섞여가며 하나의 새로운
문화, 이른바 쿠바 문화로 탄생하게 되었습니다.
오르티스의 책은 바로 그 과정을 추적한 저서입니다.

　아무튼 쿠바인들은 자신들의 문화가 라틴아메리카
땅에서 아프리카 문화와 유럽 문화가 만난 문화, 3개
대륙에 걸친 문화라는 자부심을 가지고 있습니다.
그렇기 때문에 자신들을 코스모폴리탄(세계인)이라고
생각하고요. 실제로 1960~70년대까지만 해도 그런
흔적을 뚜렷이 볼 수 있었습니다.

　또 다른 역사적 배경을 얘기해볼게요. 식민지
시대에 쿠바는 스페인과 라틴아메리카를 잇는
거점이었습니다. 그러나 스페인이 라틴아메리카를
식민지로 만든 뒤 얼마 안돼서 제해권을 상실하게
됩니다. 그래서 영국, 프랑스, 네덜란드 해적이
카리브해에 많이 출몰했습니다. 프랜시스 드레이크를

비롯해 유명한 해적들이 있었죠. 단독으로 항해하면
모조리 해적한테 밥이 되곤 했기에 스페인에서는
대책을 마련했습니다. 바로 대선단 시스템입니다.
본국과 식민지를 오가는 상선과 화물선을 한데 모아
출항시키고 군함들을 붙이는 시스템입니다. 쿠바의
아바나는 이 대선단의 주요 귀착지들 중 하나였습니다.
그러니까 문물이 많이 오고 간 나라가 된 것이죠.

　　쿠바는 다른 스페인어권 식민지와 달리 독립이
늦습니다. 다른 나라들은 거의 19세기 초에 독립을
하거든요. 그러나 쿠바는 1898년에서야 해방이 됩니다.
스페인이 거의 마지막으로 가지고 있던 식민지들이
쿠바, 푸에르토리코, 필리핀, 하와이, 괌, 아프리카 일부
등이었습니다. 그중에서 경제적으로 가장 중요한 곳이
쿠바였고, 따라서 19세기 스페인에게는 가장 중요한
식민지였죠. 그러다 보니 스페인과 쿠바의 관계는
굉장히 밀착되어 있었습니다.

　　또 한편으로 쿠바는 미국과도 긴밀한 경제적 관계를
지니고 있었습니다. 사탕수수 농업과 설탕 산업 등을
중심으로 미국인의 쿠바 투자가 활발했기 때문입니다.
그 덕분에 섬인데도 불구하고 굉장히 개방적인
분위기였습니다. 사실 좋은 의미의 개방이라곤 볼 수
없죠. 강대국들이 쿠바를 착취하는 구조였으니까요.
어쨌든 이 개방성은 쿠바가 공산화된 다음에도
일정 부분 그 흔적을 남겼습니다. 당연히 문학에도
흔적을 남겼고요. 쿠바 문학에는 굉장히 범세계적인
분위기가 있습니다. 그 대표적인 작가가 바로 알레호

카르펜티에르입니다.

혁명가들의 쿠바,
쿠바의 문학가

잠시 쿠바의 역사를 짚어보겠습니다. 쿠바는 1898년
해방됩니다. 미군정이 들어서고요. 1902년에 쿠바
정권이 수립됩니다. 그러나 쿠바 제헌헌법에 미국이
개입하여 소위 플랫 수정안(Platt Amendment)이라
일컫는 독소 조항이 삽입됩니다. 우리나라로 치면
을사늑약으로 생각하시면 될 것 같습니다. 미국이
쿠바를 독립국가로 만들어주는 척하면서 자기네들이
쿠바를 실질적으로 지배할 수 있는 장치를 만들어 놓은
겁니다.

쿠바는 1925년부터 1933년까지 헤라르도 마차도의
독재를, 또 1940년부터 1958년 사이에는 풀헨시오
바티스타의 독재를 두 차례 겪습니다. 모두 미국이
심어놓거나 지지한 인물들이어서, 쿠바는 사실상 미국
식민지가 된 겁니다. 이 바티스타 독재를 청산하는
데 중요한 인물이 피델 카스트로인데요. 어떻게
그렇게까지 무모할 수 있나 싶은 인물이었습니다.
1953년에 정부군 병영을 습격하는데, 불과 160명의
인원을 이끌고 무기도 변변찮은 상태에서 몽둥이 같은
걸 들고 쳐들어갑니다. 당연히 궤멸되어 죽거나 감옥에
가죠. 고문도 당하고요. 재판에 넘겨지는데, 이게 너무
황당한 시위였던 바람에 여론이 너그럽습니다. 철없는
것들이 한 짓인데 쟤네들을 벌주면 곤란하지 않냐, 이런

식으로 여론이 형성됩니다. 피델 카스트로는 석방이
되죠. 대신에 국외 추방되어 멕시코로 건너갑니다.
멕시코로 간 카스트로가 뭘 했을까요. 그때부터 다시
혁명을 준비합니다.

그리고 1956년 11월 그란마라는 요트를 타고 쿠바로
다시 잠입합니다. 요트가 크면 얼마나 컸겠습니까?
고작 82명의 혁명군이 독재정권을 거꾸러뜨리겠다고
나섰으니 아주 황당한 일이죠. 그나마 작전도 누설돼서
상륙하자마자 기습을 당해 거의 다 죽거나 포로로
잡힙니다. 그 난국을 겨우 벗어나 산 속으로 도망치는
데 성공한 사람은 겨우 12명이었습니다. 그런데 결과는
창대했습니다. 바로 이 12명이 점점 세를 규합해 마침내
1959년 1월 1일 혁명을 성공시켰습니다.

제가 아까 쿠바 문학계의 대표적인 인물이 알레호
카르펜티에르라고 말씀드렸습니다. 카르펜티에르는
피델 카스트로의 지지자였습니다. 혁명 지지자였죠.
카스트로 정부에서 공직자로도 지냈고요.

카르펜티에르의 아버지는 프랑스 사람이고 어머니는
러시아계였습니다. 쿠바에서 태어났고 청소년기는
프랑스에서 보냅니다. 파리지앵이죠. 대학교는
쿠바에서 다녔습니다. 대학생 시절에 독재에 항거해서
시위를 일으켰다가 구속되기도 합니다. 마차도 독재
시절이었습니다. 출옥 후에는 프랑스로 갑니다.

프랑스에서 카르펜티에르는 앙드레 브르통을
비롯해 당대 초현실주의 예술가들과 가까이 지냅니다.
그가 워낙 똑똑한 사람이라서 프랑스 예술인들도

상당히 호기심 어린 시선으로 주목했다고 합니다.
일단 프랑스어가 유창하다는 이유도 있었겠지만요.
그러다가 1930년에 쿠바에 귀국했고, 1940년대에는
베네수엘라에도 몇 년 거주합니다. 그 후에는 다시
쿠바에 주로 머물렀고요.

마술적 사실주의와
경이로운 현실

혹시 '마술적 사실주의'라는 문학 경향에 대해
들어보셨는지 모르겠습니다. 대표적 작가로는
콜롬비아의 가브리엘 가르시아 마르케스를 꼽습니다.
1982년 노벨문학상을 받았죠. 『100년의 고독』이라는
소설을 읽으신 분이 꽤 있을 겁니다. 그런데
'마술적 사실주의'와 유사한 점이 있는 '경이로운
현실'이라는 개념도 존재합니다. 라틴아메리카
문학 연구자들은 '마술적 사실주의'와 '경이로운
현실'이 같냐 다르냐를 두고 수십 년이나 논쟁을
벌이기도 했습니다. 라틴아메리카 문학의 특징으로
'경이로운 현실'의 존재를 주장한 사람이 바로 알레호
카르펜티에르입니다.

  사실 '경이로운 현실'은 초현실주의에서
비롯되었습니다. 다들 아시겠지만 초현실주의는
프로이트가 논하는 의식과 무의식의 관계에서
영감을 얻어 현실을 넘어서는 초현실에 주목할
것을 주장하였습니다. 그리고 이들이 말하는
'경이로운 현실'이 일종의 초현실입니다. 그런데

카르펜티에르는 초현실주의 예술가들이 형상화하는 경이로운 현실은 작위적인 것, 머릿속에서 나온 것에 불과하다고 비판합니다. 반면 라틴아메리카는 현실 자체가 경이롭기 때문에 진정한 경이로운 현실이 담긴 작품들이 탄생할 수밖에 없다고 주장합니다. 현실에 뿌리를 두고 있기 때문에 머릿속에서 만들어낸 관념과는 다르다는 것이죠. '라틴아메리카 문학이 훨씬 더 낫다'는 선언을 한 셈입니다. 대단한 자신감이죠?

좀 더 정확히 말하자면 자신감이라기보다 '라틴아메리카 문학의 독립 선언'입니다. 대부분의 라틴아메리카 국가는 19세기 초에 독립을 하게 됩니다. 그러나 대체로 현지에 이민 가서 몇 세대를 산 식민지 백인이 본토 백인을 상대로 독립을 쟁취한 겁니다. 즉, 미국이 영국을 상대로 독립을 쟁취한 것과 유사한 역사적 사건입니다. 하지만 차이점도 큽니다. 미국은 원래 그 땅에 살던 인디언을 말살시키는 정책을 펼쳤습니다. 그렇기 때문에 지배층인 앵글로색슨족들끼리 민족 문학을 만들고 정부를 만들면 끝입니다. 하지만 쿠바를 비롯한 라틴아메리카 국가들은 서로 다른 인종들이 섞여 살죠. 백인, 원주민, 흑인, 각종 혼혈인이 다 섞여 삽니다. 그 상황에서 민족 문학을 만드는 게 힘들죠. 민족 문학이라는 것 자체가 어불성설일 수도 있고요.

그렇기에 19세기 초에 독립을 쟁취했어도 민족 문학이라고 부를 수 있을 만한, 적어도 '라틴아메리카 특유의 문학'이라고 부를 만한 것이 형성되기까지 시간이 오래 걸립니다. 19세기 말의 몇몇 시인들이 라틴아메리카 문학의 선조로서 존경을 받고 있습니다. 그리고 소설은, 1920년대에 들어서서야 독자적이면서도 미학적으로 뛰어난 작품들이 나오기 시작합니다. 그리고 1930~40년대쯤 되어야 외국에서도 인정받을 만한, 소위 명작이 나오기 시작합니다. 그리고 1960년대가 되면 서구 소설보다 오히려 라틴아메리카 소설이 더 훌륭하다는 평가를 받기도 하고요.

라틴아메리카 문학, 진짜가 나타났다

다시 알레호 카르펜티에르로 되돌아가보죠. 그의 글 중에 카르펜티에르가 생각하는 '경이로운 현실'에 대해 잘 요약되어 있는 「아메리카의 경이로운 현실에 대하여」라는 글이 있습니다. 라틴아메리카 문학 이론에서도 굉장히 중요한 글입니다.

그가 이 글을 쓴 시점은 1940년대입니다. 당시로서는 정말 대담하고 선구적인 주장이 담긴 글이었습니다. 라틴아메리카의 지식인들이 나서서 "우리 문학이 서구 문학보다 낫다."라고 주장한 사례는 거의 없었으니까요. 그가 쓴 중편소설 『지상의 왕국』의 서문이 「아메리카의 경이로운 현실에 대하여」의 앞부분에 해당합니다.

도입부는 중국 얘기부터 시작합니다. 카르펜티에르의 중국 여행 경험담입니다. 그 당시에 중국을 여행했다는 점에서 그의 넓은 식견을 짐작해볼 수도 있겠습니다.

내용은 이렇습니다. 중국을 여행할 때는 너무나 좋았다. 그런데 중국 문화를 너무 몰라서 모든 게 낯설었고, 그 점이 안타까웠다. 중국 문화에 대해 더 깊이 알아보고 싶은 생각은 굴뚝같지만, 언제 그 많은 한자를 깨칠 것인가? 언제 중국 관련 책들을 다 읽어서 중국을 제대로 이해할 수 있을까? 이런 얘기를 하고 있습니다. 이슬람에 관한 얘기도 똑같습니다. 이슬람 세계에 갔더니 역시 좋았다. 찬란한 문화유산에 많은 감명을 받았다. 그런데 아랍어는 글자도 읽기 힘들 정도이다. 내가 언제 저걸 배워서 언제 책을 읽으며, 진짜 아랍 세계를 이해할 수 있을까? 안타깝지만 능력 밖이다. 그러나 러시아나 루마니아를 여행하면서는 다른 느낌을 받았다고 토로합니다. 그나마 유럽이라 친숙하고 비교적 이해가 쉽다고 말입니다.

　이어서 아이티 여행 얘기가 나옵니다. 여기서부터 중요합니다. 『지상의 왕국』이 바로 아이티 독립 전후를 시대 배경으로 쓴 중편 소설인데, 아이티는 라틴아메리카 국가 중 유일하게 흑인계가 프랑스 본토 백인을 상대로 독립을 쟁취한 나라입니다. 독립 전의 아이티는 프랑스가 가장 아끼는 식민지였습니다. 세계 제1의 사탕수수 경작지요 설탕 생산지였기 때문입니다. 프랑스 사람들이 아이티를 두고 영국 식민지인 인도하고도 안 바꾼다고 했을 정도입니다.

　카르펜티에르는 1943년, 아이티 여행을 했습니다. 그리고 그곳에서 자기 문학론의 토대가 되는 경험을 하게 됩니다. 아까 얘기했듯이 중국이나 이슬람은 너무

딴 세상이었고, 감탄할 만한 것은 많았지만 어쨌든
그로서는 이해하기 힘들었습니다. 반면 라틴아메리카
땅을 여행하면서는 자기 몸에, 자기 무의식 속에
새겨져 있던 감각이 깨어나는 경험을 한 겁니다. 쿠바
출신이잖아요. '맞아, 이거야. 이게 정말 내가 사는
곳이야. 라틴아메리카 역사가 그렇지. 아이티도 그렇고
쿠바도 그래. 나는 이제 서양 문학을 할 것이 아니라
라틴아메리카 문학을, 쿠바 문학을 해야겠다.' 생각하게
됩니다.

> 아이티의 그윽한 매력을 느끼고, 중부 고원의
> 불그스름한 길에서 마술적 계시를 받고, 아이티인의
> 의식에 쓰이는 페트로와 라다의 북소리를 듣고 난
> 후, 나는 막 체험한 경이로운 현실과 지난 30여 년
> 동안 부질없이 경이로움을 창조하려던 초현실주의와
> 비교하게 되었다.

아이티에서 왜 감동을 느끼는지 자기 자신도 몰랐지만,
뭔가 신들린 것 같은 느낌을 받았다는 거예요. 사실
쿠바 사람이니까 아이티는 엄연한 타국이거든요.
그런데도 아이티라는 땅과 자신이 한 몸처럼 느껴졌고,
자기를 막 부르는 것 같다는 느낌을 받습니다.
　　여기서 경이로운 현실이라는 개념에 대한 재해석이
등장합니다. 자기가 프랑스에 도착한 순간부터
30여 년 동안 체험했던 초현실주의 문학하고 얼마나
다른 예술적 경험인지를 느꼈다는 그런 얘기입니다.

알레호 카르펜티에르 ― 우리의 현실은 경이롭다

아까 카르펜티에르가 초현실주의 작가인 앙드레 브르통하고 친했다고 말씀드렸죠? 프랑스에서 카르펜티에르는 초현실주의 문학에 관심을 가지고 많이 기웃거렸습니다. 그걸 자기 작품에도 적용했고요. 그런데 그런 작업을 할 때에는 못 느꼈던 걸 아이티 여행에서 느꼈다는 겁니다. 이런 걸 소재로 글을 쓴다면, 초현실주의 문학이 아니라 진짜 '나의 문학'을 할 수 있겠다는 생각을 합니다.

> 우산과 재봉틀이 해부대 위에 우연히 같이 놓여있는 진부한 사기극, 족제비 같은 수저를 만들어내는 모터, 비 내리는 택시 속의 달팽이, 어느 미망인의 국부에 들어선 사자 머리 따위를 볼 수 있다……. 그러나 억지로 경이로움을 자아내려다 보니 관료주의에 빠져버리고 만다. 꿀처럼 녹아내리는 시계, 재봉사의 마네킹, 어정쩡한 남근 조형물 등등 그림을 허접쓰레기로 만드는 상투적 공식 때문에 경이로움은 해부대 위의 우산, 가재, 재봉틀 따위 혹은 처량한 방 안, 바위 사막 등에 그친다.

초현실주의에 대한 비판이 보이죠. 저런 식의 소재들이 초현실주의 문학이나 미술에서 빈번하거든요. 여기서 초현실주의에 대해 설명을 조금 하고 가는 게 좋겠습니다. 초현실주의, 직역하면 현실을 초월한다는 뜻이잖아요. 무엇에 대한 비판으로서 초현실주의가 등장했을까요? 바로 사실주의, 리얼리즘에 대한 비판입니다.

초현실주의자들은 묻습니다. 인간이 눈으로 보는
현실이 진짜 현실이냐, 마음의 눈으로 보는 게 진짜
현실이냐. 18세기, 19세기의 사실주의 작가들은 모든
걸 눈으로 보고 옮길 수 있다고 믿었던 사람들입니다.
반면에 초현실주의자들은 눈은 믿을 것이 못 된다는
입장이죠. 예를 들어 똑같은 대상을 목격한 사람들이
자신이 본 것을 각자 다르게 묘사하는 경우도
흔하잖아요. 그러니 내가 또 네가 눈으로 보는 건
가짜 현실일 수도 있다, 이렇게 생각을 한 겁니다.
사실주의 전통과는 완전히 정반대의 발상이죠. 그래서
초현실주의자들은 늘 현실과 전혀 닮지 않은 것들을
찾습니다. 이들은 현실 속에서는 볼 수 없고 마음의
눈으로 읽어낸 것들이 오히려 진짜 현실이라는 주장을
펼치게 됩니다.

'꿀처럼 녹아내리는 시계'에서 퍼뜩 떠오르는 그림이
있을 겁니다. 살바도르 달리의 「기억의 지속」이죠.
이 그림을 해석하는 방식은 다양합니다. 그중 이런
것도 있습니다. 우리는 시계에서 무엇을 떠올리나요?
시간관념. 스케줄. 시간 약속을 잘 지키자. 이런 것들이
자동적으로 연상되지 않습니까? 그런데 한번
생각해보세요. 우리가 언제부터 그렇게 시간 약속을
잘 지켰나요? 불과 몇십 년 전까지만 해도 코리안
타임이라는 말이 있었습니다. 미국 사람들이 만들어낸
말이죠. 한국에서 3시에 만나자는 약속을 잡으면
3시 반쯤 가면 된다. 이것이 흥처럼 되어버렸던 것인데,

과연 누가 만든 누구의 기준이냐는 겁니다. 사실 시간 약속을 잘 지켜야 한다는 것 자체가 생긴 지 얼마 안 된 개념입니다. 서구 사회에서도 100년이나 되었을까요? 인류가 시간을 칼처럼 지키지 않고 살아온 세월이 훨씬 긴 겁니다. 그러니 시간이라는 건, 초 단위로 나누어지는 것보다 부정확한 편이 더 현실적이지 않느냐는 반론을 제기할 수 있다는 거죠. 그것이 흘러내리는 시계로서 표현되었다는 것이 「기억의 지속」에 대한 한 가지 해석입니다. 이런 것들이 프랑스에서 카르펜티에르가 체험했던 초현실주의이고요.

카르펜티에르가 서구 초현실주의를 비판하면서도 자신 있게 추천하는 쿠바의 초현실주의 예술가가 있습니다. 위프레도 람이라는 작가인데, 물라토와 중국인 혼혈인 화가입니다. 람은 자기만의 독특한 화풍을 가진 예술가였습니다.

살바도르 달리의 작품이 현실에서 볼 수 없는 기괴한 풍경을 그리고 있다면, 위프레도 람은 조금 다릅니다. 그의 1943년 작품 「밀림La Selva」은 아주 논쟁적인 그림입니다. 무엇을 그린 것인지 아시겠어요? 사탕수수입니다. 사탕수수의 외형에 오묘한 변화를 준 거죠.

유럽의 초현실주의가 자기 머릿속에 있는 자기만의 현실을 그리고 있다면 위프레도 람은 어디까지나 현실을 바탕으로 변형시켰다는 것이 카르펜티에르의 시각입니다. 초현실주의의 경이로운 현실이 지적인 유희에 불과하다면, 아메리카의 경이로운 현실에는 지적인 유희에 더해진 현실이 있다는 것입니다.

그렇다면 뭐가 더 대단하냐는 거죠. 지적인 유희만 있는
예술이냐, 거기다 현실까지 가미된 예술이냐, 이겁니다.

원래 서구인들은 비서구 예술에 서구 예술과 유사한
점이 있으면 서구 것을 베꼈다고 폄하하고, 차이점을
발견하면 최근 예술 트렌드도 모른다고 구박합니다.
그런데 카르펜티에르가 나서서 우리 것이 더 낫다고
선언한 겁니다. 그렇게 한다는 자체가 엄청난 용기인
거죠. 그리고 카르펜티에르처럼 선언으로 그치지 않고
문학 작품을 쓰면서, 미술 평론을 하면서, 문학 이론을
만들어 나가면서 이를 증명하고자 끈질기게 노력한
사례는 결코 많지 않습니다.

초현실주의는 눈으로 보는 현실, 그따위 것 잊어라.
경이로운 현실을 창조해야 한다, 이렇게 주장을 합니다.
그런데 카르펜티에르는 너희 것은 말만 경이로운
현실이지 전혀 경이롭지 않다. 우리 아메리카의 것이
훨씬 경이로운 현실이다, 이렇게 주장을 합니다.

「아메리카의 경이로운 현실에 대하여」에는 이런
내용이 나옵니다.

> 자유를 염원하는 수천 명의 사람들이 막캉달의 변신
> 능력을 믿던 땅을 나는 밟고 있었다. 그 집단적 믿음은
> 막캉달이 처형된 날 기적을 일구어낼 정도였다.

막캉달이 누구냐면 『지상의 왕국』의 주요 인물 중
하나입니다. 실존 인물을 모델로 했고요. 노예 출신으로

대주주들에 대항해 반란을 일으킨 바 있습니다.
백인들한테 막대한 피해를 입히면서도 잘 도망
다니다가 어느 날 잡혀서 화형을 당합니다. 그런데
막캉달이 죽은 뒤 사람들 사이에 소문이 돌기
시작합니다. 막캉달은 죽은 것이 아니고 화형되기
직전에 나비로 변신해서 날아갔다고 말입니다.

　사실 말이 안 되는 얘기겠죠? 말이 안 되는 얘긴데,
사람들이 들고 일어납니다. 막캉달, 그 신적인 인물이
우리를 도와줄 것이다, 이렇게 믿습니다. 그러니
우리를 핍박하는 백인 대주주들을 쫓아내자고
봉기를 감행하는 용기를 보입니다. 그들은 막캉달을
연호합니다. 우리는 두렵지 않다, 설령 백인들에게
맞아죽더라도 우리는 막캉달처럼 영생을 얻을 것이다,
이런 마음을 담아서 말입니다. 막캉달에 대한 믿음
덕분에 현실 속의 흑인들이 용기를 얻어 백인들에게
대항하게 되었으니, 이게 얼마나 경이로운 현실이냐고
카르펜티에르는 주장하고 있는 것입니다.

**풍요로운 혼란
그리고 상상력**

카르펜티에르의 주장을 정리해보면 이렇습니다.
첫째는 라틴아메리카의 사람들이 너무 경이롭다. 두
번째는 라틴아메리카의 자연이 경이롭다. 세 번째는
라틴아메리카의 역사가 경이롭다. 인간, 자연, 역사가
모두 경이로우니 라틴아메리카의 현실이 어찌 경이롭지
않을 수 있냐는 게 카르펜티에르의 결론입니다. 역사가

경이롭다는 주장의 근거가 재밌습니다. 정복자들이
라틴아메리카라는 땅에만 오면 머리가 어떻게 돼가지고
영원한 젊음의 샘을 찾아다니질 않나, 황금의 도시를
찾아다니질 않나, 그랬다는 겁니다. 유럽에서는
멀쩡하게 이성적인 사고를 하던 사람이 이 땅에만 오면
이상한 짓을 하는 예를 하나 들어볼까요?

　여러분들도 '엘도라도'라는 말을 많이 들어보셨을
거예요. 황금의 땅이라는 의미를 지닌 엘도라도는
지금의 콜롬비아 땅 어느 곳에서 유래한 말입니다.
그곳 부족은 자기네들이 모시는 신한테 제천의식을
지낼 때 배를 타고 호수에 나가 제사장 몸에 황금
물을 뿌렸다고 합니다. 그 얘기가 스페인 사람들
귀에 들어갑니다. 얼마나 황금이 많으면 사람 몸에도
덕지덕지 금칠을 하겠는가, 그렇게 생각을 했겠죠.
그래서 엘도라도 탐험대를 조직합니다. 스페인 사람들
몇백 명과 짐꾼, 원주민 안내인들을 비롯한 수천 명이
에콰도르에서 출발해서 콜롬비아, 브라질까지 샅샅이
뒤졌습니다. 황금의 땅을 못 찾은 건 당연하고요.
실로 흥미로운 역사죠.

　민속춤에 대한 얘기도 나옵니다. 우리에게도 고유한
민속춤이 있죠. 예를 들면 굿을 할 때의 춤사위를 보면
기분이 묘해지잖아요. 진짜 신이 강림하는 건가, 의심도
갖지만 한편으로는 뭔가 있긴 있는 것 같다는 느낌을
받을 수도 있죠. 흑인이나 원주민 춤을 보면 바로
그런 느낌이 든다는 겁니다.

　그런데 서양의 춤, 예를 들면 왈츠 같은 걸 보고 그런

생각이 날까요? 신과 교접하는 몸짓하고는 너무나
거리가 멀죠. 합리화된 서구 사회의 춤은 그냥 춤일 뿐
종교적인 요소는 이미 탈색되어버렸습니다.

카르펜티에르는 거기에 큰 차이가 있다고 말합니다.
둘 중 어떤 게 더 대단하냐는 거죠. 옛날에는 유럽
사람들이 라틴아메리카의 춤을 보면서 '에이, 미신이네'
그랬겠죠? 무속신앙 그거 미개함의 증거잖아, 그랬을
수도 있고요. 그런데 카르펜티에르는 이렇게 말합니다.
영적인 요소와 유희적 요소 다 들어있는 게 우리 춤이고
당신들 춤은 그냥 유희를 위한 것일 뿐이잖아. 딴따라
춤에 불과하잖아.

카르펜티에르는 라틴아메리카가 이렇게 경이로워질
수밖에 없었던 이유 중 하나로 혼혈을 들기도 합니다.
백인, 흑인, 원주민, 백인과 원주민 혼혈인 메스티소,
백인과 흑인 혼혈인 물라토, 그밖에도 수많은 종류의
혼혈인들이 존재합니다. 인종이 다양하다는 것은
한 곳에서 백인 문화, 아프리카 문화, 원주민 문화,
그리고 중간 집단들이 만들어내는 혼합된 문화가
무궁무진하다는 뜻입니다. 그리고 그 무궁무진한
것들이 다 예술의 원천이 될 수 있다는 것이
카르펜티에르의 시각이죠. 백인 사회처럼 단조로운
곳에서 예술적 상상력은 협소할 수밖에 없는 반면,
다양한 인종이 혼재된 라틴아메리카는 더 풍요로운
상상력을 가지고 있으며, 따라서 문학 작품 또한 더욱
경이롭다는 주장입니다.

정리하자면 '마술적 사실주의'라는 건 결국 사회가

근대화되어가는 과정에서 사람들이 겪었던 혼란이
반영된 예술입니다. '마술'하고 '사실'은 반대말이죠.
충돌하는 개념입니다. 마술은 비현실적이고 놀라운
일이죠. 사실은 진짜 일어나는 일이고요. 이 두 가지
반대 개념이 합쳐져서 문학 이론이 될 수 있었던 이유는,
근대화의 과정에서 사람들에게 찾아온 가치관의
혼란과 깊은 관련이 있습니다. 전통적인 세계관을 따를
것인가, 근대적인 세계관을 따를 것인가.

근대화의 과정을 거친 사람들은 그 두 가지가 자기
의식구조에 같이 있는 거예요. 현재 라틴 아메리카의
젊은 작가들은 도시에서 자란 사람들이라 이들의
감성과는 큰 차이가 있어요. 못 따라간다기보다
감수성 자체가 다르죠. 카르펜티에르 같은 '경이로운
현실'이 되풀이 되지 말란 법은 없지만, 도시에서
자라난 사람들이 그런 것을 포착하기는 매우 어려울 것
같습니다. 그러나 역사 속으로 퇴장했다고 해도
그 가치가 사라졌다는 말은 아닙니다.

'경이로운 현실'을
담아낼 그릇

카르펜티에르의 또 다른 문학론 중 중요한 것이
'바로크와 경이로운 현실'입니다.
1975년에 베네수엘라에서 했던 강연이 최종판입니다.
카르펜티에르는 '경이로운 현실'을 담아낼 최적의
문학 형식은 무엇일까? 하고 오랫동안 고민했습니다.
형식 측면에서도 초현실주의와는 아예 결별하고

싶었던 겁니다.

서양 철학이나 예술론에서는 인간을 두 종류로 구분하곤 합니다. 아폴론 타입과 디오니소스 타입인데요. 아폴론은 이성적인 사람, 디오니소스는 감성적이고 본능에 충실한 사람을 대표하지요. 너무 비약적인 이분법이죠? 19세기와 20세기에는 영국, 독일, 프랑스처럼 잘 사는 나라의 예술론들이 강세였거든요. 그 예술론이 말하는 바는 이겁니다. 수많은 예술양식이 있어왔지만 두 가지로 요약할 수 있다. 고전주의적 예술과 낭만주의적 예술이다. 고전주의가 바로 아폴론적인 예술입니다. 차분하고 정적이고 합리적인 예술이죠. 반대로 감정적이고 본능적인 예술인 낭만주의는 디오니소스적 예술이겠죠. 당연하지만 이런 얘기는 고전주의와 낭만주의가 득세했던 나라들이 하는 말입니다.

그래서 스페인의 경우에는 맞지 않는 이론일 수밖에 없습니다. 스페인은 낭만주의가 다른 나라보다 늦었고 매우 짧았습니다. 그러니까 스페인으로서는 '모든 문화예술은 고전주의이거나 낭만주의다'라는 명제에 동의할 수 없겠죠. 그래서 스페인 사람들은 이렇게 얘기합니다. 모든 예술은 고전주의이거나 바로크다. 바로크가 스페인 문예사조의 대표격인 데다가 인간의 본능과 감정에 충실한 예술이기 때문에 낭만주의를 바로크로 대체한 겁니다.

스페인에서는 고전주의와 바로크주의가 섞인 측면이 있습니다. 엘 에스코리알이라는 궁전을 보면

엘 에스코리알

알 수 있습니다. 마드리드에서 한두 시간 거리에
있는데, 16세기에 스페인이 최전성기를 누릴 때 지어진
궁전입니다. 1588년 무적함대의 패배로 국운이 꺾일
때까지 스페인은 카를로스 1세와 그 아들인 펠리페 2세
치하에서 전성기를 누렸습니다.

　카를로스 1세는 1517년에 스페인 국왕이 됩니다.
그의 일생을 보면 왕후장상의 씨가 따로 있다는
생각이 들 정도입니다. 카를로스는 스페인 혈통도
물려받았지만 기본적으로 합스부르크 왕가의
일원이었습니다. 그래서 죽을 때까지 스페인어도 잘
못했습니다. 아무 것도 모르고 뛰어 놀던 어린 시절에
일찌감치 왕국을 물려받습니다. 오늘날의 네덜란드
지방을 8살 때 말입니다. 그 다음에는 유럽에서 가장
상징적인 권위가 있는 신성로마제국의 황제 자리에
오르게 됩니다. 자기가 애를 썼다기보다 그를 미는
사람들이 뒤에서 공작도 하고 매수도 하면서, 황제의
후계자 선출 투표에서 이기게 만듭니다. 그래서
독일 땅, 오스트리아 땅, 네덜란드가 다 그의 것이
됩니다. 그 다음에는 스페인 군주가 됩니다. 스페인에서

나고 자란 사람도 아닌데, 왕실에서 대가 끊긴
스페인이 여기저기서 후계자를 물색하다가 찾아서
즉위시킨 겁니다.

　스페인 군주가 된다는 건 신대륙 발견 이후의 그 넓은
영토를 다 차지하게 된다는 것을 뜻합니다. 그런데
카를로스 1세에서 펠리페 2세까지, 최전성기를 살았던
이 왕들은 굉장히 독실한 가톨릭 신자들이었습니다.
한창 신대륙의 막대한 부가 쏟아져 들어오는
상황이어서 흥청망청 살았을 것 같지만 오히려
검소했습니다. 일도 너무 열심히 했고요. 펠리페 2세의
아버지인 카를로스 1세는 심지어 죽기도 전에 자리를
물려줍니다. '나 이제 힘들어, 그만할래. 기도나 하면서
살래.', 그러면서 수도원에 들어가죠.

　펠리페 2세도 워낙 독실한 신자여서 자기 궁전을 마치
성당처럼 짓습니다. 이것을 누구는 고전주의 양식이라
말하고 누구는 바로크 양식이라고 얘기합니다. 사실
바로크라는 이름을 공유하는 서로 다른 두 가지
바로크가 존재하거든요. 그중 한 개의 바로크는
이 스페인 국왕들의 심리 같은 겁니다. 바로크의
전 단계인 르네상스 시대에는 예술 작품들이 삶을
예찬하고 인간의 육체를 예찬했죠. 그래서
다비드상이나 비너스상을 보면 다들 건강미가
넘치잖아요. 인간에 대한 믿음이 굉장히 고양되고
삶에 대한 낙관적인 믿음이 팽배했던 시절이었습니다.
그런데 바로크 시대가 되면 그런 믿음들이 실종됩니다.

　인간의 삶이라는 건 내세의 전 단계일 뿐이고,

내세에서 영생을 얻으려면 신을 열심히 믿고 착하게
살아야 한다는 겁니다. 르네상스 시대의 왕과
귀족들이 그렇게 놀아댔지만 결국 뭐가 남았느냐,
놀아봤자다라는 거죠. 이런 식의 심리가 바로크의
한 종류입니다. 그래서 왕궁도 수도원처럼 지어놓고
그 안에 성인(聖人)이나 자기네 선조들의 흩어진
유골들을 모아놓고 기리는 펠리페 2세 같은 사람도
생겨났습니다.

베르니니,
「성 테레사의 환희」

　　바로크가 양면적이었다는 사실을 짐작할 수
있는 또 다른 사례가 있습니다. 이탈리아 작품이긴
하지만 바로크의 대표적인 조각품인 「성 테레사의
환희」입니다. 성 테레사라는 수녀의 얼굴 표정을 한번
보시기 바랍니다. 신을 영접하고 느끼는 경건한 환희로
이해해야 할지, 기쁨에 겨워 성적인 열락까지 느끼는
발칙한 환희로 봐야 할지 의견이 구구합니다. 그런데 그
시대에는 이 두 가지가 하나일 수 있었습니다.
　　한쪽에는 펠리페 2세처럼 내세를 위해 아주 경건하게

사는 사람이 있고, 한쪽에는 염세주의가 극단적으로
진행돼서 '내세라고 다를 수 있을까?', '순간순간
즐기는 게 더 낫지 않을까?' 하는 사람도 있었듯이
말합니다. '카르페 디엠'으로 명명되는 심리, 즉 진짜
즐거워서 즐기는 게 아니라, 현실에서도 내세에서도
인간은 슬프게도 유한한 존재이니 기회가 있을 때 실컷
즐기자는 심리입니다.

　그 시기의 건축물들을 보면 장식들이 현란하고
굉장히 세밀합니다. 벽 하나 만드는 데 1년이 걸리기도
했습니다. 바로크의 이런 심리를 보통 빈 공간에 대한
공포라고 정의합니다. 아마 그런 분들 있을 거예요.
뭔가 화나고 억울한 일이 생기면 배가 안 고픈데도
먹을 것을 찾는 사람이요. 마음이 허한데
배까지 고프면 짜증나니까요. 그런 심리라고 보시면
돼요. 염세주의적이라서 오히려 장식과 수사가
화려해지는 거죠.

　앞서 바로크의 양면성을 논했지만, 사실 기본은
염세주의입니다. 그걸 표출하는 방식이 다를 뿐입니다.
한 쪽은 엘 에스코리알 궁전처럼 경건함의 극치를
보여주고, 또 한쪽은 현란하기 짝이 없는 장식에
몰두하여 세상의 고난을 잠시 잊으려 한 것입니다.

　식민지 시대 라틴아메리카 예술의 절정도
바로크였습니다. 그래서 오늘날의 멕시코, 에콰도르,
페루, 볼리비아 등 여러 나라에 사진 속 성당과 유사한
바로크 풍 성당이 많이 건축되었습니다. 사진 속
성당은 포토시라는 아주 유명한 광산 도시에 있는 산

산 로렌소 성당

로렌소 성당입니다. 포토시는 1545년에 인류 역사상
제일 큰 은광산이 발견되면서 그 뒤로 150년 동안 온갖
영화를 다 누린 도시입니다. 식민지 시대에 지어진
교회만 해도 서른여섯 개에 이르렀고, 전성기 때 인구는
16만 명이었습니다. 비슷한 시기에 서유럽 최대 도시
베네치아가 인구 10만이었고 파리나 런던은 5~6만
수준이었으니 내로라하던 도시들을 능가했던 셈이죠.
800명 이상의 도박사들이 들끓었던 도시이기도 합니다.
　자. 그런데 광산에 누가 투입되었겠습니까.
당연히 원주민들이겠죠. 소유주에 따라 다르긴 했지만,
악랄한 주인들은 노동자들을 월요일 아침에 광산에
투입해서 일요일 아침에야 꺼내줬다고 합니다. 일요일
아침에는 왜 꺼내줬느냐. 명목상 교회에 보내줘야
하니까요. 스페인 사람들이 아메리카를 정복한 명분이
가톨릭 포교였기 때문입니다.
　이런 참담한 삶을 살아야 했던 원주민들이었으니
삶에 대해서 비관적일 수밖에 없었겠죠. 성당 설계는
스페인 사람이 했지만 실제 건축에 투입되는 건

원주민들이었습니다. 원주민들의 우울한 마음과
스페인에서 건너온 바로크의 염세주의하고 맞아떨어진
것입니다. 원주민들은 고통을 잊으라고 공들이고
공들여서 조각합니다. 딴 곳에 간다고 더 나은 삶을 살
수도 없으니까요. 물론 그중에서도 개종한 원주민들은
내세의 약속을 믿고 성심껏 건축에 임했을 수도 있고요.
어쨌든 그 덕분에 라틴아메리카 식민지 시대의 바로크
건축물들은 스페인의 그것과 비교해도 전혀 손색이
없는 예술품으로 탄생할 수 있었습니다.

　카르펜티에르가 말하고 싶었던 건, 라틴아메리카
문화는 스페인 문화, 원주민 문화, 아프리카 문화가
혼종이 된 문화인데, 스페인 문화에서는 바로크 양식이
가장 결정적인 영향을 끼쳤다는 점입니다. 바로크가
라틴아메리카에 전파될 때 라틴아메리카 사람들의
심리 상태가 바로크를 받아들이기에 적합했고, 덕분에
아까 보셨던 성당처럼 현란한 장식미를 갖춘 건축물도
탄생하지 않았겠습니까? 그래서 카르펜티에르는
라틴아메리카의 경이로운 현실을 잘 담을 수 있는
최적의 예술 형식은 바로크라고 말합니다.

　그렇다면 문학은 어떨까요? 적어도 쿠바에서는
바로크 문학, 바로크 소설이 강세를 보였습니다.
카르펜티에르뿐만 아니라 바로크 작가로 분류되는
문인들이 꽤 많습니다. 그렇다고 해서 모두가
카르펜티에르의 영향을 받은 것은 아닙니다.
저마다 바로크에 경도되었고, 각각의 방식으로
바로크 예술론을 주장합니다. 다만 쿠바를 제외한

다른 라틴아메리카 국가에서는 바로크가 최적의
라틴아메리카 문학 형식이라는 주장이 그다지 큰
지지를 얻지는 못했습니다. '경이로운 현실'이라는
카르펜티에르의 명제는 공유했지만요.

번역될 수 없으므로
빛나는 말들

참 안타까운 얘기지만, 소위 바로크 작가로 분류되는
문인들의 작품은 번역이 쉽지 않습니다. 일단 사용하는
어휘부터 현란하고 어렵습니다. 문장은 독해조차
버거울 정도로 난해하고요. 제가 한국에서 학부만
졸업하고 페루에 유학을 갔었습니다. 대학교 4년 동안
스페인어를 배우면 뭐 얼마나 배웠겠습니까. 그런데
어느 강좌에서 소설 일곱 권의 독해를 요구했고, 그중
두 권이 바로크 작가들의 소설이었습니다. 한 권은
카르펜티에르의 『빛의 세기』라는 작품이었습니다.
프랑스혁명 이후의 카리브해를 배경으로 한 소설인데
300페이지가 넘었습니다. 다른 한 권은 마찬가지로
쿠바의 대문호인 호세 레사마 리마의 『파라다이스』로
무려 600페이지가 넘는 소설이었습니다. 작품들을
읽기 시작하자마자 앞이 캄캄해졌습니다. 한 페이지를
읽는데 끝도 없이 사전을 뒤져야만 했거든요. 비록
제가 스페인어 실력이 모자라긴 했지만 그래도 다른
작품들은 그 정도는 아니었어요. 바로크 문학은 그렇게
현란하고 장식적이었습니다. 바로크 건축이 그렇듯이
말이죠.

알레호 카르펜티에르 — 우리의 현실은 경이롭다

때문에 바로크 작가의 작품을 번역하는 일은 엄청난 도전일 수밖에 없습니다. 번역된 작품이 별로 없는 요인 중 하나가 그 때문이 아닐까 싶습니다. 그래도 『지구적 세계문학』4호에 카르펜티에르의 「산티아고 순례길」이 번역되어 있고, 『지상의 왕국』과 『잃어버린 발자국』도 번역이 진행 중입니다. 레사마 리마의 『파라다이스』도 번역이 추진 중이라고 하고요. 읽어보시면 평소에 읽는 문학과는 다른 현란함, 언어와 사유의 향연을 느끼실 수 있을 겁니다. 아무쪼록 이 작품들이 어서 출간되어 한국 독자들이 또 다른 종류의 라틴아메리카 소설을 향유할 날이 빨리 오기를 바랍니다.

알레호 카르펜티에르
Alejo Carpentier

1904. 12. 26 ~ 1980. 4. 24

쿠바의 소설가. 문학 비평과 역사, 음악 등 다양한 분야에서도 명성이 높았다. 프랑스인 건축가인 아버지와 러시아계 어머니 사이에서 태어났다. 출생지는 스위스였으나 쿠바에 대한 관심이 높았던 아버지 덕에 가족이 이주하면서 쿠바에서 성장했고 파리에서도 고등학교 교육을 받았다. 1920년대의 카르펜티에르는, 1898년 독립하였음에도 불구하고 총체적 난국에서 벗어나지 못하고 있던 쿠바 현실에 대단히 비판적인 열혈 청년이었다. 1923년부터 좌파 성향의 소수자 그룹(Grupo Minorista)의 일원이었고, 1927년 문학 동인지 『전진Avance』을 주도적으로 창간하여 쿠바에 전위주의의 씨앗을 뿌렸다. 급기야는 반정부 인사 혐의를 받고 투옥되었다. 출옥 후인 1928년 파리로 도피하여 1939년까지 머물면서 앙드레 브르통 등 초현실주의자들과 교류하였다. 그러나 점차 라틴아메리카를 담은 문학을 하고 싶다는 생각을 간절히 하게 되었다. 그리고 1943년 아이티 여행에서 경험한 '아메리카의 경이로운 현실'에서 결정적인 영감을 얻었다. 1945년부터는 베네수엘라에서 거주하다가 1959년 쿠바혁명이 성공하자 영구 귀국하였다. 이후 소설가로서는 물론이고 쿠바의 문화 정책과 국제 외교에도 커다란 족적을 남겼다. 외교관으로 파리에 주재하던 중 사망하였다. 주요 작품으로는 『지상의 왕국El reino de este mundo』(1949), 『잃어버린 발자취 Los pasos perdidos』(1953), 『빛의 세기El siglo de las luces』(1956), 『바로크 콘서트Concierto barroco』(1974) 등이 있다.

지상의 왕국

El reino de este mundo

1949

주인공 티 노엘은 흑인 노예로, 흑인이 백인보다 더 우월하지 않을까 하는 막연한 의문을 품는다. 그의 즐거움 중 하나는 역시 노예인 막캉달이 들려주는 아프리카 영웅들에 관한 신화적 이야기다. 그러던 어느 날 막캉달은 사탕수수 압착기에 한쪽 팔이 이지러진다. 주인은 그에게 목동 일밖에 시킬 것이 없게 되었고, 막캉달은 비교적 자유롭게 돌아다닐 수 있는 틈을 타서 갖가지 비기(祕技)를 습득하고 다른 농장들의 노예들을 규합해 독극물로 백인 지주들을 괴롭힌다. 막캉달은 동물 등으로 변신하면서 도망다니지만 마침내 붙잡혀 화형을 당한다. 하지만 흑인 노예들 사이에서는 그가 처형 순간 하늘로 비상했다는 믿음이 퍼진다. 한편 티 노엘의 삶은 독립 전후 아이티의 질곡의 역사와 함께 부침을 겪는다. 피난을 떠난 주인을 따라 쿠바에 거주하기도 하고, 해방노예가 되어 아이티로 돌아오지만 흑인 독재자 앙리 크리스토프의 요새 건축에 징발되어 흑인이 흑인을 착취하는 부당한 경험을 겪게 된다. 독재자의 실각 후에는 물라토들이 권력을 휘두르는 것에 아연실색한다. 이미 노인이 된 티 노엘은 젊은 날의 기억, 특히 막캉달에 대한 기억이 간절해진다. 그리고 막캉달처럼 동물로 변신하면서 부당한 억압들을 피해 나간다. 막캉달의 변신이 흑인 노예들과의 연대를 위한 것이었다면 티 노엘의 변신은 지극히 개인적인 차원의 것이었다. 궁극적으로 티 노엘은 이 지상의 왕국, 즉 인간 세계에서 인간은 끊임없이 자기 자신을 극복하기 위한 노력을 하는 데에 존재 이유가 있다는 깨달음을 얻는다.

우리의 세계는 문학으로
넓어질 수 있다

선생님들이 말하는 세계문학을 읽는 맛

누가 문학 작품을 쓰는가? 하고 싶은 이야기가 절실하게 있는
사람들이다. 그 이야기가 처절할수록 반향을 불러일으킬
가능성이 높다. 라틴아메리카 문학이 1960년대 세계문학의
반열에 오를 수 있었던 것은 라틴아메리카가 처한 신식민주의적
현실에 대한 적나라한 육성 증언으로 세계인의 심금을 울렸기
때문이다. 육성 증언은 계속되고 있다. 이번에는 내부식민
현실에서 벗어나지 못하고 있는 선주민, 흑인계, 라티노 들의
차례이다. 이처럼 라틴아메리카 문학 작품을 읽는다는 것은
이래저래 소수자들의 이야기를 듣는 일이다. 그 이야기들을
새겨들을 수 있다면 우리가 사는 곳은 더 좋은 세계가 될 것이다.
― 우 석 균

가면을 쓰며 살고 있는 우리, 정상인가요? 분석심리학에서는
인간의 본성과 구별되는 것으로 현실과의 관계 속에서 필요한
외적 인격, 즉 페르소나에 주목한다. 페르소나는 '가면'이라는
그리스 어원에서 나온 말이다. 다시 말해 우리는 자신의 본성과는
별개로 각자 필요한 페르소나를 가지고 있는 셈이다. 인생을
살다보면 페르소나가 자신의 진짜 얼굴이 되고 만다. 우리는
가면을 쓴 채 잠을 자고, 연애를 하며, 술을 마신다. 간혹 자신의
진짜 얼굴이 궁금하기도 하지만 그걸 새삼 떠올려 무슨 소용이

있겠는가. 그런데 고전 읽기는 '진짜 얼굴에 대한 호기심'을
자극한다. 우리는 고전을 읽으면서 가면 뒤에 감춰진 진짜
얼굴을 대면하게 되는 것이다. 가면을 진짜 얼굴이라고 착각하고
있는 당신, 정상인가요? 고전 읽기가 이런 의문에 대한 답을 줄
것이라고 믿는다. ─ 이 병 훈

인간의 내면적 삶을 생생하게 드러내 보여주는 힘이야말로
누구도 부인할 수 없는 문학의 자랑거리 가운데 하나다.
마음(또는 정신)의 세계에서 일어나는 일들은 보이지도 않고 잘
잡히지도 않는다. 내면의 움직임은 대부분 미묘하고 순간적이라,
일상에 쫓기는 우리는 보통 그냥 지나쳐 버리거나 기껏해야
막연하게 감지하는 정도다. 이런 느낌이나 생각의 정체를
파악하려 애쓸 때도 있지만, 그럴 때마다 어김없이 언어와 표현의
문제에 부딪히고 만다. 느끼는 것, 생각하는 것을 여실하게
구체화할 언어와 표현력이 내게 없는 것이다. 그래서 우리의 내적
세계에는 항상 뭔가 희뿌연 안개 같은 것이 끼어 있는 듯하다.
    문학은 안개 사이로 스며드는 빛이거나 안개를 조금씩
몰아내는 바람이라 할 수 있다. 어떤 예술 장르도 문학만큼
내면의 사건을 선명히 묘사하고 치밀하게 분석하지 못한다.
인간의 감추어진 영역을, 감추어졌지만 드러난 것보다 더
본질적인 이 내적 삶의 깊이와 넓이를 문학만큼 경탄스럽게
보여주고 감동적으로 깨우쳐주는 표현 수단은 없다.
    따라서 문학작품을 읽는다는 것은 인간, 곧 나와 타인을
심층적으로 만나는 일이다. 타인을 '타인의 방'에서 발견하고
또 그 '타인의 방'에 타인과 함께 있는 나를 발견하는 일이다.
세계문학은 타인의 범주가 동질성이 강한 민족에서 세계로
확대된 것에 불과하다. 그리고 이 세계문학의 고전을 읽는다는
것은 시간의 무자비한 평가에서 살아남은, 그러니까 깊이와
넓이가 검증된 타인과 맞대면하는 일이다. 사람마다 취향이
다르겠지만, 때로 아니 이왕이면 '거물급' 타인들의 속이야기를

들어보는 일에는 분명 실보다 득이 많을 것이다. 인생이
사람들과의 만남이라면, 살아생전에 주변 사람들만 만나지 말고
오래 전에 다른 곳에서 인생을 심각히 고민하며 살았던 이들과도
한 번 만나볼 필요가 있지 않겠는가. ─ 김 용 민

세계의 고전이 머리맡에 있다는 것은, 모든 인류가 신뢰하고
존경하는 선생님들이 내 옆에 계신 것과 같다. 그 선생님들은
언제나 우리의 질문을 기다린다. 왜 우리는 인간으로 태어났는지,
왜 죽는지, 태어나 죽을 때까지 무엇을 겪어야 하는지, 왜
행복해지는지, 왜 불행해지는지, 이 모든 인생 질문에 대해
'선생님'들은 우리가 믿고 따를 수 있는 답을 준다.
　　쓸쓸하고 어두운 일이 적지 않은 우리 인생에 이것만한 축복은
없다. 고전을 인류의 보고라 부르는 것은 이런 이유 때문이다.
빨리 펼쳐 보시길 바란다. 인생을 헤쳐가는 데 필요한 지혜가
다가올 테니. ─ 심 원 섭

소설 읽기를 지탱하는 힘은 주로 글의 꼴에서 온다. 글의
만듦새 말이다. 최근 소설들일수록 이야기보다 이야기하기에
더 관심을 기울이는 이유다. 문학은 자국어의 틀을 넘어선지
오래다. 문학이라는 글쓰기는 애초부터 번역과 공생했고,
바벨탑의 언어를 지향해 왔다. 이제 우리 땅에서 번역을 통해
소비되는 이국어 문학들은 한국어 문학의 한켠에 자리를
잡고 있다. 이야기하기로서 세계문학을 읽는다는 것. 이는
세계문학'으로' 읽는 일이다. 세계문학은 낯선 시간과 공간으로의
여행을 대신한다. 때로는 우리 안을 들여다보는 길잡이가
되기도 한다. 나침판이나 구글맵이 아니라 어깨에 맨 배낭이고
그날그날의 먹거리다. 음식에 국경이 없듯, 글쓰기의 꼴은 경계를
무너뜨린다. 문학 앞에 붙는 형용사가 독자들에겐 필요 없다.
문학은 늘 세계를 상대한다. 그러니 다만, 읽자. ─ 강 우 성

이 세상 밖이면 어디라도

'OEuvres completes', *Les Fleurs du mal*, Éditions Gallimard, 1973.

'OEuvres completes', *Le Spleen de Paris*, Éditions Gallimard, 1973.

Correspondance, Éditions Gallimard, 1973.

하루의 의미

알렉산드르 솔제니친, 『이반 데니소비치, 수용소의 하루』, 이영의 옮김, 민음사, 1998

고아, 탁류에 빠져 울다

우줘류, 『아시아의 고아』, 송승석 옮김, 아시아, 2012

악마에게 관용을 묻다

가브리엘 가르시아 마르케스, 『사랑과 다른 악마들』, 우석균 옮김, 민음사, 2008

가난 속의 비가와 송가

石川啄木,『一握の砂・悲しき玩具—石川啄木歌集』,
新潮文庫, 1952.
千家元麿,『千家元麿詩集』, 岩波文庫, 1951

우리의 현실은 경이롭다

「고전의 해석과 재해석 2:알레호 카르펜티에르」,
우석균,『지구적 세계문학』제4호, 글누림, 2014

더 넓은 세계문학 우리의 세계는 문학으로 넓어질 수 있다

강우성, 김용민, 송승석, 심원섭, 우석균, 이병훈 지음
한국근대문학관 기획

제1판 1쇄 2017년 10월 20일

발행인 홍성택
강의기획 이현식, 함태영, 임은정, 한보성, 공재우
기획편집 양이석, 조용범
디자인 박선주, 김정현
마케팅 김영란
인쇄제작 정민문화사

(주)홍시커뮤니케이션
서울시 강남구 봉은사로74길 17(삼성동 118-5)
T. 82-2-6916-4481 F. 82-2-539-3475
editor@hongdesign.com   hongc.kr

ISBN 979-11-86198-33-9 03800

이 도서의 국립중앙도서관 출판예정도서목록(CIP)은
서지정보유통지원시스템 홈페이지(http://seoji.nl.go.kr)와
국가자료공동목록시스템(http://www.nl.go.kr/kolisnet)에서
이용하실 수 있습니다.(CIP제어번호: CIP2017025455)